人猿泰山全译精编插画系列（全25种）

# 人猿泰山
## 之
# 真假狮人

［美国］埃德加·赖斯·巴勒斯/著
胡兴文/译

**Tarzan and the Lion Man
by Edgar Rice Burroughs**

**图书在版编目（CIP）数据**

人猿泰山之真假狮人 ／（美）埃德加·赖斯·巴勒斯 著；胡兴文译 . -- 上海：上海文艺出版社，2018
　（人猿泰山全译精编插画系列）
　ISBN 978-7-5321-6862-0

Ⅰ. ①人… Ⅱ. ①埃… ②胡… Ⅲ. ①长篇小说—美国—现代 Ⅳ. ① I712.45

中国版本图书馆 CIP 数据核字 (2018) 第 202828 号

| | |
|---|---|
| 书　名 | 人猿泰山之真假狮人 |
| 著　者 | [美国] 埃德加·赖斯·巴勒斯 |
| 译　者 | 胡兴文 |
| 责任编辑 | 詹明瑜 |
| 装帧设计 | 周　睿 |
| 责任督印 | 张　凯 |
| 出　版 | 上海文艺出版社 |
| 出　品 | 上海故事会文化传媒有限公司 |
| | (200020　上海市绍兴路74号　www.storychina.cn) |
| 发　行 | 上海文艺出版社发行中心 |
| | （上海市绍兴路50号） |
| 印　刷 | 上海中华印刷有限公司 |
| 开　本 | 889毫米×1194毫米　1/32　印张8.375 |
| 版　次 | 2018年11月第1版　2018年11月第1次印刷 |
| ISBN | 978-7-5321-6862-0/I·5474 |
| 定　价 | 25.00元 |

版权所有·不准翻印

上海故事会文化传媒有限公司 出品 (00812) www.storychina.cn

上海故事会文化传媒有限公司所有图书可办理邮购，免收邮费（挂号除外）
汇款地址：上海市绍兴路74号(200020)；　收款人：上海故事会文化传媒有限公司出版发行部
联系电话：021-64338113
如发现本书有质量问题，请与印刷厂质量科联系 T:021-60829062

人猿泰山全译精编插画系列（全25种）
编　委　会

总　策　划：夏一鸣

主　　编：黄禄善

副　主　编：高　健

编辑成员

（按姓氏笔画为序排列）

田　芳　朱崟滢　李震宇　张雅君

胡　捷　夏一鸣　高　健　黄禄善　詹明瑜　蔡美凤

# 百年文学经典 文化传播之最
# 人猿泰山驰骋的奇幻世界

黄禄善

美国文学史上不乏这样的作家：他们生前得不到学术界承认，死后多年也不为批评家看好，然而他们却写出了最受欢迎的作品，享有最大范围的读者。本书作者埃德加·赖斯·巴勒斯即是这样一位作家。自1912年至1950年，他一共出版了一百多本书，这些书涉及多个通俗小说门类，而且十分畅销，其中不少被译成多种文字，在世界各地广为流传。当代科幻小说大师亚瑟·克拉克曾如此表达对他的敬仰："埃德加·赖斯·巴勒斯具有重要地位。是巴勒斯，激起了我的创作兴趣。"另一位著名通俗小说家雷·布莱德伯利也说："埃德加·赖斯·巴勒斯也许可以称为世界历史上最有影响力的作家。"然而，正是这个被众人交口称誉的作家，对前来采访的记者说："我不认为我的作品是'文学'。"而且，面对众多书迷的"如何走上文学道路"的提问，他也只是轻描淡写地回答："那是因为我需要钱。我35岁时，生活中的一切尝试都宣告失败，只好开始搞创作。"

确实，埃德加·赖斯·巴勒斯在从事文学创作前，有过一段十分坎坷的生活经历。他于1875年9月1日出生在美国芝加哥，父亲是南北战争期间入伍的老兵，后退役经商。儿时的巴勒斯对未来充满了幻想，曾对人夸口说父亲是中国皇帝的军事顾问，自己住在北京紫禁城，并在那里一直待到10岁才回国。但是，后来的事实表明，这一良好愿望只不过是一团泡影。从密歇根军事学院毕业后，他在美国骑兵部队服役，不久即为谋生四处奔波。他先后尝试了许多工作，包括警察和推销商，但均不成功。1900年，他和青梅竹马的女友结婚，之后两人育有两儿一女。接下来的日子，埃德加·赖斯·巴勒斯是在贫困中度过的。为了养家糊口，他开始替通俗小说杂志撰稿。他的第一部小说《在火星的卫星下》于1912年分六集在《故事大观》连载。这部小说即刻获得了成功，为他赢得了初步的声誉。同年，他又在《故事大观》推出了第二部小说，亦即首部"泰山"小说。这部小说获得了更大成功。从此，他名声大振，稿约不断，平均每年出版数部书。第二次世界大战期间，他以66岁的高龄奔赴南太平洋，当了战地记者。1950年3月19日，埃德加·赖斯·巴勒斯因心力衰竭在美国逝世。

埃德加·赖斯·巴勒斯是美国文学史上第一个重要的通俗小说家。他一生所创作的通俗小说主要有四大系列。第一个是"火星系列"，包括《火星公主》《火星众神》和《火星军魁》。该"三部曲"主要讲述一位能超越死亡界限、神秘莫测的地球人约翰·卡特在火星上的种种冒险经历。第二个系列为"佩鲁塞塔历险记"，共有七部。开首是《在地心里》，以后各部依次是《佩鲁塞塔》《佩鲁塞塔的塔纳》《泰山在地心里》《返回石器时代》《恐惧之地》《野蛮的佩鲁塞塔》，主要讲述主人公佩鲁塞塔在钻探地下矿藏时，不小心将地壳钻穿，并惊讶地发现地球核心像一个空心葫芦，那里住着许多原始人，还有许多古生动物和植物。1932年，《宝库》杂志开始连载埃德加·赖斯·巴勒斯的第三个系列，也即"金星系列"的首部小说《金星上的海盗》。该小说由"火星系列"衍生而出，但情节编排完全不同。主人公卡森·内皮尔生在印度，由一位年迈的神秘主义者抚养成人，并被教给各种魔法，由此开始了金星上的冒险经历。该系列的其余三部小说是《金星上的迷失》《金星上的卡森》和《金星上的逃脱》。第五部已经动笔，但因"二战"爆发而搁浅。

尽管埃德加·赖斯·巴勒斯的"火星系列""佩鲁塞塔历险记"和"金星系列"奠定了他的美国早期重要通俗小说作家的地位，但他成就最大、影响也最大的是第四个系列，也即"人猿泰山系列"。该系列始于1912年的《传奇诞生》，终于1947年的《落难军团》，外加去世后出版的《不速之客》，以及根据遗稿整理的《黄金迷城》，总共有25种之多。中心人物泰山是一个英国贵族后裔，幼年失去双亲，由母猿卡拉抚养长大。少年泰山不仅学会了在西非原始森林的生存本领，还具有人类特有的聪慧。凭着这一人类特性，他懂得利用工具猎取食物，并从生父遗留下来的看图识字课本上认识了不少英文词汇。随着时光流逝，他邂逅美国探险家的女儿简·波特，于是生活发生急剧变化，平添了无数波折。接下来的《英雄归来》《孤岛求生》等续集中，泰山已与简·波特结合，生了一个儿子，并依靠巨猿和大象的帮助，成了林中之王，又通过一个非洲巫师的秘方，获取了长生不老之术。再后来，在《绝地反击》《智斗恐龙》《真假狮人》《神秘豹人》等续集中，这位英雄开始了种种令人惊叹的冒险，足迹遍及整个西非原始森林、湮没的大陆。

从小说类型看，"人猿泰山系列"当属奇幻小说。西方最早的奇幻小说为英雄奇幻小说，这类小说发端于古希腊荷马史诗《伊利亚特》和《奥德赛》，成形于19世纪末英国小说家威廉·莫里斯的《世界那边的森林》，其主要模式是表现单个或群体男性主人公在奇幻世界的冒险经历。他们多为传奇式人物，有的出身卑微，必须经过一番奋斗才能赢得下属的尊敬；有的是落难王子，必须经过一番曲折才能恢复原有的地位。在冒险中，他们往往会遭遇各种超自然邪恶势力，但经过激烈较量，正义战胜邪恶，一切以美好告终。人猿泰山显然属于"落难王子"型主人公。他本属英国贵族后裔，却无端降生在无名孤岛，并险些丧命。在人迹罕至的西非原始森林，他与野兽为伍，经历了难以想象的生存危机。终于，他一天天长大，先后战胜大猩猩和狮子，又打死猿王克查科，并最终成为身强力壮、智慧超群的丛林之王。值得注意的是，埃德加·赖斯·巴勒斯在描写人猿泰山的这些经历时，并没有简单地套用英雄奇幻小说的模式，而是融入了自己的创造。一方面，他删去了"魔法""仙女""精灵"等超自然因素；另一方面，又增加了较多的现实主义成分。人们在阅读故事时，并不觉得是在虚无缥缈的奇幻天地漫步，而是仿佛置身栩栩如生的现实主义世界。正因为如此，"人猿泰山系列"比一般的纯英雄奇幻小说显得更生动、更令人震撼。

毋庸置疑，人猿泰山驰骋的奇幻世界是"人猿泰山系列"的又一大亮点。在构筑这一虚拟背景时，埃德加·赖斯·巴勒斯显然借鉴了亨利·哈格德的创作手法。亨利·哈格德是19世纪英国著名小说家，自80年代中期起，他根据自己在非洲的探险经历，创作了一系列以"遗忘的年代，湮没的城市"为特征的奇幻作品。譬如《所罗门王的宝藏》，述说一个名叫阿兰的猎手在两千多年前的奇幻王国觅宝，几经曲折，终遂心愿。又如《她》，主人公是非洲一个奇幻原始部落的女统治者，她精通巫术，具有铁的统治手腕，但对爱情的执着酿成了她一生最大的悲剧。"人猿泰山系列"的故事场景设置在人迹罕至的原始森林，在那里，虎啸猿鸣，弱肉强食，险象环生。正是在这一极端恶劣的环境中，泰山进行了种种惊心动魄的冒险。在后来的续篇中，埃德加·赖斯·巴勒斯还让泰山的足迹走出西非原始森林，到了传说中的亚特兰蒂斯、废弃的亚马逊古城，甚至神秘的太平洋玛雅群岛。所有这些埃德加·赖斯·巴勒斯笔下的荒岛僻壤，与《所罗门王的宝藏》《她》中"遗忘的年代，湮没的城市"如出一辙。

如果说，亨利·哈格德的"遗忘的年代，湮没的城市"给"人猿泰山系列"提供了诡奇的故事场景，那么给这个场景输血补液的则是西方脍炙人口的动物小说。据埃德加·赖斯·巴勒斯的传记，儿时的他曾因体弱多病辍学，并由此阅读了大量西方文学著作，尤其是鲁德亚德·吉卜林的《丛林故事》、欧内斯特·西顿的《野生动物集》、杰克·伦敦的《野性的呼唤》。这些小说集动物故事、探险故事、寓言故事、爱情故事、神秘故事于一体，给埃德加·赖斯·巴勒斯以深刻印象。事实上，他在出道之前，为了给自己的侄儿、侄女逗乐，还写了一些类似的童话故事，其中一篇还在《黑马连环漫画》上刊登。西方动物小说所表现的是达尔文和斯宾塞的"物竞天择""适者生存"，体现了自然主义创作观。以杰克·伦敦的《野性的呼唤》为例，主要角色布克原是法官的看家狗，过着养尊处优的生活。但有一天，它被盗卖，并辗转来到冰天雪地的阿拉斯加，当起了运输工具。在那里，布克感到自然法则无处不在：狗像狼一般争斗，死亡者立刻被同类吃掉。但它很快学会了生存，原始的野性和狡诈开始显现，并咬死了凶残的领头狗，最终为主人复仇，加入了荒野的狼群。"人猿泰山系列"尽管将"弱肉强食"的雪橇狗变换成了虎、狮、猿以及由猿抚养长大的泰山，但这些人猿、半人半兽之间的殊死争斗同样表现出"生存斗争"的残忍。特别是泰山攀山越岭、腾掠树梢，战胜对手后仰天发出的一声长啸，同杰克·伦敦笔下布克回到河边纪念它的恩主被射杀时的长嚎简直有异曲同工之妙。

鉴于"人猿泰山系列"成书之前曾在《故事大观》《宝库》等杂志连载，不可避免地带有杂志文学的某些缺陷，如情节雷同、形象单调，等等。历来的文论家正是根据这些否定"人猿泰山"的文学价值，否定埃德加·赖斯·巴勒斯的文学地位。但"二战"以后，尤其是20世纪70年代之后，随着西方通俗文化热的兴起，学术界对于"泰山"小说的看法有了转变，许多研究者都给予积极评价，肯定埃德加·赖斯·巴勒斯的美国奇幻小说鼻祖地位。而且，"读者接受"是评价一部作品的最佳试金石。"人猿泰山系列"刚一问世，即征服了美国无数读者，不久又迅速跨出国界，流向英国、加拿大和整个西方。尤其在芬兰，读者简直到了如痴如醉的地步。一本本英文原著被译成芬兰语，一版再版，很快取代其他本土小说，成为最佳畅销书。更有甚者，许多西方作家,包括芬兰、阿根廷、以色列以及部分阿拉伯国家的作家，在埃德加·赖斯·巴勒斯去世后，模拟他的套路，创作起了这样那样的"后泰山小说"。世纪之交，埃德加·赖斯·巴勒斯的"人猿泰山系列"再度在西方发酵，以劳雷尔·汉密尔顿、尼尔·盖曼、乔·凯·罗琳为代表的一大批作家，基于他的"泰山"小说模式，并结合其他通俗小说要素，推出了许多新时代的奇幻小说——城市奇幻小说，并创造了这类小说连续数年高踞《纽约时报》畅销书排行榜的奇观。而且，自1918年起，"泰山"小说即被搬上银幕。以后随着续集的不断问世，每年都有新的"泰山"影片上映和电视剧播放，所改编的影视版本之多，持续时间之长，观众场面之火爆，创西方影视传播界之"最"。2016年，华纳兄弟影业又推出了由大卫·叶茨导演、亚历山大·斯卡斯加德等众多知名演员加盟的真人3D版好莱坞大片《泰山归来：险战丛林》。21世纪头十年，伴随迪士尼同名舞台剧和故事软件的开发，"泰山"游戏又迅速占领电脑虚拟世界，成为风靡全球的少年儿童宠爱对象。此外，西方各国还有形形色色的"泰山"广播剧、"泰山"动漫、"泰山"玩偶，等等。总之，今天的"泰山"早已超出了一个普通小说人物概念，成了西方社会的一种文化符号、一种文化象征。

优秀的文化遗产是不分国界的。为了帮助中国广大读者欣赏埃德加·赖斯·巴勒斯、读懂埃德加·赖斯·巴勒斯，了解当今风靡整个西方的奇幻小说的先驱，上海故事会文化传媒有限公司组织翻译了这套"人猿泰山系列"，这也将是国内第一套完整的"人猿泰山系列"。译者多为沪上高校翻译专业教师，翻译时力求原汁原味、文字流畅，与此同时，予以精编、插画。相信他们的努力会得到认可。

# 目 录

| | | |
|---|---|---|
| 前言 | 人猿泰山驰骋的奇幻世界 | 1 |
| 1 | 开会 | 001 |
| 2 | 泥泞 | 007 |
| 3 | 毒箭 | 014 |
| 4 | 纷争 | 024 |
| 5 | 死亡 | 032 |
| 6 | 悔恨 | 041 |
| 7 | 灾难 | 048 |
| 8 | 懦夫 | 055 |
| 9 | 背叛 | 062 |
| 10 | 折磨 | 068 |
| 11 | 最后的受害者 | 075 |
| 12 | 地图 | 081 |
| 13 | 一个幽灵 | 090 |
| 14 | 一个疯子 | 096 |
| 15 | 恐惧 | 104 |
| 16 | 伊亚德 | 110 |

| 17 | 形单影只 | 115 |
| 18 | 大猩猩国王 | 123 |
| 19 | 绝望 | 131 |
| 20 | 跟我走 | 135 |
| 21 | 绑架 | 140 |
| 22 | 冒牌货 | 144 |
| 23 | 人与野兽 | 149 |
| 24 | 上帝 | 162 |
| 25 | "在我吃了你之前!" | 170 |
| 26 | 受困 | 180 |
| 27 | 血腥屠杀 | 191 |
| 28 | 穿过浓烟与火焰 | 198 |
| 29 | 黎明时的死亡 | 208 |
| 30 | 野女孩 | 216 |
| 31 | 钻石! | 229 |
| 32 | 再见,非洲! | 235 |
| 33 | 你好,好莱坞! | 237 |

# 人物介绍

**泰山**：非洲丛林之王，勇敢的猎手和斗士。

**托马斯·奥尔曼**：电影导演，生性固执，死不认错。

**怀特少校**：技术顾问，遭食人族班索托人袭击而丧生。

**斯坦利·奥布罗斯基**：影片男主角，扮演狮人，曾获世界马拉松冠军。

**娜奥米·麦迪逊**：影片女主角，漂亮，非洲丛林历险中经受了磨练。

**朗达·特里**：娜奥米的替补演员，美丽、聪慧。

**比尔·韦斯特**：首席摄影师，爱慕朗达·特里。

**克拉伦斯.诺伊斯**：音效指导，后在丛林中遭袭击而丧生。

**杰罗德·贝恩**：美国人，摇滚乐手，后在丛林中遭袭击而丧生。

**阿贝·艾·根奈姆**：阿拉伯人的首长，觊觎钻石山的珠宝，绑架两个白人女孩。

**厄特威**：阿贝·艾·根奈姆属下，生性狡猾，摄制组一切艰险的始作俑者。

**猩猩上帝**：疯狂的遗传学家，制造了一些变异的大猩猩，并教给人类语言和文明。

**巴尔扎**：猩猩上帝创造的变异者，后成为好莱坞著名影星，身上充满神奇色彩。

## Chapter 1
## 开 会

  弥尔顿·史密斯先生,负责生产的执行副总裁,正在开会。在他宽敞、设备齐全的工作室里,有六个人慵懒惬意地躺在那深大柔软的椅子和沙发上。史密斯先生在一张大办公桌后面有一把椅子,但他很少坐。他是一位富有想象力、生性活泼、充满活力的人。他需要表达自我的自由和空间。他的大椅子对他而言太小了,所以他常常在办公室里走来走去,而不是坐在椅子上,只有这样,他的手才能如舌头一样流利地诠释他的想法。

  "这肯定是一个能产生轰动的作品,"他向听众保证,"没有合成的丛林,没有伪造的声效,没有没牙的老狮子,这些狮子,每位美国影迷甚至都知道它们的名字。这都没有,先生!这才是真的。"

  一位秘书走进房间,随手关上了身后的门。"奥尔曼先生来了。"她说。

"好，请他进来。"史密斯先生搓搓手掌，转向其他人。"想到奥尔曼只不过是一时灵感，"他大声说道，"他就是拍这部电影的人。"

"只是你的又一个灵感，老板，"其中一个人说，"他们必须把电影交给你。"

另一位坐在讲话者旁边的人靠近他。"我觉得也许有一天这也是你会建议奥尔曼的。"他低声说。

"的确是。"第一个人从嘴角说道。

门又开了，秘书迎来了一个身材魁梧、古铜肤色的男人，房间里所有人都很熟悉地与他打招呼，史密斯先生走向前和他握手。

"很高兴见到你，汤姆（即奥尔曼）。"他说，"自你从婆罗洲回来之后，还没有见过你。你在那里拍了很棒的东西，但是我还有更宏大的东西等你来做，你有没有听说最佳电影公司用最后的丛林电影大赚了一笔？"

"我怎么能没听说，我回来后一直听别人讲这件事，现在我估计每个人都在制作丛林电影。"

"嗯，丛林电影也有好坏。我们要做一个真正的丛林电影。最佳电影公司中的每一个场景都是在距好莱坞二十五英里的半径内拍摄的，除了几张非洲拍摄的照片，声音效果——糟透了！"史密斯做了个鬼脸，显示他的轻蔑。

"我们要去哪里拍摄？"奥尔曼问道，"离好莱坞五十英里？"

"不，先生！我们正准备派遣一支队伍进入非洲的中心地带，对——呃，那个森林的名字是什么，乔？"

"伊图里森林。"

"是的，带着音响设备和一切直接到伊图里森林。想想看，汤姆！你将得到真正的东西，真正的土著、丛林、动物、声音。你拍摄长颈鹿，同时你可以记录它真实的声音。"

"你不需要太多的音效设备，史密斯。"

"为什么？"

"长颈鹿不会发出任何声音，它们应该没有任何发声器官。"

"呃，那有什么关系？这只是一个例子，但是可以以其他动物为例，狮子、大象、老虎——乔已经写了一个伟大的老虎系列，这将把观众从座位上惊起。"

"非洲没有老虎，史密斯。"导演解释说。

"谁说没有？"

"我说的。"奥尔曼笑着回答。

"真的吗，乔？"史密斯转向编剧。

"呃，老板，你说你想要拍一个老虎系列。"

"哦，有什么区别？我们还将拍鳄鱼系列。"

"你想让我执导这部电影吗？"奥尔曼问道。

"是的，它会让你出名的。"

"我不知道，但我有兴趣。我从来没有去过非洲，让广播车进入中非，这行得通吗？"

"我们正在开会来讨论整个事情。"史密斯回答，"我们已经邀请怀特少校参加，我想你们两位还没见过。奥尔曼先生、怀特少校。"当这两个人握手时，史密斯继续说道，"少校是一位著名的大型猎物猎手，对非洲了如指掌，他将成为技术顾问并陪你一起去非洲。"

"我们能否让广播车进入伊图里森林，你怎么看，少校？"奥尔曼问道。

"它们多重？我怀疑对于重量超过一吨半的任何东西，你很难把它们搞到非洲。"

"哎哟！"音效指导克拉伦斯·诺伊斯惊呼道，"我们的卡车重达七吨,我们计划带两辆。"

"这不可能做到。"少校说。

"发电卡车呢?"克拉伦斯问,"它重达九吨。"

少校绝望地摊了摊手:"真的,先生们,这太荒谬了。"

"你能做到吗,汤姆?"史密斯问道,并不等待回复,他说,"你必须这样做。"

"当然,我会做的,如果你想支付账单。"

"好!"史密斯高呼道,"现在这件事已定,让我告诉你一些关于这个故事的事情。乔写了一个伟大的故事,这将是一个产生轰动的作品。你知道,这个人出生在丛林里,被一头母狮抚养长大。他一生都与狮子为友,不认识其他朋友。狮子是万兽之王,当这个男孩长大后,他就是狮子之王,能号令整个动物界。明白吗?丛林的大人物。"

"听起来很熟悉。"奥尔曼评论道。

"然后那个女孩进来了,这是一个很棒的镜头!她不知道周围有人,正在丛林水池里洗澡,狮人过来了,他以前从来没有见过女人。你难道看不到可能性吗,汤姆?这将让观众目瞪口呆。"史密斯在房间里走动,表演场景。他先是表演在房间一角的泳池里沐浴的女孩,然后他去了对面的角落,变成了狮人。"太好了,不是吗?"他问道,"你得把它交给乔。"

"乔是一个富有原创精神的人。"奥尔曼说,"例如,你让谁扮演这个狮人,要和狮子为友?我希望他有胆量。"

"他最有胆量,这很常见,他有让所有女孩都变傻的体格。"

"是的,能让女孩们和她们的祖母们都变傻。"另一位参会者说道。

"他是谁?"

"他是世界马拉松冠军选手。"

"马拉松舞者?"

"不,马拉松选手。"

"如果我要扮演那个角色,我宁愿是一名短跑运动员,而不是一名长跑运动员,他的名字是什么?"

"斯坦利·奥布罗斯基。"

"斯坦利·奥布罗斯基?从来没听说过。"

"然而他还是很有名的,等你见到他再说!他肯定会演'它',我不是说可能。"

"他会演吗?"奥尔曼问道。

"他不必会演,但他赤裸时看起来很棒,我会为你测试他。"

"演员中还有谁?"

"与奥布罗斯基对手,娜奥米演反派主角,并且……"

"嗯——嗯——嗯,娜奥米在北纬34度热度很高,在赤道她可能要融化掉。"

"高登·马库斯扮演她父亲,他扮演一位白人商人。"

"你认为马库斯能忍受吗?他年岁渐高。"

"噢,他渴望去。怀特少校,在这里扮演一名白人猎手的角色。"

"我担心,"少校说道,"但作为一名演员,我将证明自己是一位出色的猎手。"

"噢,你所要做的就是本色出演,不要担心。"

"是的,让导演担心吧,"编剧说,"导演拿工资就是干这个的。"

"重写废物续集,"奥尔曼反驳道,"但是史密斯,回到娜奥米身上,她在卡巴莱歌舞表演场景和激情的年轻人电影中表现出色,但是当谈到和狮子与大象一起时,我不知道是否可行?"

"我们把朗达·特里也派去作为她的替补。"

"很好！如果导演告诉朗达，她会上去，在狮子腿上咬一口；想想看，她的确看起来很像娜奥米。"

"我想知道，哪方在奉承娜奥米？"乔评论道。

"没有人奉承她。"史密斯反驳道。

"还有，如果朗达可以围绕娜奥米来演，"乔继续说道，"如果有人问我，这些小混混如何混到现在还真难倒我了。"

"过去十多年，你一直在围着工作室转！"奥尔曼嘲笑道，"你肯定很笨。"

"如果他不是作者，他就不会是。"另一位参会者嘲笑道。

"好吧，"奥尔曼问道，"我还要说谁？谁是我的首席摄影师？"

"比尔·韦斯特。"

"好的。"

"算上你的工作人员、演员和司机，你会有三十五到四十名白人。除了发电卡车和两辆广播车之外，还有二十辆五吨卡车和五辆乘用车。我们正在挑选可以驾驶卡车的技术人员和机械师，以尽可能减少队伍的规模。对不起，你能选择自己的人，但我们不得不赶紧。每个人都签约了，除了助理导演，因为助理导演你可以随意选。"

"我们什么时候离开？"

"大约十天后。"

"这是一个精彩的生活，"奥尔曼叹了口气，"在婆罗洲六个月，在好莱坞十天，然后在非洲还有六个月！在旅途之间，你们要给人留下些时间以便刮刮胡子。"

"你是说在喝饮料的时候吗？"乔问道。

"在喝饮料的时候！"另一个说道，"在汤姆的年轻生活中，喝饮料也是没有多余时间的。"

## Chapter 2
### 泥泞

阿贝·艾·根奈姆酋长和他那些黑黝黝的追随者沉默地坐在他们的小马上,看着疯狂的基督徒冒着汗、骂着人,他们正催促两百个黑人试图将一辆九吨重的发电机卡车拖过泥泞的小溪。

在附近,杰罗德·贝恩靠在一辆浑身沾满泥巴的旅游车的车门上,正与坐在后座的两个女孩在交谈。"你感觉如何,娜奥米?"他询问道。

"糟糕透顶。"

"又发烧了吗?"

"自从我们离开乌干达的金贾之后,还没有发烧。我希望我能回到好莱坞,但我可能再也见不到好莱坞了。我会死在这里。"

"哦,没关系!你只是有些沮丧。你会没事的。"

"她昨晚做了一个梦,"另一个女孩说,"娜奥米相信梦。"

"闭嘴!"娜奥米小姐愤怒地说。

"你似乎一直很健康，朗达。"贝恩说。

朗达点了点头："我想我很幸运。"

"你最好摸摸木头，期待继续好运，"娜奥米建议道，然后她补充说，"朗达是肉体的，纯粹肉体的。没有人知道我们艺人在高度紧张、复杂、焦虑的组织里要遭受什么样的精神痛苦。"

"宁愿做一头快乐的母牛，也不愿做一个悲惨的艺人。"朗达笑道。

"此外，朗达得到了所有的休息。"娜奥米抱怨道，"昨天他们拍摄了第一个场景，我要出场，我在哪里呢？由于发烧，正平躺着，即使在特写镜头中，朗达也要替我。"

"你俩长得非常相像，是件好事，"贝恩说，"我虽认识你们俩，有时也很难把你们分辨开来。"

"麻烦就在这，"娜奥米抱怨道，"人们看见她，却以为是我。"

"嗯，这有什么关系？"朗达问道，"你会得到赞美呀。"

"赞美！"娜奥米喊道，"亲爱的，这会毁了我的声誉呢。朗达，你只不过是个可爱的女孩，但记住我是娜奥米·麦迪逊。公众对我期望的是高超演技。他们会失望的，他们会责备我的。"

朗达很和善地哈哈大笑了一阵。"我会尽力不毁了你的声誉，娜奥米。"她许诺道。

"哦，这不是你的错，"娜奥米大声说道，"我不怪你，有的人天生就有神圣的灵感，有的人没有，仅此而已。你不会表演不是你的错，正如那边的帅哥天生就不是白人也不是他的错一样。"

"那个帅哥该是多么失望！"朗达大声说道。

"为什么？"贝恩问道。

"当我还是个小女孩的时候，我在屏幕上看到演员鲁道夫·瓦伦蒂诺，哦，天哪，那时的帅哥才是帅哥！"

"这位帅哥肯定不如瓦伦蒂诺。"贝恩附和道。

"想象一下,被那一群长着胡须的男人和尘土带到沙漠里去是多么浪漫!这些年来我一直在等待着被带走。"

"我会和比尔谈谈这件事。"贝恩说。

女孩鄙视地说:"比尔是一位出色的摄影师,但他不是帅哥,他只是和他的相机一样浪漫而已。"

"他是个很好的人。"贝恩辩解道。

"他的确很好,我为他疯狂,他会是一个不错的兄弟。"

"我们还要坐多久?"娜奥米烦躁地问。

"直到他们能让发电机卡车和其他二十二辆卡车穿过那个泥坑。"

"我不明白为什么我们不能继续前进,我不明白为什么我们必须坐在这里和苍蝇与臭虫做斗争。"

"我们在哪儿都要和它们斗。"朗达说。

"奥尔曼不敢把旅行队伍分开,"贝恩解释说,"这是一个糟糕的国家。有人警告他不要把公司带到这儿来。当地人从来没有完全被征服,他们最近一直在捣蛋。"

他们沉默了一会儿,掸去身上的虫子,看着沉重的卡车慢慢地被拖上泥泞的河岸。阿拉伯人的小马站在那儿扭动着尾巴,驱赶那些不断叮咬它们的害虫。

阿贝·艾·根奈姆酋长对他身边的一个皮肤黑黝黝、带着邪恶眼神的人说:"厄特威,那个娘们,是她拥有钻石谷的秘密吗?"

"天啦!"厄特威边吐痰边大声说道,"她们就像两件大衣一模一样,我不能分清谁是谁。但其中一人拥有这份藏宝图,我确定。老基督徒是她们其中一位的父亲,本来拥有这份藏宝图,但她从她父亲身上拿走了。那个年轻人借着蓝色摇滚的这个发明,现在

泥泞 | 009

正和她们谈话,他曾策划要取老人的性命,以便能偷走这份藏宝图;但老人的女儿得知了他的阴谋,便独自拿走了藏宝图。老人和年轻人都认为那份藏宝图丢了。"

"但是那个女孩还和那个可能会杀死她父亲的年轻人说话,"酋长说,"她似乎对他很友好。我真不理解这些基督徒了。"

"我也不理解,"厄特威承认,"他们都疯了,他们吵架、打架,然后很快又坐在一起,说说笑笑。当大家看着时,他们做事非常隐秘。我曾看见那个女孩拿藏宝图,当时那个年轻人正看着,但他似乎什么都不知道。他很快就去见了她的父亲,并要求看看藏宝图,然后那个老人去找,却找不到。他说藏宝图丢了,他的心碎了。"

"这是非常奇怪的,"阿贝·艾·根奈姆酋长喃喃地说,"你确定你了解他们该死的语言,知道他们所说的,厄特威?"

"我不是和一个在沙特开巴尔挖沙子的疯狂老基督徒一起工作了一年多吗?如果他发现一片破罐子,他就会在一天剩下的时间里感到很开心。我正是从他那里学到了英国佬的语言。"

"好吧!"酋长叹了口气,"它一定是一个伟大的宝藏,比豪沃瓦和格耶的宝藏加起来还要大,否则他们不会带这么多的马车来运输它。"他用沉思的眼睛注视着停泊在溪流对岸正等待渡河的许多卡车。

"我什么时候把那个有藏宝图的女孩带来?"厄特威沉默了一会儿之后问道。

"让我们等待时机,"酋长回答,"不要着急,因为他们正引导我们越来越接近宝藏,并且让我们更好地了解如何讨价还价,基督徒都是傻瓜,他们以为用拍电影的方式就可以像欺骗英国佬一样欺骗我们,但我们比他们更聪明。我们知道拍电影只是一个借口,为了隐藏他们此次旅行的真正目的。"

冒着汗,满身泥泞的奥尔曼先生站在一群正使劲用绳索拉一辆重型卡车的当地人身边。他一只手拿着长鞭,一只手拿着一瓶苏格兰威士忌而不是一支步枪,在他的胳膊边上站着一个搬运工。

本质上,奥尔曼作为工头,既不苛刻也不残酷。通常,他的倾向和判断都会警告他不要用鞭子。当地人阴郁的沉默,本应让他更为克制,但此刻却让他更加恼怒。

他离开好莱坞已有三个月的时间了,已经比计划晚了差不多有两个月的时间,他可能还要直面这样的可能,那就是他们还需要一个月的时间才能够到达可以拍摄电影主体的地点。他的女主角有点发烧,很容易发展成完全不能参与拍摄了。他自己也两次因发烧病倒,并且这已经对他的性情也产生了影响。在他看来,一切都出了问题,一切都是针对他的阴谋。现在,他认为这些该死的野蛮人正在消极怠工。

"起来干,你们这些懒鬼!"他大喊道,长长的鞭子抽出去,缠在一个本地人的肩膀上。

一个穿着卡其衬衫和短裤的年轻人厌恶地转身,朝车子走去,贝恩正在那儿和两个女孩交谈。他在树阴下停了一下,摘下太阳帽,擦去前额和帽子里的汗水,然后又走了过去,加入他们的行列。贝恩从车后门边上移开为他让路。"你看起来很不开心,比尔。"他说。

比尔轻声地咒骂道:"奥尔曼已经疯了,如果他不把那个鞭子扔掉,只留下酒,我们很快就要悲伤了。"

空气中都弥漫着这种气息,朗达说:"那些男人们已经不像以前那样大笑和唱歌了。"

"几分钟前,我看到卡瓦穆迪看着他,"比尔继续说,"他的眼中充满了仇恨,甚至有更糟糕的东西。"

"哦,好吧,"贝恩说,"你得对待那些工人粗暴些,至于卡瓦穆迪,汤姆可以把罐子绑在他身上,并指定其他人为头人。"

"那些欺压奴隶的日子已经过去了,贝恩。当地人知道这一点,如果这些人报告,奥尔曼会遇到很多麻烦。关于卡瓦穆迪,不要欺骗你自己,他不是一个普通的头人,在他自己的国家他是一个大首领,我们这些人中大部分都来自他的部落。如果他说不干了,他们就会停工。你不要忘了,如果那些人退出,我们会陷入混乱。"

"那么,我们要怎么做呢?汤姆并没有问我的建议,我注意到又如何。"

"你可以做点什么,娜奥米。"比尔转向女孩说道。

"谁,我?我能做什么?"

"好吧,汤姆很喜欢你,他会听你的。"

"哦,呸,这是他自己惹的麻烦,我还自身难保呢。"

"这可能也是你的麻烦。"比尔说。

"胡说!"娜奥米说,"我想要做的就是离开这里,我还要坐在这里和苍蝇战斗多久?哦,奥布罗斯基在哪里?我整天都没有见过他。"

"狮人可能在他的车后座睡着了,"贝恩提示道,"你听说过马库斯老人叫他什么吗?"

"叫他什么?"娜奥米问道。

"昏睡人。"

"哦,你们对他都太刻薄,"娜奥米厉声说道,"因为当你们这些可怜的笨蛋一直在努力工作,但仍旧只能演小角色时,他已经直接做主演了。奥布罗斯基先生是一位真正的艺人。"

"哦,我们要开路了!"朗达喊道,"有信号。"

终于，长长的车队开始行进。前面的汽车载着一部分武装警卫，一些非洲土著士兵；另一支队伍殿后，工作组的一些人站在一些卡车的踏板上，但大多数人都是跟着最后一辆卡车步行的。帕特·奥格雷迪，导演助理，负责这些。

奥格雷迪没有携带长鞭。他经常吹口哨，而且总是同一调子；他毫不留情地嘲笑对他的指控，完全无视他们不能理解他所说的一切这一事实。但他们对他的态度和微笑有所反应，慢慢地他们的紧张情绪放松了。他们阴郁的沉默也被打破了一些，他们开始彼此交谈。但他们仍然没有唱歌，也没有笑声。

走在奥格雷迪身边的怀特少校讲道："如果一直都由你来管理这些人就好了，奥尔曼先生暂时不适合管理他们了。"

奥格雷迪耸耸肩："那么，有什么要做的呢？"

"他不愿意听我的，"少校说，"他憎恨我提出的每一个建议，我倒还不如留在好莱坞。"

"我不知道汤姆身上发生了什么，他是一个非常好的人，我以前从来没有发现他像现在这样。"奥格雷迪摇了摇头。

"好吧，有一件事就是他喝了太多苏格兰威士忌。"怀特说。

"我认为是发烧和担心导致的。"奥格雷迪肯定地说。

"无论是什么，如果没有变化，我们就会陷入糟糕的境地。"这位英国人预言道。他的态度很严肃，显然他很担心。

"也许你是……"奥格雷迪开始回答，但是他的话被一阵突然的步枪射击打断，声音显然是从队伍的前方传来的。

"我的天！发生了什么？"怀特喊道，他离开奥格雷迪，急匆匆地朝枪声的方向走去。

# Chapter 3

## 毒　箭

　　人类的耳朵是迟钝的。即使在空旷的草原上,他们也不会听到任何远处的枪声。但狩猎野兽们的耳朵不像人类的耳朵那么迟钝,所以当狩猎野兽听到让奥格雷迪和怀特吓了一跳的步枪开火的声音时,远处的它们停顿了一下,然后它们中的大多数会逃离这恐惧的声音。

　　但两只躺在树阴下的野兽并没这么做。一个是巨大的黑色鬃毛金狮,另一个是人。他仰面朝天躺在地上,狮子躺在他身边,一只巨大的爪子放在他的胸口上。

　　"大猿猴。"那个人喃喃道。低吼声在肉食动物洞穴般的胸腔里隆隆作响。"我应调查一下这件事情,"那人说,"也许今晚,也许明天吧。"他闭上了眼睛,又一次睡着了,要不是那些枪声,他会一直睡下去。狮子眨了眨黄绿色的眼睛,打了个哈欠,然后它也低下了头,睡着了。在他们附近躺着一头被吃了一半的斑马尸体,他们在黎明时杀死了这匹斑马。

豹,还有野狗和鬣狗都还没有闻到盛宴的味道,所以这里一片安静,只是偶尔被昆虫的嗡嗡声和偶然的鸟叫声而打断。

怀特少校到达队伍的前方,射击已经停止,当他到达时,他发现非洲土著士兵和白人蹲在树后凝视着前方黑暗的森林,手里握着步枪。两名黑人士兵躺在地上,他们的身体被箭刺穿。娜奥米蹲在车前的踏板上。朗达一只脚站在踏板上,手里拿着手枪。

奥尔曼站在那里,手拿着步枪,望着森林。怀特跑到他身边问道:"发生什么事了,奥尔曼先生?"

"埋伏,"奥尔曼回答,"那些魔鬼刚刚向我们射了一通箭,然后就走了,我们几乎什么都没看到。"

"班索托国的人。"怀特说道。

奥尔曼点了点头:"我想是的,他们认为用一些箭就能吓唬住我们,但我会让这些肮脏的家伙明白。"

"这只是一个警告,奥尔曼,他们不希望我们到他们的国家。"

"我不在乎他们想要什么,我要进去,他们不能吓唬我。"

"不要忘了,奥尔曼先生,你这里有很多人,其中包括两名白人女性,你应该对他们的生命负责任,并且你已被警告不能通过班索托国。"

"我会让我的员工顺利通过,责任是我的,不是你的。"奥尔曼的语气不悦,他就是一个知道自己错了仍固执地不承认的人。

"我也要承担一定的责任,"怀特回答,"你知道我是以顾问身份和你一起被派来的。"

"当我需要时,我会征求你的意见。"

"你现在需要我的建议。你对这些人以及他们会做什么一无所知。"

016

"我们早有准备并且在他们袭击的那一刻向他们一齐开火,这已经给了他们一个很好的教训。"奥尔曼强调道,"你可以相信他们不会再打扰我们了。"

"我希望我能相信,但我不能,我们还没有看到他们都消失。你所看到的只是他们经常打仗的一个策略。他们绝不会大规模地或公开地攻击,他们每次只选择我们其中的两三个干掉,也许我们永远也看不到他们中的任何一个人。"

"好吧,如果你害怕,你可以回去。"奥尔曼生气地说,"我会给你搬运工和一个警卫。"

怀特微笑着说:"我当然会和大家待在一起的。"然后他转过身去,朗达仍然站在那里,脸色有点苍白,手握手枪。

"你最好待在车里,朗达小姐。"怀特说,"它会保护你不受弓箭的攻击,你不应该像现在这样暴露自己。"

"我忍不住听了你对奥尔曼先生说的话。"朗达说,"你真的认为他们会像这样继续干掉我们吗?"

"恐怕是这样,这是他们战斗的方式,我不希望吓到你,但你一定要小心。"

她瞥了一眼身边的两具尸体,他们现在安静地躺在那里,姿势怪异恐怖。"我不知道箭头能够如此迅速地将人杀死。"她说话时,有点不寒而栗。

"箭上有毒。"上校解释道。

"有毒!"这两个词中充满了恐怖。

怀特瞥了一眼汽车的后座。"我想娜奥米小姐已经昏过去了。"他说。

"是的!"朗达说道,转向那个意识模糊的女孩。

他们一起将她从座位上扶起,朗达给她吃了药;正当他们忙的时候，奥尔曼正在组织一个更强大的前进防卫，并向那些聚集在他身边的白人们发号施令。

"把你的步枪随时放在身边，我会在每辆卡车上额外安排一个武装人员，睁大眼睛，看到任何可疑的东西，立即射击。

"比尔，你、贝恩和女孩乘一辆车，我会在他们车子的踏板上安排一个非洲土著士兵，克拉伦斯，你去队伍后面，告诉奥格雷迪发生了什么，告诉他加强后卫，你留在那里帮助他。"

"怀特少校！"这位英国人走上前来。"我希望你去找艾·根奈姆酋长，并要求他将一半的力量送到队伍后面，另一半送到我们这，如果有必要，我们可以用他们在队伍前后传递消息。"

"马库斯先生，"他转向这位老演员，"你和奥布罗斯基在队伍中间骑行。"他突然看着他问道，"奥布罗斯基在哪里？"

自袭击之后，就没人见过他。"我离开时，他在车里，"马库斯说，"很可能他又睡着了。"他的老眼里闪过一丝狡黠。

"他来了。"克拉伦斯说。

一位身材高大、英俊帅气、长着一头黑发的年轻人正从一列汽车处走过来。他将一把六发式左轮手枪别在屁股后面，挎着一支步枪。当他看到他们朝他看时，他跑了过来。

"他们在哪？"他喊道，"他们跑哪里去了？"

"你去了哪里了？"奥尔曼问道。

"我一直在找他们，我以为他们回到了那里。"

比尔转身朝马库斯挤了挤眼睛。

现在队伍又开始前进了。奥尔曼与前方防卫在一起，这是最危险的地方，怀特留在他身边。

旅行队伍如同一条巨大的蛇，在森林里蜿蜒而行，弹簧的吱吱作响、轮胎的声音、沉闷的汽车尾气声是仅有的伴奏。没有交谈，只有紧张与恐惧。

走走停停,一群土著人用他们所带的刀具和斧头为这些大卡车砍出一条通道,然后再次进入原始荒野的阴影之中。他们的前行缓慢、单调、令人心碎。

终于,他们来到一条河边。"我们在这里宿营。"奥尔曼说。

怀特点点头。对他而言,建造和撤离营地就是赋予他的职责。当汽车和卡车缓慢地移动到沿河岸的空地上时,怀特平静地指示着汽车和卡车的停放。

当他正忙着时,那些坐车的下车来伸展双腿。奥尔曼坐在汽车的踏板上,喝了一口苏格兰威士忌。娜奥米坐在他旁边点燃一支香烟。她惊恐地瞥了一眼周围的森林,目光穿过河流看向远处更神秘的树林。

"我真希望离开这里,汤姆。"她说,"在我们被杀之前,让我们回去吧。"

"那不是我被派到这里的原因,我是来拍电影的,赴汤蹈火,也要拍电影。"

她靠近他,把柔软的身体靠在他身上。"哦,汤姆,如果你爱我,把我从这里带走吧,我很害怕,我知道我会死的,如果不是因为发烧,就会因为那些有毒的箭。"

"去把你的烦恼告诉你的狮人。"奥尔曼咆哮着,又喝了一杯。

"不要成为一个老小气鬼,汤姆,你知道我不在乎他,除了你以外,我不在乎任何人。"

"是的,我知道——除非你认为我没长眼睛,你知道我不瞎,对吗?"

"你可能没瞎,但你是大错特错。"她愤怒地说道。

她话还没讲完,队伍后方一声枪响。然后又一声、再一声连续传来，紧接着是连续射击。

奥尔曼跳了起来。男人开始向队伍后方跑去。他大喊着让他们回去。"待在这里！"他喊道，"他们也可能攻击这里——如果是那些人又回来了，怀特少校！告诉酋长派一名骑手快回到那里，看看发生了什么。"

娜米奥晕倒了，没有人注意到她，她就那样躺在晕倒的地方。队伍里的非洲土著士兵和白人站在那里，紧张地用手指握着步枪，眼睛紧盯着周边的树林。

队伍后方的射击突然停止，就如同它突然开始一样。随之而来的沉默似乎才是实质性的事情。它被在河对岸的黑暗树林里发出的一个奇怪的、让人血液凝固的尖叫声打破了。

"天哪！"贝恩大声说道，"那是什么？"

"我认为这些粗鲁的人只是想吓唬我们。"怀特说。

"就我而言，他们已经取得了令人钦佩的成功。"马库斯承认，"如果一个人能够被吓得小七岁的话，我很快就会再次成为一个孩子。"

比尔保护性地抱住朗达。"躺下来，往车下滚。"他说，"你在那里会远离毒箭，安全些。"

"我好欺负吗？不，谢谢。"

"酋长的人来了，"贝恩说，"马背上还有一个人——一个白人。"

"这是克拉伦斯。"比尔说。

当阿拉伯人在奥尔曼边上控制住他的小马时，克拉伦斯滑倒在地。

"哦，怎么啦？"导演问道。

"发生在前面的事同样发生在后面，"克拉伦斯回答，"没有任何警告，群箭齐射，我们有两个人被杀；然后我们转身射击，但我们没有看到任何人，一个也没有。不可思议！我们的那些搬运工都被射杀了。除了他们的眼白之外，我们什么也没看见，他们在摇晃，所以他们的牙齿发出咯咯声。"

"奥格雷迪是否让其余旅行队伍加速赶到营地？"奥尔曼问道。

克拉伦斯咧嘴一笑："他们不需要任何加速，他们来得如此之快以至于他们可能没有看到它就会直接过去了。"

突然在他们中间响起一声尖叫，离他们如此接近，以致冷静的怀特少校也跳了起来。所有人都紧张起来，准备好了步枪。

娜奥米已经坐起来了。她的头发蓬乱，眼睛充满恐惧。她又尖叫了一声，然后晕了过去。

"闭嘴！"奥尔曼疯狂地喊着，他的神经紧绷，但她没有听到他的声音。

"如果你们先搭起我们的帐篷，我会让她睡觉。"朗达建议道。

汽车、骑手、步行的黑人正在挤入清理区，没有人希望留在森林那里，一切都很混乱。

怀特少校在比尔的协助下试图从混乱中恢复秩序；当奥格雷迪进来时，他也来帮忙。

最后宿营地搞好了。黑人、白人和马匹紧紧地挤在一起，黑人在一边，白人在另一边。

"如果风向变了，"朗达说，"我们就完蛋了。"

"真是一团糟，"贝恩呻吟道，"我原认为这将是一场有趣的旅行，我当时如此怕得不到那个角色，几乎都生病了。"

"现在你生病了，因为你确实得到了它。"

"我会告诉世界，我的确病了。"

"在我们离开这个班索托国之前，你会变得更加严重。"比尔说。

"这还需要你讲！"

"娜奥米怎么样啦,朗达?"比尔问道。

朗达耸了耸肩:"如果她不那么害怕,她就不会那么糟糕。最后一点发烧已经没了,但她只是躺在那里发抖,吓死了。"

"你真是个奇迹,朗达,你似乎不害怕任何事情。"

"哦,我会照顾你。"比尔走向自己的帐篷时,贝恩说道。

"害怕!"朗达惊呼道,"比尔,我以前从来不知道什么是害怕,可现在我心里直起鸡皮疙瘩。"

比尔摇了摇头:"你肯定是一个喜欢冒险的孩子,没有人会知道你害怕——你深藏不露。"

"也许我足够聪明,知道恐惧不会给我带来任何东西。恐惧甚至不能得到她的同情。"她朝帐篷的方向点头表示赞同。

比尔做了个鬼脸。"她是——"他犹豫了一下,试图寻找一个合适的谩骂词。

朗达把手指放在他的嘴唇上,摇了摇头。"不要说出来。"她警告说。

"她忍不住,我真的为她感到很抱歉。"

"你真是个奇迹!她把你当成人渣。嘿,孩子,你性格很好。我不明白你怎么还能体面地对待她。她对你颐指气使让我生气!伟大的艺术家!天啦,你为什么总是围绕她转,孩子?在长相上,你让她黯然失色。"

朗达笑了起来:"那是因为她是一个著名的影星,我是替身。不要开玩笑了。"

"我不是在开玩笑,队伍里所有人都在谈论这件事。她生病时,你拍了我们本该拍摄她的镜头,虽然奥尔曼很迷恋她,他也知道这一点。"

"你有偏见,你不喜欢她。"

"她在我年轻的生活中,什么也不是。但是我喜欢你,朗达,我非常喜欢你,我——哦,哼——你明白我的意思。"

"你在做什么,比尔,在向我示爱吗?"

"是的。"

"好吧,你是一位出色的摄影师——而且你最好还是坚持你的摄影。这并不是一个理想的爱情场景。我很惊讶像你这样的伟大摄影师竟然没有意识到这一点。你永远不要在这个背景下拍摄爱情场景。"

"我现在正在拍摄一个爱情场景,朗达,我爱你。"

"停!"朗达笑道。

# Chapter 4

## 纷 争

黑人头目卡瓦穆迪站在奥尔曼面前说道:"我的手下得回去,不能待在班索托国送死。"

"你们不能回去,"奥尔曼咆哮道,"你们签约了整个行程,你告诉他们,他们必须留下;或者,我会——"

"我们不是签约去班索托国,我们不是签约去赴死,你要是回去,我们就一起走。你要是留下,我们不奉陪,我们白天就走。"他转身走开。

奥尔曼从他的轻便折椅上暴跳起来,拿起一直放在身边的鞭子,咆哮道:"我会教训你的,黑鬼!"

站在他旁边的怀特按住他的肩膀,说道:"不要这样!"他的声音不高,但语气强硬。"你不能这样做,以前我没阻止过你,但现在你必须听我的,我们所有人的生命都有危险。"

"你不要干涉,你这个多管闲事的老糊涂,"奥尔曼怒斥道,"这是我的事，我要按我的方式做。"

奥格雷迪说："汤姆，你最好冷静冷静！你走私酒喝多了，听少校的！我们现在处境险恶，靠苏格兰威士忌也走不出去。"他转向英国人，"少校，你来把握大局，别介意汤姆的话，他喝多了。明天他就后悔了——如果他酒能醒的话，我们给你全力支持。如果你可以，请带我们走出困境。如果一直沿着目的地方向行进，要多久能走出班索托国？"

奥尔曼对助手的突然背叛大为惊讶，这让他无言以对。

怀特思量着奥格雷迪提出的问题，最终答复道："如果卡车不耽搁，两天能到。"

奥格雷迪又继续问："如果我们必须回去，绕过班索托国的话，我们还要多久才能到达目的地？"

少校答道："两周的时间都不够，两周能到的话都算幸运了。我们还得穿过一个十分凶险的国家才能到南方。"

奥格雷迪说："工作室已经投入了很多钱，可目前还没有拍到什么，我们得尽快去外景拍摄地。你觉得你可以说服卡瓦穆迪继续吗？如果我们返回，这些乞丐至少要依赖我们一天。如果我们继续，对他们来说不过多一天。如果他们坚持的话，额外给卡瓦穆迪的人一笔钱——这样总比浪费两星期的花费划算。"

怀特问："奥尔曼会批准这项额外支出吗？"

奥格雷迪向他保证："他会一切听我的，不然我揍死他。"

奥尔曼已经瘫在椅子里，盯着地面，没有反驳。

"很好，"怀特说，"我看我能做什么，让卡瓦穆迪到我帐篷来，如果你愿意派人去找他的话。"

怀特走到自己的帐篷，奥格雷迪派了一个黑人男孩去叫酋长。他转身命令奥尔曼："去睡觉，汤姆，别喝酒了。"

奥尔曼没说一句话，起身走进自己的帐篷。

"奥格雷迪，你让他消停了，"克拉伦斯咧着嘴笑道，"你怎么搞定他的？"

奥格雷迪没回答，他的目光在营地上徘徊，他那通常微笑的脸上有一种不安的表情。他察觉出紧张、压力，似乎有什么事要发生，但也说不上来是什么。

他看到信使松开卡瓦穆迪，他背向怀特的帐篷。他看到土著居民那边炊烟寥寥。他们没有唱歌，也不开怀大笑，说话的时候低声细语。阿拉伯人蹲在酋长的边上。他们看上去很沉闷，今晚的表情与往常略有不同，而他察觉到了。甚至白人说话也比往常压低了声音，没有了玩笑，所有人都不时将目光投向四周的森林。

目前，他看见卡瓦穆迪从怀特那儿离开，回到他的同伴当中，奥格雷迪走向坐在折椅上、叼着烟斗的英国人，问道："什么情况？"

"一笔钱搞定了他，"怀特回答，"他们会继续的，但是有一个条件。"

"什么条件？"

"不许鞭打他的人。"

"很公平。"奥格雷迪说。

"但是怎么保证这事不再发生？"

"一方面，我把鞭子扔掉；另外，我会告诉奥尔曼，如果他不放手，我们都会离开他，真搞不懂他，他变了，跟他共事五年了，而他不再是以前的样子了。"

怀特说："他嗜酒如命，酒精摧垮了他。"

"到了外景拍摄地可以工作了，他就好了。他一直压力太大。只要走出班索托国，一切都会正常起来。"

"这事还没结束，奥格雷迪。他们明天会提其他要求，后天又更多,不知道土著居民能不能承受得了目前这种状况。这不是好交易。我们必须掉头回去,失去两周的时间总比失去一切好,如果土著居民离开我们,我们将很快失去一切。你知道离开他们,我们是无法走出班索托国的。"

"总会想出办法的,"奥格雷迪安慰他,"我们总会想出办法的,好了,我去睡觉了,晚安,少校。"

短暂的赤道黄昏迎来了夜晚,月亮没有升起,森林被一片黑暗抹去了,宇宙缩至几堆篝火和围聚着篝火的几个身影,以及悬挂在高空的一些星辰。

奥布罗斯基在女孩们的帐篷前停了下来,手指扯了一下帐篷的垂帘。

"谁呀?"帐篷里的娜奥米问道。

"是我,奥布罗斯基。"

她让他进来,他见她躺在蚊帐里的小床上,边上的盒子上放置着明亮的灯笼。"好吧,"她用挖苦的语气说道,"还有人来,这真是个奇迹,我还以为自己要躺在这里,死了也没人管。"

"我本想早点来的,可想到奥尔曼肯定在这。"

"他大概在帐篷里酗酒呢。"

"是这样的,看他在喝酒我才过来的。"

"我还以为你不怕他,以为你什么都不怕。"她痴痴地看着他那健硕的体格,他那英俊的脸庞。

"我怕那个大蠢蛋?"他嗤之以鼻,"我什么都不怕,但是你说过,不能让奥尔曼知道——你和我的事。"

"是的,"她若有所思地说道,"那最好,他脾气臭,如果一个导演不爽的话,大家就有的受了。"

"拍这样的电影,他可以让一个人被杀掉,并把这事掩盖成一个事故。"奥布罗斯基说道。

她点头:"是的,我知道他干过一次,导演和男主角同时对同一个女孩倾心,导演故意对一头受训过的大象发出错误的命令。"

奥布罗斯基的表情不悦:"你觉得他会来吗?"

"现在不会,他不到明天早上是不会醒过来的。"

"朗达在哪儿?"

"哦,她可能正和比尔、贝恩一起和老马库斯谈合同呢。她谈合同,想让我躺在这里,孤独死去。"

"她没事吧?"

"没事?什么意思?"

"她不会告诉奥尔曼我们的事吧——我来这里的事?"

"不会,她不会那么做的——她不是那种人。"

奥布罗斯基松了一口气:"她知道我们的事,对吧?"

"她不聪明,但也不是傻瓜。朗达的问题是,当我上次被发烧击倒,她做我的替身,她以为自己能演好。别人给了她一点苹果酱,她就自以为了不起。她还好意思跟我说,她给我带来了名气。相信我,等我回到好莱坞,她连剪辑室都别想进——除非我不认识我的食物和史密斯。"

"没人演得比你好,娜奥米。"奥布罗斯基说道,"我曾经看过你所有的影片,曾梦想自己也是你每部影片的一角。我有一个相片册,里面全是从电影杂志和报纸上剪下来的你的照片。现在我们竟然在同一个公司拍电影,而且——"他压低声音问,"你爱我!你是爱我的,是不是?"

"当然。"

"那我不明白你为何还假装和奥尔曼那么甜蜜。"

"这是我的策略——我得考虑我的职业发展。"

"好吧,可有时候你表现得像和他在热恋。"他露出不悦的表情。

"这是对走私酒贩子美梦的回应!你看,如果他不是赫赫有名的导演,给我一百英寸的望远镜我也不看他。"

远处,一声哀嚎在夜幕中回荡,一头狮子发出一声雷鸣般的吼声,鬣狗丑陋、嘲讽的声音加入了合唱。娜奥米不寒而栗:"天呢!我愿意掏一百万美金,只要能回到好莱坞。"

"这些声音听起来像夜晚中迷失的魂灵。"奥布罗斯基叹道。

"它们在呼喊我们,在等待我们,它们知道我们要来,然后抓住我们。"

有人拉动帐篷门帘,奥布罗斯基惊跳起来。娜奥米从小床上立即坐了起来,吃惊地睁大了眼睛。门帘拉开,朗达走入那盏孤零零的灯笼光线里。"你们好!"她高兴地喊道。

"我希望你在进来之前先敲门,"娜奥米生气地说,"你吓了我一跳。"

"如果我们每晚都露营在离黑色地带这么近的地方,我们会抓狂的。"她转向奥布罗斯基,"现在就跑回家,小狮人们都该睡觉了。"

奥布罗斯基:"我正要走呢。"

"你最好走吧,我刚看到奥尔曼往这边走过来。"

奥布罗斯基的脸变得煞白。"好吧,我先走了。"他说得匆匆,迅速地走开了。

娜奥米看起来尤其紧张,她问道:"你真看到汤姆来这边了?"

"当然,他沉迷其中就如同阿瓦隆岛沉睡在大海之中。"

"可是大家说他睡了。"

"他就是睡了,也是抱着酒瓶上床。"

奥尔曼的声音从帐篷外传进来:"嘿,你!回来!"

"是你吗,奥尔曼先生?"奥布罗斯基的声音明显颤抖。

"是我！你在女孩的帐篷里干什么？我难道没命令过不允许男士进那帐篷吗？"

"我刚才是去找朗达，问她一些事情。"

"别骗人了，朗达不在这，我刚看到她进帐篷的。你是和娜奥米在一起。你再胡说，我打断你的下巴。"

"说实话，奥尔曼先生，我进去还不到一分钟，看朗达不在那儿就出来了。"

"你就在朗达进去之后出来的，你这个猥琐恶心的家伙，你听着！远离娜奥米，她是我的女人。如果我再看到你骚扰她，就杀了你，明白吗？"

"是，先生！"

朗达看着娜奥米，眨了眨眼，说道："爸爸生气会打屁股的。"

"我的天啊！他会杀了我。"娜奥米颤抖地说。

奥尔曼粗鲁地扯开门帘，冲进了帐篷，朗达转过身来面对着他。

"你进我们的帐篷是什么意思？"她责问道，"滚出去！"

奥尔曼错愕了，还没有人敢这么对他说话，这让他大为惊讶，那种感觉好像是大公牛被兔子扇了一耳光。他在入口处晃了晃，盯着朗达，好像发现了一个新物种。

他说："我要和娜奥米聊聊，我不知道你在这。"

"你可以早上来找她，你也知道我在这，我听到你和奥布罗斯基说话了。"

一提到奥布罗斯基的名字，奥尔曼就又火冒三丈。"这就是我来找她的原因，"他往娜奥米的小床走进了一步。"听着，你这小贱货，"他吼道，"你们要是敢耍我，我要是再抓到你和那波兰人混在一起，我就把你打成肉泥。"

娜奥米往后一缩，抽泣道："别碰我！我什么也没做。你全弄错了,汤姆。他不是来找我的,他是来找朗达的。别让他抓住我,朗达,看在上帝的份上,别让他抓住我。"

奥尔曼顿了一下,看着朗达,问道:"是这样的吗?"

"当然,他是来看我的,我让他来的。"她回答道。

"那为什么你进来后他就走了?"

"我看见你来了,让他快走。"

"好吧,你老实点,"奥尔曼打断她的话,"不再允许任何男人进这帐篷——你们要见面必须在外面。"

朗达:"正合我意,晚安!"

当奥尔曼离开时,娜奥米一屁股坐在她的小床上,颤抖着。想到那个男人听不见了,她低声说道:"今天真是侥幸呀。"她不感谢朗达,她自私与自我地认为接受任何服务都是她正当的权利。

"听着,"朗达说道,"我被雇是给你当电影替身的,不是做你的情感问题的替身。以后注意点!"

奥尔曼看比尔和一名摄影师的帐篷里还亮着灯,他走了进去,比尔正在脱衣服:"你好,汤姆,什么风把你吹来了?有何贵干?"

"现在没事了,但是刚才有点状况。我刚把那个猥琐的波兰人从女孩的帐篷里赶出来,他在那里和朗达在一起。"

比尔的脸失色了:"我不相信。"

"你是说我撒谎了?"奥尔曼诘问道。

"是的,你和任何这样讲的人都在撒谎。"

奥尔曼耸了耸肩:"好吧,她自己说的——她说是自己让他过来的,看到我进来,就让他跑了。那种事别再做了,我这么警告了她,也警告了波兰人——可恶的娘炮!"

奥尔曼说完离开了,朝他的帐篷走去。

比尔一夜无眠。

纷 争 | 031

## Chapter 5
## 死 亡

当整个帐篷里的人都熟睡时,有一只白猿正在眺望观察着这一切,他古铜肤色,除了有一块缠腰布以外几乎是赤裸的。他时而从大树垂悬的枝上观察,时而又从哨兵执勤岗内的地面上观察,然后又沿着白人的帐篷和本地人的住所潜行,如影子般悄无声息。

他目睹了一切,也耳闻了许多。夜幕降临,雾霭隐没了森林,他的身影也一起消融在迷雾中。

早在黎明破晓前,整个帐篷里的人就已经骚动起来了。午夜后,怀特少校抽空睡了几小时。他早早地起床,将厨子们叫起,把白人从床上赶起来,这样就可以早点拆掉帐篷,指挥卡瓦穆迪手下打包装货出发。但直到那时他才意识到,整整二十五名搬运工在昨晚不见了。他质问哨兵,但是没有一人看见昨晚有人离开帐篷,而他知道其中有人在撒谎。当奥尔曼从帐篷中出来时,他把事情向他汇报了。

死亡 | 033

这个导演耸了耸肩,满不在乎地说道:"反正不需要那么多人。"

"如果我们今天和班索托国还有更多麻烦的话,那今晚还会有更多的人逃跑。"怀特警告说,"他们会一走了之,根本不管卡瓦穆迪。如果我们没有这些搬运工,我们就没有走出去的可能了。"

"奥尔曼先生,我仍旧认为返回绕道走才是理智的。我们现在的形势太严峻了。"

"好吧,如果你愿意,你就返回吧,让那些小人与你一起。"他愤怒地说道,"反正我是要与卡车和队伍一起前行的。"他转身离开了。

白人们聚集在乱糟糟的桌前。桌子很长,能坐得下所有人。破晓时分,光线昏暗,薄雾从地平线上冉冉升起。从远处望去,人影恍恍惚惚,如同鬼影,而死一般的寂静,更让人置身于这种幻影之中。每个人都感到寒冷刺骨,昏昏欲睡。他们都很恐惧迎接他们的将会是怎样的一天。黑人士兵被毒箭射死、扭曲地躺在地上的画面还历历在目,萦绕在每个人心中。

热咖啡还是融化了他们心头的些许寒意。奥格雷迪最先打破了僵局:"早上好,亲爱的老师,您早上好!"他在试图用一个孩子的高音来表达。

"难道我们不开心吗?"朗达问道。她向桌下扫了一眼,瞥见了比尔。她暗忖了一阵:之前他总是坐在我旁边的呀。她尽力吸引他的注意,对他微笑,但是他始终没有朝她所在的方向看,似乎在尽力避开她的目光。

"让我们好吃好喝开开心心,谁知道我们还能不能活得过明天。"高登·马库斯胡乱引用道。

"那一点儿都不好笑。"朗达说道。

"三思之后,我还是很赞同你的看法。"马库斯说道,"我向幽默无意中射了一箭,却击中了真理。"

"让人吃惊!"克拉伦斯说道。

"我们当中的一些人可能等不到明天,"奥布罗斯基说道,"我们有些人可能活不过今天。"他的嗓音中带着沙哑。

"别再喋喋不休啦!"奥尔曼厉声说,"如果你自己害怕,放在心里!"

"我才不怕呢。"奥布罗斯基说道。

"狮人还会害怕?别傻啦!"贝恩向马库斯挤了挤眼睛,"汤姆,我告诉你我们在这糟糕的国家里该怎么做。之前居然没有一个人想到,实在是太可笑了。"

"该怎么办?"奥尔曼问道。

"我们需要派出狮人,让他打头阵,为我们剩下的人开道。如果那些班索托人还不老实的话,他会抓住他们,把他们撕成两半。"

"那个主意倒不错,"他一脸严肃地答道,"奥布罗斯基,你觉得这个主意怎么样?"

奥布罗斯基微微地笑着,说道:"我想把讲这话的人叫来,派他出去。"

"这些搬运工中的一些人有很好的判断力。"在桌脚处一个卡车司机自告奋勇地说道。

"为什么?"邻座问道。

"你没有听说过吗?他们大约二十五或三十人将他们的货物从这里拉出来——把它运回家了。"

"那些没用的人应该知道,"另一个人说道,"这里毕竟是他们的国家。"

"我们现在需要做的就是赶紧离开这里然后回去!"又一位愤怒地吼道。

"都闭嘴。"奥尔曼高喊道,"你们这些家伙让我恶心。给我拿这件外套的人一定是一个花里胡哨的家伙!"

娜奥米坐在他旁边,惊恐地看着他,问:"昨天晚上真的有黑人逃跑吗?"

"天呐,你怎么也开始问起来了!"他喊道,站起来气得直跺脚,离开了桌子。

在桌脚,有人喃喃自语地说了些什么,听起来应是一个带着微笑才能发出的词,但是事实并非如此。

人们相继吃完了早饭,要开始干活了。他们一直沉默着,已经没有了昔日征程的欢笑。

朗达和娜奥米把总是在车里随身携带的手提包收起来,走到车前。贝恩坐在驾驶室里,预热车子。马库斯正小心翼翼地将化妆包放进车子的前座。

"比尔呢?"朗达问。

"他今天坐摄影车。"贝恩解释道。

"那真奇怪。"朗达说道。她突然想起,他正在有意回避她,她想知道为什么。她努力回想,自己的言行是不是冒犯过他,但是她觉得没有。她感到莫名失落。

一些卡车已经开始顺着河流向前驶去。阿拉伯人和非洲土著士兵小分队已经渡过河流,以保护着车队顺利过河。

"他们将会先把发电卡车送过河,"贝恩解释,"如果先把它送过去了,那剩下的就容易了。如果它过不去,我们就得返回了。"

"我希望它紧紧卡在河里,永远出不来。"娜奥米说道。

怀特少校原对过河行动顾虑重重,但因为河床满是岩石,河岸倾斜坚硬,结果反倒是一帆风顺。没有再遇到班索托人,队伍蜿蜒而行,朝前面的森林走去,也没有遭到袭击。

整个早晨,他们都能相对轻快地前行,延缓也只是由于要砍去茂密的树木,为大卡车的通过开辟道路。他们平整了脚下茂密的灌木丛,使之成为一条便于后面轻型车前行的道路。

因为一天的行进过程中未见班索托人的踪影,大家心情轻松很多,明显可见大家放松不少。人们也有心情交谈了,时不时还夹杂着几声欢笑。连黑人都恢复常态了,也许是他们看见奥尔曼不再拿着鞭子了,也不再对行进方向指手画脚了。

奥尔曼和怀特步行与前行卫队在一起,他们俩对任何危险的迹象都保持警觉。他们的举止仍相当谨慎,只在必要时才相互交谈。

停下来吃午饭的时间过去了,整支队伍又开始呈蛇形蜿蜒前进,穿过森林。斧头砍在树上发出清脆的响声伴着欢歌笑语,早些时候笼罩在搬运工心间的恐惧已经驱散了。

突然,在毫无征兆的情况下,一阵箭雨从他们四周空寂的森林中飞速射下,两名当地人中箭倒地。走在奥尔曼旁边的怀特少校,紧紧抓住胸前插着的箭柄,倒在了奥尔曼脚边。非洲土著士兵和阿拉伯人慌乱地向森林里开枪,整支队伍突然停下了。

"又是他们!"朗达吓得小声说道。

娜奥米尖叫着,滑倒在车里。朗达打开车门走下车。

"朗达,快回去!"贝恩喊道,"躲起来!"

朗达摇了摇头,那个建议好像激怒了她。"比尔在哪里?"她问道,"他在队伍前面吗?"

"他不在最前面,"贝恩答道,"离我们只有几辆车远。"

沿着车队,男人们趴在地上,手持步枪,左右搜寻着森林中敌人的踪迹。

有一个人在车底下徐缓地爬着。

"奥布罗斯基,你究竟在做什么?"克拉伦斯问道。

"我，我打算先躺在阴凉地里直到启程。"

克拉伦斯用他的嘴唇和舌头发出了一阵粗俗的声音。

在队伍的后方，奥格雷迪停止吹口哨了，他和非洲土著士兵走在队伍后面殿后。他们四下看着，紧张地瞥向森林。最后一辆卡车下来一个人加入了他们，站在奥格雷迪旁边。

"真希望我们能一睹他们的真面目。"他说。

"同一群未曾谋面的家伙对抗真是不容易。"奥格雷迪说。

"这真让人生气，"另一个人说道，"我倒要看看这次他们敢面对谁。"

奥格雷迪摇了摇头。

"昨天是他们，下次轮到我们了。"这个男人说道。

奥格雷迪看着他，他看出他并不害怕——他仅仅是陈述他认为的事实。"不好说，"他说道，"生死由命。"

"你信吗？我希望我信。"

"当然啦！为什么不呢？要开心点，我不喜欢焦虑。"

"我不知道，"另一个半信半疑地说，"我不迷信。"他停顿了片刻，点燃了一根烟。

"我也不迷信。"奥格雷迪说。

"今早我把袜子穿反了。"那位男士主动说道，若有所思。

"你没有给它穿正过来吗？"奥格雷迪问道。

"没有。"

"那就对了，你也不需要这样做。"

消息传到了队伍后方：怀特少校和两名非洲土著士兵被杀。奥格雷迪咒骂起来，"少校是个非常好的人，"他说，"他一人的命值非洲所有这些肮脏野蛮人的命。我希望我有机会杀几个为他报仇。"

搬运工们都神情紧张、万分惊恐、郁郁寡欢。卡瓦穆迪走到奥格雷迪跟前说:"我的人都不想继续了,他们想返回——回家。"

"他们最好和我们一起继续,"奥格雷迪对他说,"如果他们返回的话,就都会性命难保;他们将没有我们这么多拿步枪的人保护他们。明天我们应该就会离开班索托国。卡瓦穆迪,你最好建议他们和我们待在一块儿。"

卡瓦穆迪咕哝着走开了。

"他们只不过在虚张声势罢了,"奥格雷迪秘密地对其他白人说,"我才不信他们自己能够从班索托国返回呢。"

现在,队伍再次启程了。卡瓦穆迪带着他的人也出发了。

队伍前方,他们把怀特少校和两位土著人的尸体放在某一货物的顶端,以便在下一个营地时给他们体面地安葬。奥尔曼走在队伍的前方,表情木然,面容憔悴。非洲土著士兵很紧张,有些畏缩不前。为先锋车队清理路障的黑人也处在反抗的边缘。阿拉伯人则被落在了后头。他们都曾对怀特充满信心,而他的死却让他们心灰意冷。他们不禁想起了奥尔曼无情的鞭笞与辱骂。要不是他的勇气,他们根本不可能跟随他前进。显而易见的是,他的勇气赢得了大家的尊敬。

奥尔曼现在也不辱骂大家了,他开始像最初那样同大家交谈。"我们必须要继续前行。如果我们返回,情况会更糟。明天我们就可以走出此地了。"

奥尔曼只有在说服不管用的时候才会使用暴力。一位斧匠拒绝工作,逃往队伍后方,奥尔曼把他打倒在地,把他踢回到工作岗位上去。这是大家都能理解的。正义的才是正确的。奥尔曼明白两百人的性命要靠每个人坚守岗位,他要负责的是确保每个人都能坚持下来。

那天队伍没有再受到攻击，但是就在他们即将到达宿营点前，另一场乱箭夺去了队伍前面人的性命。这一次，三人死亡。万幸的是，有一支箭只是射中了奥尔曼头上戴的硬壳太阳帽。

那天下午这一行人很晚才露营，他们心头愁云笼罩。怀特少校的死使他们意识到危险更接近队伍的每个白人成员。在此之前，他们感觉到了某种潜意识的免疫力，好像班索托人的毒箭只能对黑人造成死亡。现在他们都对自己的处境感到恐惧。下一个是谁？他们中有很多人都在问自己这个问题！

## Chapter 6
## 悔 恨

　　厄特威是个阿拉伯人，借用通晓英文之便，经常游走于美国人当中询问、闲聊。他们与他如此熟悉，以至于对他的存在都没多想。他常尴尬地去搞笑的行为也没让他们意识到他要用这种小把戏来掩饰他不可告人的秘密。但是有一点观察力的人都会发现，厄特威不是一个生性快乐的人，这是明摆着的。

　　然而，他生性狡猾。所以他隐藏了这一事实，即使他最大的兴趣是在队伍里的两个女孩身上，但他不会去接近她们，除非白人男性和她们在一起。

　　这个下午，朗达趁着天还未黑坐在小帐篷的桌前写东西。高登·马库斯也停下手头的工作，同她攀谈了起来。厄特威暗中窥视到了这一切，也渐渐地凑近过去。"你也文学起来了，朗达？"马库斯问道。女孩抬起头笑道："只是更新我的日记罢了。"

　　"恐怕那是最令人不快的文字吧。"

"不管它了。哦,顺便问一下!"她捡起了一张折叠的纸,"我刚刚在我的文件夹里找到了这张地图。在我们拍摄的最后一幕中,他们拍了我看这张地图的特写镜头。我不知道他们还要不要这幅地图——我想把它偷偷拿走当成一个纪念品。"

当她打开地图的时候,厄特威凑得更近了,他的眼里迸发出一道光芒。

"在他们向你要之前留着它,"马库斯建议道,"他们可能不要它了。它看起来像是真的,不是吗?我想知道是不是他们在工作室做的。"

"不是。比尔说是乔在二手书店所买的一本书中发现的。当时他受托写这个故事,他突然想起可以围绕这张旧地图做文章。很有趣,不是吗?几乎让人们相信可以通过它很容易找到钻石谷。"她折起了地图,把它放回到了文件夹中。皮肤黝黑的厄特威用鹰一般敏锐的目光盯着她。

马库斯用善意的眼神看着她:"你刚刚提到比尔,你们两人之间发生了什么吗?他原来一直和你形影不离的。"

朗达用手势示意她无法解释。"我也一头雾水,"她说,"他就是躲着我,他只是回避我,仿佛我是令他过敏的某种花粉,我是否给你带来了麻疹或花粉热?"

马库斯笑道:"朗达,我能想象男士在你身边待久了可能会体温升高,但是至于会得麻疹或花粉热简直是侮辱。"

娜奥米从帐篷里出来,她的脸苍白憔悴。"天呐!"她叫道,"你们怎么在这样的时间还有心思开玩笑?知道吗?我们随时都可能被杀!"

"我们必须要鼓起勇气来,"马库斯说,"我们不能面对困难自怨自艾,也不能让忧愁击垮我们。"

悔恨 | 043

"整天板着脸也不能让怀特少校和其他可怜的逝者起死回生，"朗达说道，"我们每个人都对此十分难过，但我们不必披麻戴孝来证明。"

"不过，无论如何在葬礼结束之前，我们应该保持对别人的尊重。"娜奥米厉声说。

"别傻啦。"朗达刻薄地说。

"马库斯先生，他们打算什么时候埋葬他们？"娜奥米问道。

"天黑之后吧。他们不想让班索托人看见他们埋在哪里了。"

娜奥米不禁战栗了："多么可怕的地方！我预感我不能活着离开这里了！"

"你在这里死不了。"一向不怎么表露情绪的朗达露出一丝恼怒。

娜奥米轻蔑地说："我绝对不会葬身于此的。民众绝不允许这样的事发生！我要死在好莱坞，受人凭吊！"

"来，来！"马库斯喊道，"你们女孩子千万不要沉湎于这种病态的、令人沮丧的话题。我们都必须避免这种想法。晚饭前打会儿桥牌吧？我们还有点时间。"

"我赞同。"朗达说。

"你会赞同的，"娜奥米冷笑道，"你不紧张，泰然自若。但是在这种时候我可不打桥牌。我太文弱、太感情用事。我想所有真正的艺术家大抵如此，不是吗，马库斯先生？我们就像容易紧张的纯种马。"

"哦，"朗达一边笑着，一边将手挽着马库斯的胳膊，"我想我们该走了，如果我们还想在晚饭前打牌的话就得去多抓几条鳐鱼了。或许我们还可以找比尔和贝恩。他们两人都不会在马匹品评比赛中获得任何奖品。"

他们发现比尔正在相机前慢悠悠地转着,他闷闷不乐地拒绝了他们的邀请。"你可以去找奥布罗斯基,只要你们能叫醒他。"他建议道。

朗达用眯着的眼睛快速地瞥了他一眼。"又一匹纯种马。"她边说边走开了。她心里想:这是他第二次挖苦奥布罗斯基。那好,我去叫醒奥布罗斯基让他看看!

"现在去哪儿,朗达?"马库斯问。

"你去找贝恩,我去找奥布罗斯基。我们待会儿就玩牌。"

他们不但打起牌来,而且还故意将牌桌设在了比尔能看见的地方。马库斯觉得朗达笑的次数比以往多了,而且似乎有点过头了。

那一晚,白人和黑人分别把各自遇难者的遗体抬到营地篝火之外的黑暗之处,把他们埋葬了。然后坟墓被平整,上面铺了些树叶与树枝。多余的泥土也被运到了营地的另一面,那里堆了些小土丘,使之看起来像坟墓。

真正的坟墓就在翌日前行的路线之上,而二十三辆卡车和五辆客车将抹掉新墓地的最后一丝痕迹。

在黑暗中默默干活的人只是希望他们不被窥视的眼睛看见。然而,在深沉的夜幕中,一个身影趴在营地的边缘,隐蔽在一棵大树茂密的枝叶中,看到了下面发生的一切。等到最后一位白人去睡觉时,他的身影悄无声息地消失在昏暗的森林深处。

临近早晨,奥尔曼毫无睡意地躺在行军床上。他努力地想通过阅读来转移他挥之不去的恐怖思绪,尽管他刻意地让自己睡着,或想其他事情,但是并不奏效。放在床边的提灯光线之下,他脸上斑驳的黑影让他看起来更加憔悴。

在帐篷的另一面,奥格雷迪从他的行军床上睁开了惺忪的睡眼,看了看他的老板说道:"汤姆,你最好睡一会儿,要不然你会疯的。"

"我睡不着,"奥尔曼身心俱疲地说,"我一直看见怀特。是我杀了他,我杀了所有黑人!"

"别瞎说了!"奥格雷迪讥讽道,"这根本就不是你的错,那完全是工作室的错。他们把你派到这里来拍电影,你只是做了你该做的罢了。谁都不能怪你。"

"这就是我的错。怀特警告过我,让我不要走这条路。他是对的,我也知道他是对的,但是我就是太固执,就是不愿意承认我错了。"

"你真的需要喝一杯了。酒能让你振作起来,也有助于你的睡眠。"

"我已经戒酒了。"

"戒酒是对的,但是也不要一下子就完全戒掉它,慢慢来。"

奥尔曼摇了摇头。"我不是把我的错归因于酗酒",他说,"但除了我,没有任何人或事情应当受到责备——如果当初我不喝酒,这事就永远不会发生,怀特和其他可怜的家伙也不会丧命了。"

"喝一点不伤身的,汤姆,你需要它。"

奥尔曼静静地躺着,沉思了一会儿。接着,他把蚊帐撩起,站了起来说:"奥格雷迪,也许你是对的。"

在他的行军床床脚,有一只沉重且破烂不堪的猪皮制的包,他走到包前,弯下腰,拿出了一个大瓶子和一个玻璃杯。他把酒瓶晃了晃,倒满了一杯酒。

奥格雷迪无奈地笑笑:"让你喝一杯,不是四杯。"

奥尔曼缓缓地将酒杯放到嘴边。他举着杯子,凝视了一会儿。他的视线越过酒杯,穿过帐篷的帆布墙,在黑夜中走向新造的坟墓。

发过誓后,他奋力将装满酒的杯子砸向地面,接着将酒瓶子狠狠地摔在地上,瓶子碎片落满一地。

"打赤脚走在上面简直就是地狱！"奥格雷迪说道。

"对不起，奥格雷迪。"奥尔曼说道。他疲惫地在床边坐下，双手掩面，失声痛哭。

奥格雷迪坐起来，迅速穿上鞋，穿过帐篷。他坐在他的朋友身边，将手搭到他的肩膀上说："振作起来，汤姆！"虽然他只说了寥寥几句，但是友谊的臂膀却比许多话语、许多杯酒都让他感到有力量。

夜幕中不知从何处传来了狮子的怒吼，没多久又听见了令人毛骨悚然的哭喊，这哭喊听起来既不是野兽的，也不是人的。

"可怜的家伙！"奥格雷迪突然说道，"那是什么？"

奥尔曼抬起头，倾听着。"可能有更多的痛苦在等着我们。"他答道，内心有一种不祥的预感。然后他们静静地坐了一会儿，倾听着。

"我想知道什么东西能发出这么大的声音。"奥格雷迪压低了声音说。

"奥格雷迪，"奥尔曼的声音突然严肃起来，"你相信世上有鬼吗？"

奥格雷迪迟疑了一会儿答道："我不知道。但是我一生中见过许多奇奇怪怪的事。"

"我也是。"奥尔曼说。

但是，在他们所能猜想的一切中，没有什么比眼前的现实更奇怪了。因为他们怎么会知道他们听到的是一个英国领主和一头狮子刚刚一起完成屠杀后胜利的呐喊呢？

悔 恨 | 047

## Chapter 7

## 灾 难

黎明时分，寒冷昏暗，而队员们的情绪也如天气般阴郁沉闷。白人们极不情愿地从毯子中钻出来，显得无精打采。但当日光猛然照射进来，第一个看到营地的人被眼前的一幕给顿时惊醒了。

比尔第一个开始怀疑到底发生了什么，他好奇地东张西望了一会儿，接着开始一路小跑，到昨晚黑人匆匆搭建的简陋的帐篷处一探究竟。

他大喊卡瓦穆迪和其他几个他熟悉人的名字，但是没有回应。他一个帐篷一个帐篷地看过去，都是空无一人。接着，他跑到奥尔曼的帐篷去。当比尔跑过去时，导演刚好从帐篷里出来，奥格雷迪紧跟在他的身后。

"早饭怎么还没好？"奥格雷迪问道，"我连厨子的影子都没见到。"

"你再也见不到了，"比尔说，"他们已经走了，躲开了，溜走了。如果你想吃早餐的话,还是自己做吧。"

"比尔,走了是什么意思?"奥尔曼不解地问道。

"整套厨具连肉都没了,"摄影师解释道,"营地一丝炊烟都没有,甚至非洲土著士兵也逃了。营地无人防守,只有天知道他们走了多久了。"

"走了?"奥尔曼的话语中流露出了难以置信的语气,"但是他们还不能走!他们到底去哪了?"

"我不知道,"比尔答道,"他们也拿走了我们的许多装备。就我所看到的,我猜他们应该是全副武装,我看那些卡车也像被洗劫过。"

奥尔曼低声咒骂,但是他还是端正了肩膀,之前脸上憔悴、羞愧的表情消失了。以前奥格雷迪面对他时总是眉头紧蹙,忧容满面,但是现在他长舒了一口气,笑了起来,因为他们原来的头领又回来了!

"大家统统给我出来,"奥尔曼命令道,"每位司机检查一下货物。比尔,你负责那里。奥格雷迪,你在营地周围设警卫。我负责确保老艾·根奈姆酋长和他的人还和我们在一起。奥格雷迪,你最好让他们站岗值班,然后召集其余的人到餐桌前议事。"

当他的指令正在执行,奥尔曼绕着营地走了一圈,匆忙做了检查。他头脑清晰,即使昨晚一夜无眠,他的头脑也不再昏昏沉沉了。突如其来的紧急情况需要他拿出勇气应对,他不再把精力浪费在无端的悔恨中。但是他深知,这种窘境正是他一手造成的。

五分钟后他到了饭桌前,大家全都聚在那里,群情鼎沸地讨论着黑人的叛逃,对未来做着各种各样的预测,但是都不甚乐观。

奥尔曼无意间听到有人说:"一箱苏格兰威士忌让我们陷入这种糟糕境地,但是苏格兰人又不能让我们摆脱险境。"

"你们都知道发生了什么,"奥尔曼开始说道,"我猜你们都知道原因,但是相互指责无益于解决问题。我们的处境并非毫无希望。我们有人力、有给养、有武器,还有交通工具。虽然搬运工抛弃了我们,并不意味着我们坐以待毙。"

"现在绕道和后退都无济于事,逃离班索托国的捷径就是勇往直前。只要我们离开这里,我们就能从一些友好部落里招些黑人,继续拍摄了。"

"同时,每个人都要去工作,并且要加劲干。我们要承担起之前黑人所做的工作——建营地、拆营地、装货卸货、做饭、开路、将车从泥坑中拖出来、在行进与扎营时站岗。站岗和探路很危险,但是每个人都要轮流一次,除了女孩和厨子,因为他们是这个旅途中最重要的成员。"奥尔曼的嘴角和眼里也泛起了往日的笑容。

"那现在呢?"他继续问道,"首先我们要吃饭,那谁做饭呢?"

"没人做的话,我可以做饭。"朗达说。

"我担保她会,"马库斯说,"我上次在朗达家把她做的鸡肉晚餐以及配料吃个精光。"

"我也会烧饭。"一位男士也说道。

每个人都转过脸,看是谁说的,他是唯一一个志愿做最安全工作的男性。

"奥布罗斯基,你什么时候学会做饭的?"克拉伦斯问道,"我上次和你一起宿营,你连火都生不起来,更别提做饭了,难道你还想让别人帮你生好火吗?"

奥布罗斯基脸涨得通红。"也得要有个人帮朗达打下手吧,"他强词夺理地说,"再说其他人也不愿意。"

"吉米也会烧饭,"一位电工说,"他以前是洛杉矶一家自助餐厅的主厨助理呢。"

"我不想做饭,"吉米说,"我才不想做那种简单的活儿呢。我在位于尼加拉瓜的海军陆战队服过役,给我支枪,我要站岗。"

"还有谁会做饭吗?"奥尔曼问道,"我们要三位会做饭的人。"

"肖蒂会做饭,"后排的声音说,"他过去在凡吐拉大道上经营一个热狗摊。"

"太好啦!"奥尔曼说,"朗达小姐是主厨,吉米和肖蒂打下手,奥格雷迪将会每天再找出三位帮厨。现在大家各忙各的吧。趁着厨子们还在张罗着,剩下的人去卸帐篷装货。"

"噢,汤姆,"娜奥米说,"我的仆人跟着另一些人逃跑了,希望你能派个人来接替他的位子。"

奥尔曼转过身,惊讶地看着她:"娜奥米,我完全把你给忘了。很高兴你提醒我。如果你不会做饭的话,其实我也认为你不会,那你帮忙削土豆皮,帮忙上菜、洗碗碟。"

娜奥米惊讶了好一阵子,接着冷冷地笑道:"你一定是在开玩笑,这可不是开玩笑的好时机。"

"我是认真的,娜奥米。"他语气严肃,面无笑容。

"你意思是说让我——娜奥米·麦迪逊,去削土豆、帮上菜、洗碗碟吗?不要太可笑,我一样都不会去做的!"

"得了吧,娜奥米!要不是史密斯发现了你,你还在主街的破酒吧里打杂呢。你现在也可以打打杂,要不然可别想吃饭。"他一扭头离开了。

吃早饭时,娜奥米坐在汽车的后排,一副趾高气扬的姿态。她没有帮忙上菜,也没有吃饭。

当队伍最终前进时,美国人和阿拉伯人分别在前后守卫着,但是开路的人员全是美国人。虽然阿拉伯人愿意战斗,但不愿意工作——他们觉得那样有损他们的尊严。

等到所有厨具都洗净、打包、装上车后，朗达才上了车。她与娜奥米坐同一辆车，当她进去时，满脸通红，还带着一丝疲惫。

娜奥米看着她，双唇紧闭。"朗达，你真傻，"她突然说，"你不必自降身份去做下人们做的活儿，我们又不是雇来在厨房打杂的女佣。"

朗达朝队伍的前方点点头说道："那些男孩们也没有义务去砍树、与食人族搏斗呀。"她从包里拿出一个纸包的包裹说，"你应该饿了吧，我给你带了点三明治。"

娜奥米静静地吃着，一言不发，这样持续了许久，她好像陷入了沉思。

队伍缓慢前进，斧匠们不习惯他们所做的工作了。由于热带雨林气候炎热，他们很快就疲乏了。而开道的工作进展也异常缓慢，森林好像嫉妒他们每一寸前进的脚步。奥尔曼和这些人一起工作——在树快被砍倒前，一起挥动斧子；在路被开辟后，又与前卫队一起前进。

"真是举步维艰啊！"比尔一边说，一边将斧柄斜靠在髋部，空出手擦拭从眼边滴下的汗。

"这还不是最困难的。"奥尔曼答道。

"怎么说？"

"自向导们跑路后，我们不知道我们在往哪里走。"

比尔吹着口哨说："我竟然没有想到这个问题。"

当他们跋涉时，在中午过后不久，森林中的一个空地出现在他们面前。上面几乎是没有什么树木，茂密的杂草没过人头。

"看起来还不错，"奥尔曼说，"我们可以休息一会儿。"

为首的卡车稳步驶入空地，巨大的轮胎碾平了下面的杂草。

"赶快跳上车！"奥尔曼对前卫队和斧匠们喊道，"这些家伙不会在这里给我们找麻烦,这里没有树让他们隐蔽。"

长长的车队驶入森林进入空地,森林的那种压抑感得到了一丝缓解,整支队伍重获生机。

就在最后面的车颠簸地驶入了一片空地时,一阵箭雨呼呼地从高高的杂草丛向他们射来。野蛮战争的呼喊在空中回荡,班索托人第一次露出真容,他们的长矛手带着仇恨和嗜血的尖叫声向前冲锋。

队伍前方的一位司机被一箭穿心,倒在驾驶座上。车子猛然左拐,横冲直撞地冲入野蛮人当中。

啪啪的枪声、人们的叫喊与咒骂声、伤者的尖叫声此起彼伏。队伍停下了,每个男性都拿起了手中的枪。娜奥米吓得摔到在地上。朗达抄起左轮手枪,朝着猛冲过来的敌人开火。十几个人匆忙赶到车前,保护两位女孩。

突然有人叫道:"小心!另一边也有敌人。"于是,大家又朝那个地方开火,应对新的威胁。交战一直持续着,双方死伤严重。本来都快逼近他们的班索托人,犹豫了,开始撤退。当他们消失在浓密的草丛中时,齐发的子弹仍穷追不舍,杀死了一些溃逃的人。

战斗很快就结束了。整个事件还不到两分钟,但是它给队伍造成了巨大的破坏。很多人不幸牺牲,还有一些人奄奄一息,一辆卡车也被损坏,这支人数不多的队伍士气也被瓦解。

奥尔曼将前卫队的指挥权转交给比尔,自己赶忙向后沿着队伍调查伤亡人数。奥格雷迪跑上前见他,带着哭腔说:"汤姆,我们必须赶紧离开这里。这些魔鬼们会把草给一把火烧了的。"

奥尔曼脸色苍白,他从未想过这一点。"把伤亡人员抬到最近的车里,继续前进!"他命令道,"我们等会儿再清点人数。"

当他们进入到茂密潮湿的森林里,敌人纵火的威胁被降到最低,这种放松的心情只能与之前一行人在进入荒草丛生的空地时那种放松的心情相比。

接着,奥格雷迪沿着行进队伍,拿着名单一一清点幸存者与死者的姓名。克拉伦斯、贝恩和其他七名美国人以及阿拉伯人的尸体都在车上。

"奥布罗斯基!"奥格雷迪喊道,"谁见过他?"

"上帝保佑,"马库斯叫道,"我见过他。我现在想起来了,当时那些魔鬼们从左边靠近我们,他从车的另一边跳了出去,逃进草丛中去了。"

奥尔曼朝队伍后方走去。"你去哪儿,汤姆?"比尔问道。

"去找奥布罗斯基。"

"你不能单独行动,我和你一起去。"

五六个人都跟着一起去了。但是,他们仔细搜寻了一个多小时,仍不见奥布罗斯基的踪影,生不见人,死不见尸。

那天傍晚,大家一声不吭,满脸愁容,闷闷不乐,随便找了一个宿营点。当他们交谈时,声音消沉,没有了欢声笑语。当晚餐开始时,他们神情忧郁地坐在桌前,少有人注意到,也没有人评论——"大名鼎鼎"的娜奥米竟在帮忙上菜。

## Chapter 8

## 懦 夫

　　我们要么是遗传和环境的受害者,要么是受益者,奥布罗斯基就是这受害者之一。得益于遗传,他体格十分健壮,举止高贵,面貌俊逸,且一生受到后天环境的庇护。此外,每位和他交往的人都赞叹他具有伟大的力量,并认为他也拥有与之匹配的勇气。

　　奥布罗斯基从没有遇到可以检验他勇气的紧急情况,直到过去几天,以至于他一直在思考:当意外来临的时候,他是否有足够的勇气担当。

　　对于这件事,他比普通体型的人考虑的要多得多,因为他被赋予了比他人更多的期待。他沉迷于焦虑之中,担心自己会辜负那些仰慕者的期望,最终他害怕了,害怕"害怕"本身。

　　几乎所有体型大的人都很容易受到嘲笑的影响,这也许是他们的缺点。如果奥布罗斯基有什么恐惧的话,他所恐惧的是他所回避的嘲笑而不是身体的痛苦,尽管他可能还没有意识到。这种心理太复杂,难以简单解读。

但结果往往是灾难性的,其引发的是潜意识里地去躲避危险而冒险流露出恐惧,因此招致别人的嘲讽。

当箭雨射向旅行车队的时候,奥布罗斯基从他驾驶的汽车行驶的另一面跳出去,隐藏到两旁高高的草丛里。他的对危险的反应完全是不由自主的——是超越他意志的事情。

当他漫无目的地前行时,他仿佛是头受惊的野兽,除了逃跑什么也不想。可是他才跑了几米,就冲到一个巨大黑人战士的怀抱里。

这下真出意外了,这个黑人和他一样被吓到了。估计他认为所有的白人都是攻击性的,他吓坏了。他想逃走,但是白人近在咫尺,他只好跳向他,同时大声喊叫着同伙过来。

对奥布罗斯基来说,要逃出黑人的魔爪太迟了。若无动于衷的话,他会死路一条,若拼命一搏,还可能逃回车队。他必须甩开黑人!

黑人抓住他的衣服,奥布罗斯基看见黑人的另一只手拿着刀,死亡直面而来!此前奥布罗斯基的那些险境或多或少都具有幻想性,而现在他却面临着赤裸裸的现实。

在恐惧的刺激下,他不得不大打出手。他抓住黑人,将他举过头顶,猛地掷在地上。

黑人怕没了性命,站起来反抗;而奥布罗斯基也同样担心性命,又把他举起来摔在地上。就在此时,五六个黑人从高过头顶的草丛里围了过来,这下他无法反抗了。

他吓蒙了,奥布罗斯基犹如困兽。可相比他壮硕的体型,黑人也不是他的对手。他抓住他们,将他们抛向一边,拔腿欲跑,但是第一个摔倒在地上的黑人伸手拽住了他的脚踝,绊倒了他。

其他黑人立即扑向他，更多黑人过来援助同伙。他们以数量的优势控制住他，把他的手绑在身后。

奥布罗斯基从来没和人这么打过。他脾气温和，奇怪的忧虑通常阻止他去惹麻烦。他庞大的身躯和巨大的力气也让别人不敢惹他。他从不知道自己力气有这么大，而现在恐惧蒙蔽了他的大脑，他还不能完全欣赏自己的力量。现在他所能想到的是，他们捆住了他，他很无助，他们会杀了他。

最后他们把他拉了起来。为什么没有杀他，他不知道。他们似乎有点敬畏他的身躯和力量。把他带入森林的路上，他们一直"叽里咕噜"地议论着。

当野人攻击旅行队伍时，奥布罗斯基听到他们发出凶猛的战斗声，步枪扫射的声音告诉他，同伙们也正展开激烈的防御战。子弹从身边呼啸而过，一个抓捕他的黑人心脏中弹倒了下来。

他们把他带进森林里，走过弯弯曲曲的小道，在这里他们被其他部落成员赶上。每来一支新队伍，那些"叽里咕噜"的野蛮人都要挥拳击打他，戳他一下，感受他那强健的肌肉，和他比量一下个头。

充满血丝的眼睛从可怕的彩绘脸上对他怒目而视，他们眼里的憎恨无需用言语传达。有些人用矛和刀威胁他，但是抓他的人阻止了他们。奥布罗斯基非常害怕，神思恍惚地走着，没有显露任何表情，黑人们却以为是他的勇敢令他对他们无所畏惧。

最后，一位非常壮硕的黑人战士追赶上了他。他身上涂着色彩，装饰着羽毛，戴着很多项链、手镯和脚镯，华丽无比。他身携华丽的盾牌，他的长矛、弓箭和箭矢的装饰比同伴们的更精美。

正是他比其他人更威严和权威的模样使奥布罗斯基推断他是酋长。当听到手下人的抓捕汇报时，他以野蛮的、鄙夷的目光审视着囚犯。然后他庄严地对身边的人讲话,大步向前,其他人跟随着,之后再没有人要威胁伤害这个白人了。

整个下午,他们越来越深入阴沉的森林。捆绑奥布罗斯基的一根绳索割伤了他的手腕,另一根绳子拴在脖子上,一个野蛮人牵着他,可是绳子太紧很不舒服,有时野蛮人猛地一拉,奥布罗斯基就差点窒息。

他非常痛苦,但是因为恐惧而麻木了,他没有喊叫,也没有抱怨,可能他也知道叫喊也没啥用。也许给他们造成的烦恼越少,可以让他们更少注意自己,情况对他越有利。

如果这也算策略的话,他并不能猜测到这种策略的结果。因为当他们在赞叹这个白人的勇猛、无所畏惧时,他听不懂他们的话。

在漫长的行进中,他不时想到被他抛弃的同伴们。他想知道他们的战况如何,是否有人遭遇不测。他明白有些人以前看不起他,而现在不知他们会如何看待他!马库斯肯定看到他遇到危险逃逸的那一刻。想到这些,奥布罗斯基不寒而栗,以往担心被嘲笑的感觉又袭上心头;但没有什么比现在更可怕了,他扫了一眼捕获他的野蛮人,想到那些被这些人折磨而死的故事。

他听到前方喊叫,片刻之后,他们从小道进入一个空地,那里有一个圆锥形的稻草茅屋的村庄。临近傍晚时,奥布罗斯基知道自他被捕之后,他们已走了相当远的距离。他想如果他能逃脱了,或者他们释放了他,他是否能找到回到旅行队伍的路,他深表怀疑。

他们进村时,女人和孩子都争相要看他。他们对他吼叫,从那些女人的面孔可以看出,她们在咒骂他,有些人甚至伸手打他抓他,孩子们向他扔石头,赶他走。

领着他的战士们赶走了袭击他的人,他们把他带到村庄唯一一条街尽头的一间小屋里,示意他进去;但门栏很低,只能匍匍着进去，可他的手绑在身后，这对他来说是不可能的。所以他们把他扔在地上，拖了进去，然后绑住他的脚踝，扔下了他。

小屋里面黑漆漆的，当他的眼睛习惯了光线的变化时，才看清周围的环境。那时他才意识到并不是他一个人在小屋里，在他的视野范围内，他看到了三个人，显然都是男人。其中一人平躺在地上，另外两人曲膝坐在那。他感觉到他们的目光，也好奇他们怎么在这。

很快，其中一人开口了："班索托人怎么抓住你了，先生？"这个名字是旅行队伍中的土著人给他起的，因为他要在电影里扮演的角色——狮人。

"你们到底是谁？"奥布罗斯基追问道。

"卡瓦穆迪。"那人答道。

"卡瓦穆迪！好吧，你跑走没什么好下场啊——"他差点用了"也"，还好及时打住了。"中午过后不久他们迅速袭击了旅行队伍，之后我被抓。他们怎么把你抓来的？"

"今早我跟随着我们的人，试图找到他们让他们回到旅行队伍。"奥布罗斯基猜测卡瓦穆迪在撒谎，"我们遇到一群武士，他们从遥远的村子过来加入大部落。他们杀了很多人，有些跑了，有些被捕获了，他们杀了除我和这两个人之外的所有人。然后把我们带到了这里。"

"他们把你们带到这里干吗？为什么杀了别人不杀你们？"

"他们没杀你，没杀我，也没杀掉这里其他人，虽然是同样的理由，但最终都要一一杀掉的。"

"为什么？他们干吗要杀我们？"

"杀了吃掉。"

"啊？难道他们是食人族！"

"也不全是。班索托人不是总吃人,也不是所有人都吃,只吃勇士、壮士、酋长。吃了勇士会让他们变勇猛,吃了壮士变健壮,吃了酋长变聪明。"

"太可怕了!"奥布罗斯基自言自语道,"他们不会吃我的——我不是酋长,我也不勇猛,我是懦夫。"

"你说啥,辛巴?"

"哦,没什么。你说他们什么时候吃我们?马上吗?"

卡瓦穆迪摇摇头:"可能,可能要不了多久。巫医制药,与神灵对话,与月亮对话,他们会告诉他什么时候。可能很快,可能很久。"

"他们就一直这样捆绑着我们吗,直到他们杀了我们?这样太难受了。但是你没有被绑,是吗?"

"绑了,卡瓦穆迪被绑了——手和脚,这就是为何他会曲膝向前倾。"

"你会他们的语言吗,卡瓦穆迪?"

"会一点。"

"让他们松开我们的手,松开我们的脚,如果他们愿意的话。"

"不行,白费口舌。"

"听着,卡瓦穆迪!他们希望吃强壮的我们,对吧?"

"是的,先生。"

"很好,那么抓住酋长,告诉他,如果一直这样捆绑着我们,我们就会变得虚弱。他很聪明,明白我们的道理。他派来很多战士保卫我们,我不知道如何能逃出这个村子,怎么摆脱这些四处晃荡的妖魔鬼怪。"

白人说的那些话,卡瓦穆迪大都明白。"一旦我有机会,我告诉他。"他说。

夜幕降临，透过小屋低矮的门栏，他们看见屋外炊烟袅袅。女人们为那天在战斗中丧命的战士哭嚎，这些尸体从头到脚都被抹上了灰烬，比大自然的装饰要可怕得多，而有些人却在聊天欢笑。奥布罗斯基又渴又饿，但是没人给他吃喝。时间慢慢流逝，战士们开始跳舞庆祝胜利。

手鼓声整个夜晚都闷闷不乐地响着。哀悼者的哭嚎声、舞者的尖叫声和战争呼喊起起落落，野蛮的哀悼方式呼应着野蛮的场景，使得囚犯们愈发抑郁。"不该这样对待你要吃的人，"奥布罗斯基抱怨道，"应该把他们养肥，而不是饿死他们。"

"班索托人不在乎胖不胖。"卡瓦穆迪解释。

"他们吃我们的心脏、手掌、脚掌，吃你胳膊和腿上的肌肉，吃我的脑。"

"你不是很振作、积极，"奥布罗斯基苦笑着说，"而你说的没什么道理，我们俩大脑没什么差别，因为他们已经把我们都抓到手了。"

## Chapter 9

## 背 叛

晚饭后,奥尔曼和比尔进了炊事帐篷。"朗达,我们来洗碗。"奥尔曼说,"我们现在太缺人手了,我们不得不取消帮厨,把他们给奥格雷迪负责用来站岗。吉米和肖蒂继续烧饭,我们来做其他活儿。"

朗达摇摇头,反对道:"你们一天已经够累的了。而我们只是坐在车里无所事事。坐在那里,抽抽烟,和我们聊会儿——我们要振作精神。我们四个负责洗碗就行,对吗?"她转向吉米、肖蒂和娜奥米问道。"没问题!"他们异口同声地说。

娜奥米点点头:"我原来给主街上那些废物洗碗一直洗到午夜之后,也不是一次两次了,我想我也可以给你们这些家伙洗碗。"她打趣道,"但是,就像朗达说的——坐下和我们聊聊天,说些趣事。我都要疯了。"

那一刻大家都静得出奇,场面近乎尴尬。如果他们看到玛丽女王在特拉法加广场上翻跟头,惊讶的程度也不过如此。

接着,奥尔曼笑了,拍了拍着娜奥米的背。"好样的!"他高声赞扬道。

这是一个改头换面的娜奥米,毫无疑问,他们肯定更喜欢现在这个。

"我不介意坐下,"比尔承认道,"我也不介意闲聊,但我就是开心不起来——我忘不了克拉伦斯、贝恩和其他人。"

"可怜的奥布罗斯基,"朗达说,"他甚至没有得到体面的安葬。"

"他不配,"在海军陆战队服过役的吉米愤怒地说道,"他在我们受到攻击的情况下竟然逃跑了。"

"不要对他太苛刻了,"朗达央求道,"没有人想当懦夫。有时候不得已,我们应该同情他。"

吉米不满地提出异议。

比尔咕哝道:"如果我们当时没有被他迷住的话,我们会同情他的。"

朗达转过身,冷冷地白了他一眼。"他也许有错,"她说,"但是至少我从来没有听见他说别人坏话。"

"他从来没有醒过足够长的时间。"比尔蔑视地说。

"我不知道没了他我们该怎么办,"奥尔曼说道,"我们中没有人能顶替他。"

"在经历了这一切后,你觉得你还会继续完成拍摄吗?"娜奥米问道。

"那是我们来这里的目的所在,我们要不惜一切代价完成它。"奥尔曼答道。

"但是你已经失去了男主角,失去了庞大、强健的人以及许多其他人,你甚至没有任何向导和搬运工了。如果你还想继续完成电影拍摄，那你简直太疯狂了，汤姆。"

"我从来没看到任何优秀的导演不疯狂的。"比尔说。

奥格雷迪将头伸进帐篷里。"头儿在这里吗？"他问道，"哦，您在这儿啊！汤姆，厄特威说如果我们能从现在一直站岗到午夜，老根奈姆酋长将会带着他的人接替午夜到六点的班。他想知道你是否同意？厄特威说，阿拉伯人如果不和语言不通的美国人一起工作，就能做得更好。"

"好的。"奥尔曼答道，"这是一种体面的换班。这样，我们的人就可以在明早出发前好好休息了，上帝知道他们真的要休息一下了。告诉他们，我们会在午夜叫他们的。"

因为白天身心俱疲，那些不用站岗的人很快就睡着了。而对于执勤者来说，到午夜还很漫长。这种执勤因丛林中绵绵的寂静与致命的单调愈觉是一种煎熬，只是远处会飘来微弱但似曾相识的声音，仿佛丛林中的野兽都把他们抛弃了。

午夜终于降临了，奥格雷迪叫醒了阿拉伯人。疲惫不堪的执勤者们跟跟跄跄地穿过浓浓夜色，钻进了毯子里。没过多久，帐篷里极度疲倦的美国人就睡熟了。甚至连阿拉伯人的异动都不能将他们从熟睡中叫醒。虽然，可以肯定的是这些沙漠的黑儿子们，他们在从事被许可而寻常的工作时常常默默无闻，似乎他们唯一的职责就是守卫营地。他们在逃跑时也一样悄无声息。

当美国人开始骚动时，已经是大白天了，这比平时营地开始一天的生活晚了几个小时。

马库斯是第一个起床的，因为老年人通常比年轻人醒得早。他注意到时候不早了，但营地却寂静无声，便匆忙地穿上衣服。在他还没来到空地之前，他就已察觉到了异样。他迅速扫视四周，营地似乎被遗弃。火已经燃烧殆尽了，不见一个哨兵。

马库斯匆匆赶到奥尔曼和奥格雷迪所在的帐篷里，不顾礼节，他冲了进去。"奥尔曼先生！奥尔曼先生！"

仍在酣睡的奥尔曼和奥格雷迪被这个老演员的叫喊声给惊醒，赶忙撩起蚊帐，从床上跳了起来。

"发生了什么？"奥尔曼问道。

"那些阿拉伯人！"马库斯喊道，"他们都跑了！还带走了帐篷、马匹、所有的东西！"

他们套了件衣服就冲到了空地上，两人都没有讲话。奥尔曼快速看了一下营地周围。

"他们一定走了有几个小时了，"他说，"因为火灭了，"他耸耸肩，"没有他们我们也要勉强度日，我们也要吃饭。厨师呢？马库斯，快把女孩们叫醒，把吉米和肖蒂叫过来。"

"昨晚他们突然要午夜后站岗，我还以为他们突然变得体贴了。"奥格雷迪说。

"我本该想到里面有诈，"奥尔曼懊恼地说道，"他们把我当傻子。我真是蠢到家了。"

"马库斯又来了，"奥格雷迪说，"我不知道什么让他心急如焚，他看起来很吃惊。"

马库斯惊叫着，还没见到两人的面，他就对着他们大喊："女孩们不在那里，帐篷也是乱七八糟的。"

奥尔曼转过身，一路小跑到炊事帐篷。"她们可能在准备早饭呢。"他解释道，但是里面不见人影。

现在每个人都慌了神，大家开始对帐篷进行彻底搜查，但是连娜奥米或朗达的影子都没有。比尔一遍又一遍地搜着同一个地方，不愿相信亲眼看到的令人厌恶的事实。奥尔曼却在打包一小袋食物、毯子和弹药。

"你认为阿拉伯人为什么带走了她们?"马库斯不解道。

"最有可能为了赎金。"奥格雷迪说。

"我也希望是那样,"奥尔曼说,"但是在非洲和亚洲仍旧有贩卖女奴的市场。"

"我不知道他们为什么要把帐篷里的所有东西撕个粉碎,"马库斯沉思自问,"看起来就像有飓风袭击似的。"

"肯定没有打斗,"奥格雷迪说,"要不然会惊醒我们当中的一些人的。"

"阿拉伯人很可能在找财物。"吉米说。

比尔一直看着奥尔曼,现在他也在打包了,导演注意到了这一点。

"你打算去干什么?"他问道。

"和你一起去。"比尔答道。

奥尔曼摇摇头:"别这么做!这是我的葬礼。"

比尔一声不吭,继续打包。

"如果你们是去找那些女孩们,我跟你们一起。"奥格雷迪说。

"我也是。"另一人说。

所有人都自愿要求跟随。

"我一个人去,"奥尔曼说,"一个人步行比车队快,比骑马的人也快,因为他需要停下来在丛林里开路。"

"但是一个人在赶上这群叛徒后又能做什么呢?"奥格雷迪问道,"那是自寻死路,他无法独当一面。"

"我不是要去与他们搏斗的,"奥尔曼说,"是因为我不动脑子才让她们陷入这种困境的,我现在要动脑子去救她们。那些阿拉伯人会为钱做任何事情,只要能换回那些女孩们,我可以比别人出更高的价钱。"

奥格雷迪挠挠头："我想你是对的，汤姆。"

"当然没错，在我不在的时候你负责一切。把大家带到奥姆瓦威瀑布那里，在那里等我。你在那里可以雇到当地土著人。如果在三十天里我还没有出现的话，再派一个信使从南线到金贾，把消息带给工作室的人，告诉他们发生了什么，向他们要指令。"

"吃了早饭再走吧！"马库斯说。

"嗯，我先吃早饭。"奥尔曼说。

"饭准备好了吗？"奥格雷迪喊道。

"就来了！"肖蒂在炊事帐篷里应道。

奥尔曼吃得很急，期间还向奥格雷迪下达最后的指令。吃完后，他起身，背起行装，带上了他的步枪。

"再见，伙计们！"他说。

大家都围到他身边，和他握手作别，祝他好运。比尔调整了他背上背包的带子，奥尔曼注视着他。

"你不能和我一起去，比尔，"他说，"这是我的职责。"

"我要和你一起走。"比尔答道。

"我不会让你去的。"

"你和别人一起去吗？"比尔问道，竭力想控制他的语气，"朗达还不知道在哪里呢？"

奥尔曼脸上严肃执著的神情变得柔和了。"那就一起去吧，"他说，"比尔，我没有想到那点。"

两人穿过营地，踏上了骑手北上的平坦小路。

## Chapter 10

## 折 磨

奥布罗斯基从来没有这么热情地迎接清晨,虽然新的一天可能给他带来死亡的危险,但是什么事都比在漫漫长夜中思绪被硬生生拽回充满痛苦的过去所带来的可怕不适感要好。

身上的绳索让他感到疼痛,他的关节也因为寒冷与长时间无法动弹而疼痛;他饥肠辘辘,更痛苦的是口渴难耐;一些毒虫肆意爬到他身上撕咬他;身心折磨、饥寒交迫以及哀悼者、舞者与鼓点混杂在一起的喧闹声,都让他无法入睡。

所有一切都在消耗着他的体力和精力,让他精疲力竭。他就像一个惊恐万分的孩子,想大声哭泣,这种冲动是难以抗拒的。这样似乎可以让他紧绷欲断的神经得到一丝放松。

一个模糊而又摇摆不定的信念闯入了他如泥沼般混乱而麻木的脑海中。哭泣意味着恐惧,而恐惧又意味着懦弱!奥布罗斯基没有流泪,却在咒骂中寻求到了一丝慰藉。他以前从来没有辱骂别人，即使他缺乏经验，他还是高贵地宣告自己无罪。

他的努力唤醒了一直在熟悉的环境中安详熟睡的卡瓦穆迪。两人在断断续续地交流着，主要还是谈着他们的饥饿与口渴。

"叫嚷着让他们给你水和食物。"奥布罗斯基说，"继续叫着，直到他们给你送来。"

卡瓦穆迪认为那是个好主意，就付诸实践了。五分钟后，就卓有成效，小屋外的一个守卫被吵醒了，他进来嘟哝几句。

这时，另外两个犯人也被吵醒了，坐了起来。其中一个比其他人离房门近些，他因此碰巧成为守卫经过途中碰见的第一个人，守卫就开始用矛柄狠狠地鞭笞着他的头和肩。

"如果你们再发出噪音，"守卫说，"我把你们的舌头统统割下来。"接着他出去了，又睡着了。

"那也不是个好主意。"奥布罗斯基说。

"先生，您说什么？"卡瓦穆迪问道。

早上几乎拖到中午，整个村庄还在沉睡。大家都在借睡眠来消解昨晚狂欢后的疲乏，但最终女人们开始起身，准备早饭。

整整一个小时后，士兵们来到了小屋。他们又拽又踢地把囚犯带到了空地上。在把绳索从犯人的脚踝上卸下之后，他们猛地把囚犯拉起来，紧接着，他们又把犯人带到了靠近村庄中心的大房子里。那是班索托人的首领朗古拉住的木屋。

朗古拉坐在门前的小凳子上，他后面坐着一排较为重要的副首领。剩下的士兵聚集在两侧，围成了一个巨大的半圆——这是来自遥远班索托村庄的一千名野蛮的斗士。

首领的妻子们透过房门目睹了整个过程，与此同时，一群孩子从她们的腿缝之间拥到开放的阳光之中。

朗古拉横眉怒目地盯着白人囚犯，然后向他们问话。

"卡瓦穆迪，他在说什么？"奥布罗斯基问。

"他在问你来他们国家做什么。"

"告诉他我们只是路过，我们是朋友，他必须让我们走。"

当卡瓦穆迪把奥布罗斯基的话翻译给朗古拉听时，朗古拉笑了："告诉那个白人，只有地位比我高的首领才能对我说'必须'。但是这里没有比我更大的首领。"

"白人和所有他的人都要被杀死。要不是他块头大且强壮，他昨天就被杀死了。"

"没有食物和水他是不能保持强壮的，"卡瓦穆迪答道，"如果你一直让我们挨饿，把我们捆绑着，你是得不到什么好处的。"

朗古拉仔细想了想，还同下属商量了一会儿。接着他站起来，走到奥布罗斯基跟前。他指了指奥布罗斯基的衬衫，"叽叽咕咕"地说了一通。他似乎对奥布罗斯基的裤子和靴子也颇感兴趣。

"他叫你脱下衣服，先生，"卡瓦穆迪说，"他想要。"

"所有衣服吗？"奥布罗斯基问道。

"是的，先生。"

被困倦、不适和恐惧折磨得筋疲力尽，奥布罗斯基感到只有折磨与死亡才让他更加痛苦。但是，现在一想到赤身裸体，新的恐惧又涌现了。对于一个文明人来说，衣着给他自信；脱去衣服，自信也荡然无存。但奥布罗斯基不敢违抗命令。

"告诉他，我的手被绑在背上没法脱衣服。"

当卡瓦穆迪翻译完了最后那句话，朗古拉下令给奥布罗斯基松绑。

奥布罗斯基脱下了衣服，将它扔给朗古拉。接着首领又指了指他的靴子，奥布罗斯基坐在地上，慢吞吞地解开鞋带脱下鞋子。朗古拉似乎又对他的袜子感兴趣了，便亲自把它们拽了下来。

奥布罗斯基站了起来,在旁边等着。朗古拉感受到了他发达的肌肉,又与其他同伴开始小声嘀咕。接着,他叫最高的士兵站在奥布罗斯基旁边。奥布罗斯基比他高大多了。黑人们兴奋地叫个没完。

朗古拉摸了摸奥布罗斯基的裤子,小声咕哝着。

"他要你的裤子。"卡瓦穆迪说。

"天呐,告诉他有点同情心好吗?"奥布罗斯基叫道,"告诉他我总要穿些什么吧。"

卡瓦穆迪不断和首领比画着,简短地在一块说了几句。

"把它脱下来吧,先生,"卡瓦穆迪说,"你别无选择。他说他会给你衣服穿的。"

当他解开扣子,脱下裤子时,他痛苦地意识到,后面的女孩和妇女们正在咯咯地笑着。但是更痛苦的还在后面——当他脱下裤子露出里面的男士丝质短裤时,朗古拉又对短裤产生了极大的兴趣。

当所有衣物为朗古拉占有后,奥布罗斯基感到他在马里布沙滩上晒成棕色的皮肤下,一股沸腾的热血在涌流。

"让他给我点衣服穿。"他央求道。

听完他的请求后,朗古拉大笑起来。他转身对着小木屋里的妇女们说了些什么,没过多久,一个黑人小男孩跑了出来,拿着一条很脏的丁字裤,把它扔在奥布罗斯基身边。

没过多久,囚犯们被送回到了小木屋。但是他们脚上的绳索和奥布罗斯基手腕上的绳索都不见了。当他在帮其他犯人卸下手上绳索时,一个女人为他们拿来了食物和水。之后他们受到了正常对待。

单调乏味的日子慢慢地过去,每一个漫漫而可怕的长夜对白人囚犯来说仿佛都是时间的停滞。奥布罗斯基赤身裸体，冻得瑟瑟发抖，通过聚在两个土著人身边来获得热量。他们像蚊虫一样都还活了下来。

一周过去了。一天夜里，几个士兵过来把其中一个黑人囚犯带走了，奥布罗斯基和其他人透过门看见了。那个人消失在首领木屋附近的一角，之后他们就再也没有见过他了。

手鼓开始发出嗡鸣声，人们传出奇怪的吟唱声。偶尔观察的人可以瞥见野蛮的舞者，他们的舞步从木屋后的一角露出来，木屋隐藏了余下的场景。

突然，一阵痛苦的尖叫声从舞者的声音中传了出来，令人胆寒。间断的呻吟声和士兵的哀嚎声此起彼伏了半小时之久，最终还是平息了。"先生，他走了。"卡瓦穆迪小声说。

"是的，谢天谢地！"奥布罗斯基低语道，"他该是承受了多大的痛苦啊！"

接下来的晚上，士兵们过来带走了第二个黑人囚犯。奥布罗斯基竭力克制自己，不让自己听见黑人死亡的声音。那一夜异常寒冷，因为只有卡瓦穆迪在他旁边，给他温暖。

"先生，明晚你要单独睡了。"卡瓦穆迪说。

"后天晚上呢？"

"先生，对你来说没有以后了。"

在寒冷无眠的夜晚，奥布罗斯基的思绪回到了从前，尤其是近期发生的事。他想到了娜奥米，想着他不在的日子里她是否会悲伤，但是直觉告诉他并没有。

他脑海中其他人的身影是苍白模糊的——他既不喜欢他们，也不讨厌他们。但是只有一人的印象比脑中的娜奥米还清晰，那就是奥尔曼。他对奥尔曼的憎恨胜过了他对娜奥米的狂热的爱意，胜过了他对拷打和死亡的恐惧。他的怒气积郁于胸，不断滋长，感谢上苍让他感到愤怒，因为这种憎恨让他忘却虱子的叮咬、黑夜的寒冷和后天晚上或以后将发生的一切。

时间缓缓流逝，白昼过去，黑夜降临。卡瓦穆迪眼睁睁地看着士兵们走近小木屋。

"先生，他们来了，"黑人说，"永别了！"

但是这一次，士兵把他们俩都带走了，带到了班索托人首领朗古拉木屋前的一个空旷地带上，并把他们面对面地绑到了两个树干上。

在那里，奥布罗斯基目睹了他们对卡瓦穆迪痛下杀手。他看见了虐待者是如此凶神恶煞，如此让人毛骨悚然，如此面目可憎，不由惊恐万分。他想着，这些场景一定是错乱的头脑中虚构出来的东西。他试图转移目光，但恐怖又让他着迷。就这样，他看着卡瓦穆迪在眼前死去。

之后他看见了更恶心的一幕幕场景，让他作呕。他想什么时候他们会对他下手，并祈祷越快越好，让他免受煎熬。他极力想战胜恐惧，但他知道他仍会害怕。他用尽全力，下定决心隐藏他饱受死亡威胁的恐惧，不让他们知道他内心的煎熬。因为他看见他们对卡瓦穆迪的痛苦居然幸灾乐祸。

当他们把将他绑在树上的皮带解开，让他回到屋子里时，已经接近早上了。很显然，他们不打算今晚杀了他，但这将会延续他的痛苦。

黎明来临前，寒冷刺骨。他独自蜷缩在狱中肮脏的地上。他睡意全无，瑟瑟发抖，成群的虱子爬满他的身体，不断叮咬他。他已陷入痛苦和绝望的深渊，只剩迟钝的冷漠中还残存着一丝理智。

折 磨 | 073

最终他还是睡着了，一觉睡到了第二天下午三四点。他感到暖意，对新生活的憧憬开始在血液中流淌，这给他带来了新的希望。现在他开始计划了，他不要像其他人一样死去，成为任人宰割的羔羊。他越是想着他的计划，就越对计划的实施感到焦虑，不安地等待着那些要折磨他的人的到来。

他的计划中没有逃跑，因为他确信那是徒劳。但是那的确包括某种不受折磨的复仇与死亡，他的理智在动摇。

当他看见士兵们向他走来，他自己走出了小木屋，嘴角扬起一丝笑容。然后，如同以前带三个囚犯离开一样，士兵们也带着他离开了。

# Chapter 11

## 最后的受害者

  泰山正在巡查一片全新的区域,带着野生动物一样的高度警觉,他对所有不同寻常的事物都很敏感。他处理陌生环境与紧急情况的能力是建立在他已有的知识之上的,再小的情况都需要仔细调查一番。在诸如不论大小猎物的习性以及出没的地方而言,他至少不比在那里出生的动物了解得少。

  连续三个晚上,他都听见了隆隆的鼓声,隐隐从远方传来,第四天早上,他捕猎的方向渐渐远离声音传出的方向。

  他看见过住在这里的当地土著,他目睹了他们用战争来对抗侵犯他们领地的白人。但是他没有同情任何一方。他看见醉醺醺的奥尔曼鞭打着黑人搬运工,他认为无论奥尔曼遭遇了什么不幸,他都活该。

  泰山不了解这些白人,在他眼里野兽都比他们重要,虽然他们认为动物比人低等,但是对于了解各级动物的泰山来说,他认为在很多方面高等的人只是在心智上更为成熟。

如果有一丝幻想、一丝骚动，他都可能主动和他们交朋友，就像他曾与狮子和豹子相交一样，虽然它们是他的世敌。但是他没有这种幻想，也没有这种骚动。他看着他们经过，一点想法也没有，而且昨夜他已经进入过他们的营地。

在班索托人袭击旅行队伍之后，泰山曾听到连续不断的枪声，但是他离得很远。他在前几天里已目睹了类似的袭击，这并没引起他的好奇心，他也不曾调查。

相比之下，他对班索托人的所作所为更感兴趣。白人很快就会消失了，要么死了，要么离开，但是黑人一直会留在这里。如果他将一直待在他们的国家，他必须对他们有更多的了解。

他懒洋洋地从一棵树荡到另一棵树上，朝着村庄前进。现在他孤身一人，因为大金狮杰达·保·贾正在别处寻找猎物。当他想起大金狮跟着皮毛光亮的年轻母狮子一同进入森林老窝时，他若有所思，笑容从他嘴角闪过。

泰山到达朗古拉的村庄时天已经黑了。隆隆的鼓点声夹杂着低沉悲痛的吟唱，一些士兵无精打采地跳着舞——尝试行走在野蛮狂欢的边缘地带，之后随着舞步的加快、人数的增加，他们也沉浸其中。

村庄的四周是一片空地，在空地的边缘，泰山躲藏在树叶中，目睹了这一切。他不是很感兴趣。黑人的狂欢宴会对他已无什么新意，显然已不能吸引他的注意力了。当他准备转身离开时，他的目光被一个身影给吸引住了，那个人与村里野蛮的黑人士兵相比与众不同。

他进入一块空地，舞者在空地上念念有词——一个高大强壮、古铜肤色、几近赤裸的白人被一群士兵围着。很明显,他是个囚犯。

泰山顿觉好奇。他悄悄地潜到地面，藏在森林浓密的阴影下，远离月光，绕回到村后。这里毫无生机，全村人的兴趣都在首领木屋边正在举行的活动中。

泰山小心谨慎、动作敏捷地穿过树丛中月影斑驳的地面，越过栅栏。栅栏大约十英尺高，由木条制成，它们身陷地下，紧密相连，上面爬满了柔软的爬山虎。

他只消轻轻几步，纵身一跃，手指便抓到了栅栏顶部。他小心翼翼地站起来，俯视着村庄。在寂静中他倾听着，嗅着空气中的味道。满足之后，他一只脚踏在栅栏上，不一会儿，他就悄悄地跳进了朗古拉的村里。

地面已被村民清理干净，篱笆里留下一些树来遮挡阳光。其中的一棵树悬垂在朗古拉的木屋顶，泰山从森林中已经观察到了这一点，所以他特意选了这棵树来密切观察白人囚犯。

他完美地隐蔽在首领的木屋后面，谨慎地从一间房屋的阴影移动到另一个房间的阴影之中，泰山接近了他的目标。如果他移动时有噪音，也会被淹没在嘈杂的鼓点与歌声中。但是他悄无声息地移动着，因为这是他的习性。

他有可能被发现，这是因为一些本地人还没离开木屋，加入到旁边聚集舞者的人群。而这些迟到的人可能会发现这个奇怪的白色巨人，发出警报，但是泰山神不知鬼不觉地潜到了朗古拉的木屋后面。

幸运再次眷顾了他。他本来希望爬上去的树干正立在木屋前面，整个部落一览无遗，而另一棵小树长在木屋之后，在屋顶之上，两棵树的枝丫相互交织在一起。

泰山偷偷地爬上树，坐在一根能支撑他重量的树枝上，野蛮的场景就展现在他的眼前。舞步的节奏加快了，涂满颜料的士兵则围着包围着囚犯的那群人又跳又跺脚。当泰山的目光落在那人身上时,他吃了一惊。好像他的灵魂盘旋在上方,俯视着他,之所以震惊,是因为这个人与自己太像了。

不管是身材、肤色还是相貌,他简直就是自己的复制品。泰山很快就意识到,即使真有人和你长得一模一样,我们也不一定能亲眼所见。

现在,这真的引起了泰山的兴趣。泰山在想他是谁,从哪里来。当他去电影公司的营地时,他没有机会看见他,所以他没有把这个人同这些人联系起来。他没有认出他还因为这个人赤身裸体,要是没有被脱去衣服,他也许一下就能准确地认出他来了。但是他的赤身裸体只让他联想到了野兽。也许这就是为什么,泰山看到他的第一眼就对他有好感。

奥布罗斯基郁郁寡欢,目光呆滞地看着这一切,没有意识到除了黑人敌人外还有一双眼睛在盯着他。在这里,在这些人手中,他的三个囚犯同伴就遭受到了可怕的折磨和死亡。但是,奥布罗斯基绝不会驯服地步他们的后尘,他自有计划。

他料到了死亡,除了死亡他想不到其他的可能,但是他不打算坐以待毙,他有了一个计划。

朗古拉坐在小板凳上看着这一切,眼里透着血丝,眉头紧蹙。现在他对着看守奥布罗斯基的士兵高声下令,他们把他带到空地对面的树边。正当一群人准备将他捆在树桩上时,奥布罗斯基决定实施计划——一个在极度恐惧的大脑中产生的计划。

他一把抓起离他最近的士兵,把他像个孩子似的举过头顶,朝其他士兵脸上扔去,把一些人砸倒在地。接着他跳起来,举起一个正在跳舞的黑人,用尽全力把他向地上砸去,黑人躺在地上,一动不动,如同死了一般。

最后的受害者 | 079

突如其来的袭击让班索托人霎时目瞪口呆，接着朗古拉气得跳了起来，叫道："抓住他！但别伤了他！"朗古拉希望这个强壮的陌生人以他选择的方式死去，而不是奥布罗斯基希望的通过单挑一千名士兵所赢得的速死。

当士兵们接近他时，奥布罗斯基左右开弓，勇猛出击，在因恐惧而疯狂的大脑指引下愈发凶猛，恐惧让他狂怒。

士兵们的哀嚎声、女人和孩子们的尖叫声在他耳中形成可怕的嘈杂声，更激起了他心中的怒火向外喷涌。士兵们伸手抓住他的手臂，但反倒被他抓住，然后他像折断管子杆一样地把他们都折断了。

他想尖叫咒骂，但他却在沉默中战斗；他想在怒吼中战胜吞噬他的恐惧，但他却一声未吭。就这样，在恐惧中，他单挑一千名士兵。

但是这样一边倒的战斗不可能持续很久。渐渐地，靠数量的优势，他们把他包围了起来，抓住他的脚踝和双腿。用他巨大的拳头，他一拳就能将他们击晕，但最终他还是被摁倒在地。

## Chapter 12
## 地　图

"天啊！"伊亚德悲叹道，"我觉得酋长带着这些娘们和我们一起是个错误。现在这些基督教徒将带着长枪来追咱们，他们直到把咱们歼灭才会停止，并将白人女孩带回去，我了解这些英国佬。"

"愿上帝保佑你！"厄特威嘲讽道。

"你已找到了地图，这难道还不够吗？他们不会跟踪并为了地图而杀了我们，但是当你带走他们的女人时，他们会紧跟而上，大开杀戒——是的！无论他们是阿拉伯人、英国人或黑人。"伊亚德嘟哝了一会儿。

"我会告诉你，傻瓜，我们为什么把这两个女孩带过来，"厄特威说，"那里可能是钻石谷，或者我们可能根本找不到它。难道，经过这么多的努力，我们要空手回到我们自己的国家吗？这些女孩很受欢迎。她们会在我知道的几个地方带来收入，或者疯狂的基督徒会为她们的归来付出巨额赎金。如果我们没有伤害她们，我们最终将会获利；这倒提醒了我，伊亚德，我已经看到你对她们的邪恶眼神。对了！如果有人伤害她们，酋长会杀死他；如果酋长不杀，我会亲自出马的。"

"她们只会给我们招致麻烦，"伊亚德坚持道，"我真希望当时能摆脱掉她们。"

"我们带着她们还有别的原因，"厄特威继续说道，"地图是用英国佬的语言来写的，我会说但不会读，这两个娘们会读给我听，所以最好留着她们。"

但是伊亚德仍然在低声抱怨。他是一个阴郁的年轻的贝都因人，有着阴险的眼睛和一个过于丰满的下唇。而且，他没有说出他的想法，因为事理并不在他身上。

一大早，这些骑手就和两个女孩一起向北推进。他们发现并沿着一条开阔的道路前进，所以没有受到任何延误。囚犯在靠近小队中心的地方前行，经常并排走，其实这条路大部分时间都很宽。对她们来说，这一直是难熬的一天，这并不单纯因为艰难骑行带来的疲劳，更是因为厄特威和其他二人在午夜刚过就潜入她们的帐篷，用死亡威胁让她们保持安静，并且在洗劫帐篷后，裹挟着她们进入夜色中，这倒霉的遭遇给她们造成了惊恐。

她们整天都在等待救援的信号，但她们意识到在等待的是不可能的事情。步行的人不可能超过骑手，并且任何汽车要走他们走的那条道路就可能会产生延误，因为要在很多地方清理道路才能通行。

"我受不了了，"娜奥米说道，"我已经受够了。"

朗达向她靠得更近了些。"如果你感觉快要晕倒，那就抓住我好了，"她说，"今天不会再持续多久了。他们很快就要扎营了。

这确实是一次艰难的旅程，不像跟随欧尼·沃格特到科德沃特峡谷的那次，我曾那样艰难地骑行回家，还觉得自己有所成就呢。唷！他们一定是给马鞍里放了砖吧。"

"我不明白为什么你能如此乐观。"

"乐观！我就跟一个没有续约的童星一样乐观。"

"朗达，你觉得他们会杀了我们吗？"

"他们费这么大劲把我们带来肯定不是为了杀人的。他们应该是想要赎金。"

"我希望你是对的。汤姆为了救我们会付出一切的。但如果他们把我们卖了怎么办！我听说他们把白人女孩卖给非洲的黑苏丹们。"

"买到我的黑苏丹肯定很倒霉。"

当阿拉伯人那天晚上扎营时，太阳已经快落山了。阿贝·艾·根奈姆酋长坚信那些愤怒且坚定的人正在追捕他，但他非常肯定现在他们无法赶上他。

他的第一个想法是拉开自己和他所背叛的基督徒之间的距离——现在他可以调查厄特威说的地图的事情，拥有这些地图是他欺诈行为的主要动机。

晚饭结束后，他蹲在火光能照到那个珍贵文件的地方，厄特威靠在他的肩后和他一起看这张地图。

"我啥都看不懂，"酋长吼道，"把你从他处拿到地图的那个女孩带过来。"

"我应该把她俩都带来，"厄特威回答道，"因为我分不清谁是谁。"

"那就都带过来吧，"根奈姆命令道。在他等待的时候，他静静地吸着水烟，幻想着一个充满钻石的山谷，以及他们能买的许多可以骑行的骆驼和母马,所以当厄特威带着囚犯一起回来时,他的心情很平和。

朗达昂首前行,眼睛里闪耀着战斗的光芒,而娜奥米苍白的脸和颤抖的肢体上显露出她的恐惧。

阿贝·艾·根奈姆酋长看着她并笑了一下。"不用怕。"他用让人感到安心的语调说道。

"他说,"厄特威翻译道,"你们不用害怕,邪恶的事情不会发生在你们身上。"

"你告诉他,"朗达回答说,"如果有什么坏事发生在我们身上,那对他来说就太糟糕了,如果他想保住自己的一条小命,他最好马上放我们回去。"

"贝都因人不害怕你的人,"厄特威回答说,"但是如果你们按酋长说的做,你们就不会受到伤害。"

"他想要什么?"朗达问道。

"他想让你们帮我们找到钻石谷。"厄特威答道。

"什么钻石谷?"

"它在那个我们看不懂的地图上,因为我们不认识你们英国佬的语言。"他指着酋长拿着的那个地图。

朗达向纸瞥了一眼,突然爆笑了起来:"别告诉我,你们这些蠢兔子绑架了我们,只是因为你们相信这里有一个钻石谷!天啊,那只是一个道具地图。"

"蠢兔子!道具!我不明白。"

"我来告诉你,这地图一文不值,它只是我们拍电影时用的道具,你最好把我们放了,因为这里没有什么钻石谷。"

厄特威和酋长激动地急促交谈了一会儿,然后前者又转向了那个女孩。"你别把贝都因人当成傻子,"他说,"我们比你聪明,我们知道你会说这里没有钻石谷,因为你想把它全部留给你的父亲。如果你知道什么对自己更有利,你会向我们解释地图并且帮我们找到钻石谷。否则——"他恶狠狠地皱起眉头,用食指在他的喉咙上一抹。

娜奥米打了个寒战,但朗达却不以为然——她知道,她们还拥有赎金或销售价值,这些阿拉伯人会将她们杀死,除非作为自我保护的最后手段。

"你不会杀了我们的,厄特威,"她说,"即使我不把地图解释给你们听,但我没有理由不读它。我其实非常乐意,不过如果没有钻石谷,那就别怪我们了。"

"过来,坐在阿贝·艾·根奈姆旁边,然后把地图给我们解释清楚。"厄特威命令道。

朗达跪在酋长身边,越过他的肩膀看着那张泛黄、受时间磨损的地图。

她用一根细长的手指指着地图的顶部。"这是北方,"她说,"然后看上方——这里是钻石谷,你看到在山谷正西边并靠近山谷的不规则的这个小东西了吧?有一个箭头指向它,并且标题说:'巨石柱'——红色花岗岩只在山谷开口附近露出地表。在它的正北边,这个箭头指向'山谷入口'。"

"这里,在山谷的南端,是'瀑布',瀑布下方是一条西南流向的河流。"

"问问她这是什么?"酋长命令厄特威,指着瀑布东南方地图东边的字母。

"那个是'食人族村',"郎达解释道,"沿着那里的整个地图上都写着'森林'!看这条河流,在流入这里的'大河'之前,它在山谷的东南边缘出现,流向东部,再流向东南部,然后又向西流,形成一个大圈。这个圈子里,地图上写着'开放领域',靠近圈子西边末端上面写着一个'荒芜的锥形火山'。然后这里又有一条河流在地图的东南部出现,向西北流动,在后者流入大河之前全部流入第二条河流。"

阿贝·艾·根奈姆酋长一边坐在那里深思着看地图,一边用手捋着自己的胡须,最后他把手指放在了瀑布上。

"喂,厄特威!"他大声说道,"这应该是奥姆瓦威瀑布,然后这里是班索托人的村庄。我们在这儿。"他指着第二条和第三条河流交界处附近的一个地方。

"明天我们应该能穿越这条河,进入开放领域。在那儿我们应该能找到一座荒芜的山。"

"好啊!"厄特威惊呼道,"如果我们这样做,我们很快就会进入钻石谷,因为剩下的路很平坦。"

"酋长说了什么?"朗达问道。

厄特威告诉了她,并补充说:"我们都会变得非常富有,然后我会把你从酋长手中买回来,带你回到我的阿西拉。"

"你,还有谁?"朗达嘲笑道。

"我的天!没别人了。我会自己把你买下来。"

"买主须自行当心货物的品质。"朗达建议道。

"我听不懂,娘们儿。"厄特威说道。

"如果你真的买了我,你会明白的。而且当你叫我娘们儿时,麻烦笑一笑。那听起来不像是个好词。"

厄特威咧嘴一笑,把她刚讲的话翻译给酋长听,然后他们都笑了起来。"两位女孩如果能待在阿贝·艾·根奈姆的家里那将是很好的事。"酋长说道,他对厄特威对朗达说的话一无所知。"当我们完成这次探险时,我想我会把她们都留下来,因为我会变得如此富有,以至于我不必卖掉她们。这个会逗我开心,她灵巧的舌头就像无味食物中的调味品。"

厄特威对此很不开心。他想自己占有朗达,而且他下定决心要拥有她,管他酋长不酋长。就在那时,计划开始在厄特威的脑海中制定出来,如果酋长阿贝·艾·根奈姆知道的话,会血压急升。

阿拉伯人在火边为两个女孩在地上铺上毯子,看守营地的哨兵被安排在附近,以至于她们没有机会逃跑。

"我们必须摆脱这些恶棍,娜奥米。"朗达说道,两个女孩紧紧地在毯子下面挨着躺着。

"当他们发现钻石谷其实不在附近时,他们会很难受。这些可怜的笨蛋还真的相信那张地图是真的——他们还希望明天就能找到那个荒芜的火山。当他们明天找不到它时,下星期或下下星期也不可能找到的,然后他们会自然把我们'沿河'卖掉,到那个时候我们将远离我们的队伍,我们找到队伍的机会将微乎其微。"

"你是想晚上独自进入这片森林?"娜奥米低声说道,充满了惊恐,"想想狮子!"

"我想到它们了,但我也想到了那些肥胖、油腻腻的黑苏丹们。我宁可在狮子那儿碰碰运气——至少它会公正些。"

"这一切都太可怕了!天啊,当初我为什么要离开好莱坞!"

"知道吗,娜奥米,这其实是件很有趣的事,一个女人对自己同类的恐惧甚至超过丛林野兽,这有点让人想知道哪个地方出错了——很难相信一个高尚的智慧体会以他自己的形象创造出比他创造的任何其他东西都更无情、更残酷、更腐败的东西。这就解释了为什么一些古人会崇拜蛇、公牛和鸟,我猜他们比我们更加理智。"

在营地边缘,厄特威蹲在伊亚德旁边。"你想要一个白人娘们儿吗，伊亚德？"厄特威低声说道，"我从你的眼睛里已经看出来了。"

伊亚德透过狭窄的眼睑注视着对方。"谁不想？"他宣称，"我难道不是男人吗？"

"然而你一个都不会得到，因为酋长要把她们都占为己有。你一个都得不到的——除非……"

"除非啥？"伊亚德问道。

"除非有事故发生在阿贝·艾·根奈姆酋长身上。你也不会得到多少钻石，因为酋长占的份额是四分之一。如果没有酋长，我们可以多分一杯羹。"

"你怎么能有这么大的火气？"伊亚德喊道。

"也许我就是地狱烈火的燃料，"厄特威承认道，"但是我燃烧的时候会全力燃烧。"

"你从中能得到什么？"在短暂的沉默后伊亚德发了问。

厄特威无声地松了一口气，伊亚德开始心回意转了！"和你一样，"他回答说，"我那份的钻石和其中一个白人娘们儿。"

"和别人一样，厄运也会降临在酋长的身上。"伊亚德思索道，用毯子裹紧身体并准备睡觉。

阿拉伯人的营地一片寂静。一名哨兵蹲在火堆旁，正打着盹儿，其他阿拉伯人已经睡了。

朗达却没睡，她听着营地中声音渐渐消失，听到熟睡的男人们的呼吸声，然后她看着背对着她的哨兵。

她把她的嘴唇贴近娜奥米的一只美丽的耳朵。"听！"她低声说，"但是不要动，也不要发出声音。当我起来时，跟着我。你只要做到这些就可以了。不要发出任何声音。"

"你打算做什么？"娜奥米的声音在颤抖。

"闭嘴,按我说的做。"

朗达一直在做长远打算。在脑子里,她已经预演了要实施的戏剧中的每一个最小的细节。没有台词——至少她希望是没有的。如果有的话,台词可能与她所希望的有很大的不同。

她伸出手,抓起一根被用作木柴的短而粗壮的木头。慢慢地、偷偷地,像猫一样,她从毯子里抽出身,娜奥米紧跟着她。

朗达起身,手里拿着那根木柴。她爬到毫无戒心的哨兵后面,将棍子在阿拉伯人的头上高高举起,她把它大力一甩,然后……

## Chapter 13

## 一个幽灵

奥尔曼和比尔穿过无尽的森林,他们日复一日地追寻着骑手的清晰路径,但有一天他们跟丢了。

他们二人都不是有经验的追踪者,路径已经消失在一条小溪中,但它却没有在对岸再次出现。

假设阿拉伯人在从对岸上来之前已经在河床上向上或向下骑了一段距离,他们试着在这条河上上下下展开搜寻,但没有成功。他们俩谁都没想到他们的猎物是在他们进入地方的同一侧出来的,所以他们根本没有在那边搜寻。当一个人走进一条河时,人们很自然地推测其目的在于穿越它。

他们从营地带来的少量食物已经消耗殆尽,并且他们在打猎上的运气一直很背。一些猴子和一些啮齿动物已倒在他们的步枪之下,他们暂时解决了饥饿问题,但未来看起来黯淡无光。十一天过去了,他们一无所获。

"这一团糟中最糟糕的,"奥尔曼说,"是我们迷路了,我们离那条我们跟丢路径的小溪已经太远了,以至于我们无法找到我们的回头路。"

"我不想找任何回头路,"比尔说,"直到我找到朗达,我才会掉头回去。"

"比尔,我怕我们已经来不及救她们了。"

"我们可以向那些恶心的阿拉伯人胡乱开几枪。"

"是的,我很想这么做,但是我必须考虑公司其他的人,我必须把他们带出这个国家,我原想我们可以在第一天赶上艾·根奈姆,然后在第二天赶回营地。我确实把一切都弄得一团糟。这两箱苏格兰威士忌的花费接近一百万美元,并且只有上帝知道在公司其他人再次看到好莱坞之前还有多少人活着。

"想想吧,比尔。怀特上校、克拉伦斯、贝恩、奥布罗斯基和另外七人都遇难了,就不说死掉的阿拉伯人和黑人了,那些女孩们也不见了,有时我觉得光是想到他们都会让我发疯。"

比尔什么也没说。他一直在深思这件事,并且也想到奥尔曼回到好莱坞时必须面对那些男人的妻子和孩子的那一天。不管奥尔曼的责任是什么,比尔都很同情他。

当奥尔曼再次张口时,他好像已经读懂了对方的心思。"如果它没有那么胆怯,"他说,"我估计要把自己撞死,这比我回家之前所要承受的要容易得多。"

当两个人说话的时候,他们慢慢地沿着一条狩猎小道行走,从一个未知小道走到另一个未知小道。他们早已绝望地知道他们迷路了。

"我不知道为什么我们还在走,"比尔说道,"我们已经不知道前往哪里。"

"我们坐下来是不会有任何发现的,也许如果我们再坚持久一点,我们会找到某些东西或某些人。"

比尔突然在他身后瞥了一眼。"我也是这么想的,"他低声说道,"我想我听到了什么东西。"

奥尔曼的视线跟随着他同伴的目光。"无论如何,我们现在已经有一个很好的理由不坐下或者掉头了。"他说。

"它跟踪我们已经有很长时间了,"比尔说,"现在回想一下,我之前就听到它了。"

"我希望我们不会把它扣押起来。"

"你觉得它为什么要跟踪我们呢?"比尔问道。

"也许它很孤单吧。"

"或者很饿。"

"你这么一说,它确实看起来挺饿的。"奥尔曼表示同意。

"在这种地方被抓实在是太烦人了。不仅路很狭窄,而且两边还有这么厚的灌木丛,我们不可能躲开来自正面的冲锋。并且这里的树都太粗壮了,根本爬不了。"

"我们可以射杀它,"奥尔曼建议道,"但我有些怀疑这些步枪,怀特说它们的火力不足以射杀大型猎物,而且如果我们不阻止它,我们其中一人就要'谢幕'了。"

"我射击技术差得很,"比尔承认道,"我也许根本都打不中它。"

"好吧,它没有再靠近了。我们继续走,看看会发生什么。"

他俩继续沿着小径向前走,边走边向后看。他们准备好了步枪。通常,路上的转弯之处使他们那阴险的跟踪者偶尔不为所见。

"它们在这里看起来根本不一样,不是吗?"比尔说,"更加凶残,而且有点不可避免,如果你知道我的意思——有如死亡和征税。"

"特别是死亡。它们让你没有任何优越感。有时在我正导演时,我认为驯兽师是一个麻烦,但我现在肯定很希望看到查理·盖伊走出灌木丛,并说,'坐下,要么就要挨板条!'"

"如果说,你知道这个人看起来像板条——都有同样的意思吗?"

随着他们的交谈,小道进入一个小小的空地,那里几乎没有灌木丛,树木也逐渐稀疏。他们只向着空地前进了一小段距离,此时跟踪的野兽在小路最后一个拐弯处绕了一圈,然后进入了空地。

它在小路口停了一会儿,尾巴来回抽动着,它巨大的下颚流着口水。它低下头,用黄绿色的眼睛审视着他们,神情凶狠。然后它伏下身,慢慢朝他们爬去。

"比尔,我们真得开枪了,"奥尔曼说道,"它准备进攻了。"

说完,他开了第一枪,他的子弹贴着狮子的头皮飞过。比尔也开了一枪,但没击中目标。那头食肉动物怒吼一声,发起进攻。比尔的步枪后膛被空弹壳卡住了。当狮子离他不过几步时,奥尔曼又开了一枪。然后当野兽起身去制服他时,他试图用步枪进行招架。一只硕大的爪子把步枪击飞,在此之后它把奥尔曼打得晕头转向。比尔站着,呆若木鸡,手中握着无用的武器。他看到狮子转身并扑在奥尔曼身上,然后他看到更让他震惊、骇然的事情,他看见一个几乎全裸的男人从他们头顶的树上跳下并落在狮子背上。

在野兽转头撕咬新的攻击者时,一只强壮的胳膊紧紧锁住了它的脖子。一双古铜色的双腿紧紧地勒住它的肚子。刀光一闪,强壮的肌肉一次又一次地将刀刃插入食肉动物的侧身。狮子左右晃动,试图把那个人从身上摇下来。它震耳欲聋的咆哮声在静谧

094

的空地中轰鸣，震撼着大地。

奥尔曼毫发无损，已经爬了起来，两个男人都出神地看着这场巨人的原始战斗。他们听见人的嘶吼混杂着狮子的怒吼，并能感到他们的身体在颤抖。

狮子在空中高高跃起，当它倒地时，再也没有起来。在狮子身上的那个人跳到地上，他观察了一下狮子的尸体，然后他把一只脚放在上面，抬起脸朝着天空发出了一声奇怪的呐喊，这让那两个美国人的后脊梁瑟瑟发抖。

那个非人类的喊叫声的尾音在林中回荡，那个陌生人对他救下的两个人连看都没看一眼，就向一根悬垂的树枝跃去，爬到树上，消失在上面的树叶中。

奥尔曼晒黑的皮肤透着惨白，并转向比尔。"你看到我看到的东西了吗，比尔？"他问道，他的声音在颤抖。

"我不知道你看到了什么，但我知道我认为自己看到了什么——但我以前根本没见过这种事情。"

"比尔，你认为这世上有鬼吗？"

"我——我不知道——你呢？"

"你和我一样清楚，那个人不可能是他，所以那一定是他的鬼魂。"

"但是汤姆，我们永远都不能确定奥布罗斯基的死活了。"

"现在我们知道了。"

## Chapter 14

## 一个疯子

奥布罗斯基被拖回到朗古拉村庄的地上,一个白人,赤身裸体,全身上下只穿着一条丁字形内裤。泰山正在奥布罗斯基头顶的树叶中向下观察这一切,以及站在他身边那个身形庞大的首领。他有力的双手中晃动着用丛林野草编织的柔韧又强劲的绳索,嘴边浮现着一丝恶作剧般的微笑。

突然,绳子向下方投去。下端的绳圈紧紧套牢朗古拉的身体,将他的双臂固定在身体两侧。当朗古拉感到自己被捆住时,一阵惊讶和恐惧的声音从酋长的嘴唇中发出来,当他附近的人被他的叫喊声吸引,转过身查看情况时,他们看到酋长迅速从地上升起,消失在头顶的树叶中,就像被某些超自然力量绑架了一样。

朗古拉感到自己被拖到了一根坚固的树枝上,然后一只硕大的手抓住并扶稳他。他很害怕,因为他认为自己的末日已经到来。在他下面,令人惊恐的寂静笼罩着整个村庄。首领的神秘失踪带来的慌乱和恐惧，使得囚犯一时间被人们遗忘了。

奥布罗斯基惊奇地环视四周，被斗志昂扬的战士们围绕着，他没有看到朗古拉升天的奇迹。现在他看见每一只眼睛都向上看着耸立在酋长小屋上方的那棵树上，他想知道发生了什么事，他想知道他们在看什么。但他看不出什么不寻常的事。所有在他记忆中留下的线索是突然之间，朗古拉被绳索捆住而发出的惊恐叫声。

朗古拉听到一个声音在说话——说的是他自己的语言。"看着我！"他命令道。

朗古拉转过头看着那个挟持他的东西。村里的火光透过树叶，模糊地照出弯曲在他身体上方的白人的特征，朗古拉喘着气缩回来。"死神！"他恐惧地嘟囔着。

"我不是死神，"泰山回答说，"我不是死神，但是我也可以快速地结束生命，因为我比死神更伟大，我是泰山！"

"你想要什么？"朗古拉透过打颤的牙齿问道，"你打算对我做什么？"

"我在你身上做了个测试，看看你和你的村民是不是好人。我把自己变成了两个人，我让你的战士们抓住了其中一个，我想看看你会怎么对待一个对你们没有威胁的陌生人。现在我知道了，你已经做了罪该万死的事，你还有什么话要说？"

"你在这里，"朗古拉说，"同时你也在下面。"他朝着奥布罗斯基的身影点点头，后者带着惊讶的沉默站在战士们中间。"因此，你一定是个恶魔，我可以对恶魔说些什么呢？我可以给你食物、饮料和武器。我可以给你女孩，她们可以做饭、取水、拾柴，整天在田里工作——那些拥有宽阔臀部和强壮背部的女孩，如果你不杀我的话，所有这些东西我都会给你 ——如果你就此离开，离开我们。"

"我不需要你的食物，也不需要你的武器、你的女人，我只想从你身上要一件东西，朗古拉，作为你生命的代价。"

"悉听尊便，主人。"

"你得承诺，你永远不会再与白人交战，而且当他们通过你的国家时，你会帮助他们而不是杀死他们。"

"我保证，主人。"

"那就召唤你的人，告诉他们打开大门，让囚犯进入森林。"

朗古拉向他的人民大声喊话，紧接着他们从奥布罗斯基身边离开，让他独自站着，然后战士们到村门口把大门打开。

奥布罗斯基听到了从树上高处传来的酋长的声音，感到十分迷惑。他也对当地人的奇怪行为不解，并怀疑是变节的缘故。为什么他们会后退并让他独自站着，而在几分钟前他们还试图抓住他并将他绑在树上。他们为什么要把大门敞开？他没有动。他等待着，以为有人为了某种别有用心的目的而引诱他逃跑。

目前另一个声音从酋长的小屋上方的树上传来，用英语对他说。"走出村子，进入森林。他们现在不会伤害你，我会在森林和你会合的。"

奥布罗斯基很迷惑，但安静的英语使他安心，然后他转过身来，沿着村庄街道走向大门。

泰山取下朗古拉身上的绳索，轻轻地穿过树林到了小屋的后面，然后跳到了地上。将小屋作为掩护，他迅速移动到村子的另一端，翻过栅栏，然后落到了外面的空地上。过了一会儿，他在森林里绕回到奥布罗斯基进入的地方。

后者丝毫没有听到他接近的声音，因为的确没有。有一刻，他完全一个人，接下来一个声音在他身后响起。"跟着我。"他说。

奥布罗斯基转身，在森林夜晚的黑暗中，他只能看到一个和他差不多身高的男人模糊的身影。"你是谁？"他问。

"我是人猿泰山。"

奥布罗斯基陷入沉默，大吃一惊。他听说过人猿泰山，但他认为这只不过是一个传奇人物——非洲民间传说中的虚构人物。他想知道这是不是某个精神错乱的生物在想象自己是人猿泰山。他希望他能看见那个人的脸，这可能会让他了解这个男人是否精神正常。他想知道这个陌生人的潜在意图是什么。

泰山正朝森林走去，他转过身，重复着他的命令："跟我来！"

"你让我摆脱了困境，我还没好好感谢你呢。"奥布罗斯基在跟着陌生人逐渐消失的身影前行时说道，"你真是个好人，要不是你，我现在已经死了。"

泰山静静地前进，奥布罗斯基在其后跟着他，空气中的沉默让他有些紧张。这似乎证实了他的推论，这个人不像其他人那样正常。如果在这样刺激的环境下遇到陌生人，一个正常的人会问及并回答无数的问题。

而奥布罗斯基的推论并非完全不准确——泰山的确不像其他人，野兽的训练和本能已经给予了他特有的行为标准和道德规范。对于泰山来说，说话和沉默都要看时间。猎食动物出没的深夜，就不是在丛林里叽叽喳喳的时候；他也不会太在意与陌生人进行交谈，除非他能够看到他们的眼睛和他们脸上变化的表情，因为这些信息往往比他们的话要传达得更多。

所以，在沉默中，他们穿过森林，奥布罗斯基紧紧跟在泰山身后，以免在黑暗中看不见他。在他们前面，一头狮子咆哮着；奥布罗斯基想知道他的同伴是否会改变方向或爬到树上避避风头，但他都没做，他继续朝着他们前进的方向前进。

狮子的声音时不时在他们前面响起，一直在不断接近。手无寸铁、赤身裸体的奥布罗斯基感到十分无助，并且不由得感到紧张。当他同伴的喉咙里发出一声吼叫时——带着半嘶吼半怪叫的特征，他的紧张情绪也没有减轻。

之后的一段时间里，他都听不到狮子的声音了；然后，似乎就在他们前面，他听到了嘶哑咳嗽般的咕噜声。狮子！奥布罗斯基几乎不能抑制去爬树的强烈冲动，但是他保持镇定，跟在向导之后继续前行。

目前他们来到河边森林的一块空地上。月亮已经升起，它柔和的光芒照亮整个场景，在树木和灌木点缀着的草地上投射出深深的阴影，在河流漩涡的涟漪上起舞。

但是，眼中的美景只吸引了他一瞬间，有如摄像机的快门。然后在非洲月亮的充足光芒下隐约出现在他们前面的巨大身形，将他之前看到的美景从意识中抹去。一头巨大的雄狮在他们走近的时候站在空地里看着他们。奥布罗斯基看到了它在夜风中起伏的黑色鬃毛，以及在月光下闪耀的黄色躯体。现在，在它身前，一头母狮也站了起来，它咆哮着。

陌生人转向奥布罗斯基。"别动，"他说，"我不认识这头母狮子，它可能不怀好意。"

奥布罗斯基庆幸地停了下来，他松了一口气，发现他已经停在一棵树边上。他希望他有一支步枪，这样他可以挽救这个疯子的生命，而他正无忧无虑地走向他的末日。

现在他听到那个自称为人猿泰山的人的声音，但他并不理解这个人说的话："塔玛曼尼哟，杰德巴尔贾坦德庞贝罗，萨博泰坦博罗。"

这个疯子正在和体型庞大的雄狮说话！当他看见疯子越来越

靠近野兽时,奥布罗斯基为他感到颤抖。母狮起身,身体前倾。"危险,母狮来了!"他朝那个人大声喊道。

雄狮转身冲向母狮,咆哮着,母狮伏下身子并跳开。雄狮站在母狮身前咆哮了一会儿,然后它转身向前走向那个男人,奥布罗斯基的心跳几乎停止了。

他看到那个男人把一只手放在巨大的食肉动物的头上,然后转身回头看着他。"你现在可以过来了,"他说,"杰达·保·贾应该会闻到你的气味,并知道你是朋友,之后它不会伤害你了,除非我让它那么做。"

奥布罗斯基被吓坏了,他想逃走,爬上他旁边的那棵树,并且愿意做任何能让他远离雄狮和母狮的事情,但他更害怕离开他结识的这个人。被恐惧所麻木,他向前走去,而人猿泰山对他的勇敢表示满意。

杰达·保·贾在它的喉咙里咆哮着。泰山低声对它说话,然后它才停了下来。奥布罗斯基来到它身边,狮子嗅着他的腿和身体。奥布罗斯基能感受到他皮肤上来自食肉动物炙热的气息。

"把你的手放在它的头上,"泰山说,"如果你害怕,千万别显露出来。"

奥布罗斯基按照他的要求做了。目前,杰达·保·贾用头在那个人身上来回磨蹭,然后泰山再次说话,雄狮转身走向母狮,躺在母狮身边。

现在,奥布罗斯基在满月的光照下第一次看清他那陌生的伙伴,他惊异地发出惊叹——他简直是在照镜子。

泰山笑了——他难得的笑容之一。"很神奇,不是吗?"他说。

"应该说太怪诞了。"奥布罗斯基答道。

"我想这就是为什么我会把你从班索托人那儿救出来的原

因——这看起来简直就像自己被杀了一样。"

"我敢确定你无论如何也会救我的。"

泰山耸耸肩。"我图啥呢？我又不认识你。"

泰山在柔软的草地上伸展自己的身体。"我们应该要在这里躺下过夜了。"他说。

奥布罗斯基快速地向躺在几码外的两头狮子的方向瞥了一眼，泰山读懂了他的想法。

"别担心，"他说，"杰达·保·贾会确保你不受伤害，但是当它不在的时候要小心那头母狮，它们只是几天前才在一起的，它还没有和我交过朋友，而且可能永远都不会。现在，如果你愿意的话，告诉我你在这个国家干什么吧。"

奥布罗斯基用朴实的话语解释着，泰山一直听着，直到他说完为止。

"如果我知道你是那个旅行队伍中的一员，我可能会让班索托人杀死你。"

"为什么？你为什么要这样针对我们？"

"我看到你们头头鞭打他手下的黑人。"泰山答道。

奥布罗斯基沉默了一会儿，他开始意识到这个自称为人猿泰山的人是一个非常了不起的人，在这个野蛮的国家中他分辨善恶的能力可能很容易变得强大。他会成为一个好朋友，不过他的敌意也可能是致命的，他可以毁掉他们成功拍电影的机会——他可以毁掉奥尔曼。

奥布罗斯基不喜欢奥尔曼，他有充分的理由不喜欢他，娜奥米是其中一个原因。但除了个人怨恨以外，还有其他事情需要考虑。工作室投入的资金，同伴们的职业生涯，甚至奥尔曼——奥尔曼是一位出色的导演。

他向泰山解释了这一切，除了他对奥尔曼的仇恨之外。"奥尔曼，"他总结道，"他在鞭打黑人时是因为喝醉了，他之前因发烧而倒下，大家都非常担心。那些最了解他的人说那段时间他根本不像他自己。"

泰山没有发表任何评论，奥布罗斯基也没多说。他躺着，仰望着满月，思索着。他想到了娜奥米，并思考着。他究竟爱上了她哪一点？她小气、不体贴、傲慢，并且被宠坏。例如，她的性格根本无法与朗达相比，而朗达却和她一样美丽。

最后，他认为吸引他的是娜奥米的名气——除去这些，她身上除了有让男人对美丽脸庞和姣好身材产生迷恋感的特点之外，就再也无法激发出更有意义的东西了。

他想到了他的旅行队伍的同伴们，他想知道，如果他们现在看到他和一个野人以及两头凶猛的非洲狮子睡在一起会作何感想。带着一丝笑容，他打着盹，睡着了。他没有看到母狮起身，并且穿过空地，杰达·保·贾紧跟在其身后，威严踱步，它们外出踏上残酷的狩猎之旅。

## Chapter 15

## 恐 惧

当朗达将武器举到蹲着的哨兵头顶上方时,那名男子迅速将视线转向她。他立刻意识到了自己的危险,并随着棍子的下落而开始起身,但打击的力量比它本来的力量要大得多,所以他没有发出任何声音就毫无意识地倒地。

那女孩迅速地四周环视沉睡中的营地,没有人醒来。她向颤抖的娜奥米招手,示意她跟着她,她们迅速走到地上放置马具的地方。她把马鞍和缰绳交给了娜奥米,也拿走了剩余的马具。

半拖拽半背着行囊,她们爬到了被绳索系着的小马边上。在这里,娜奥米几乎完全帮不上任何忙;而朗达不得不给两匹马都套上马鞍和缰绳,感谢前几天她的好奇心,促使她检查了阿拉伯人的马具并了解其调整方法。

娜奥米上了马,朗达把她自己的小马的缰绳递给了她的同伴。"抓住它,"她低声说,"并且抓紧了。"然后她迅速走向其他小马,一个接一个地松开它们的绳索。时不时地,她会瞥向睡着的男人们。如果其中一人醒来,她们将被重新抓住。但是,如果她能够执行自己的计划,她们就会成功逃脱追捕,她觉得这是值得的风险。

最终,最后一匹小马被松开了。已经意识到了自己的自由,它们中的一些同伴已经开始四处跑动了。这是女孩计划的主要危险之一,因为在营地中跑动的自由马匹肯定会迅速唤醒像贝都因人这样的骑手。

她迅速跑向自己的小马并骑上去。"我们可以试着把它们赶到我们前面一点,"她低声说,"如果我们能做到这一点,我们就会安全些。"

女孩们尽可能保持安静,在获得自由的马群后骑着马,尽力让它们远离营地。让朗达感到不可思议的是,噪音并没有唤醒那些阿拉伯人。

小马被拴在营地的北面,所以女孩们把马群向北驱赶。这并不是他们自己旅行队伍所在的方向,但是朗达打算在成功赶跑那些阿拉伯人的坐骑后再返回。

慢慢地,那些不情愿的小马,远离了营地所在的小块空地,朝着森林的黑色阴影移动——一百英尺、两百英尺、三百英尺。当它们即将接近森林的边缘时,一声大喊在它们身后响起。然后,许多人愤怒的声音——那是奇怪言辞和更奇怪的阿拉伯式咒骂混合在一起的嘈杂声——逐渐接近它们。

这是一个明亮的,星光灿烂的夜晚。朗达知道那些阿拉伯人可以看到她们,她在马鞍上转过身,看到他们在迅速追赶。她牛仔式地大吼一声并用脚后跟一踢,催促着她的小马跟紧前面的同伴。马匹被吓了一跳,开始小跑起来。

"大叫起来,娜奥米!"女孩叫道,"做任何事来吓唬它们,让它们跑起来。"

娜奥米竭尽全力,奔驰而来的阿拉伯人的喊声也加剧了小马的紧张情绪。接着一个阿拉伯人开了他的步枪,当子弹在她们头上呼啸的时候,小马开始跑了起来,两个女孩紧随其后,然后她们消失在森林里。

领头的小马应该已经看到或者偶然发现了一条小路,然后它们顺着小路一路狂奔,每一步对这两名逃犯来说都充满了危险。一根低垂的树枝或者其中一匹坐骑的失误将会造成灾难,但她们并没有试图放慢速度。也许她们觉得什么都要比再次落入老阿贝·艾·根奈姆手中这件事好得多。

直到她们背后的阿拉伯人的声音都消失了,朗达才开始勒马缓行。"好吧,我们做到了!"她非常高兴地叫了出来,"我敢打赌,老根奈姆肯定恨得牙痒痒,你感觉怎么样?累吗?"

娜奥米没有回答,然后朗达听到她在低声抽泣。"怎么了?"她问道,"你没有受伤,对吧?"她的语气充满担忧和关心。

"我——我——非常害怕。天啊,我——从来没有这么害怕过。"娜奥米抽泣道。

"噢,振作起来,娜奥米,我也害怕极了,但是哭泣、哀嚎、咬牙切齿对我们没有任何好处,我们已经从他们身边逃出来了,几个小时前这似乎是不可能的,现在我们所要做的就是骑回到旅行队伍,并且我们很有可能遇到正在寻找我们的男同伴们。"

"我再也见不到他们了,我一直都知道我会死在这个可怕的国家。"但娜奥米又开始歇斯底里地抽泣起来。

朗达骑着马靠近她,搂着她。"这一切都太可怕了,亲爱的。"她说,"但是我们会挺过去的。我会带你离开这里,而且有一天我们会再次躺在马里布的沙滩上,把这一切都当作一个笑话。"

一段时间内她们都没有说话，小马在黑暗的森林踱步。在她们之前，松散的马匹沿着人眼无法看到的路径前进。有时候它们中的一个会停下来，抽抽鼻子，感应到女孩们看不见也听不到的东西；接着朗达会再次把它们拉回正轨，所以前行时间十分漫长，并拖到了新的一天。

在长时间的沉默之后，娜奥米说话了。"朗达，"她说，"我不明白你为什么要对我这么好，我曾经对你那么不好，我表现得像一个肮脏狠毒的女人。现在我明白了，最近的几天让我明白了一些东西——让我开了眼界，我想。什么都别说——我只是想让你知道——仅此而已。"

"我明白，"朗达轻声说，"是好莱坞——我们都试图成为我们永远不能成为的人，而我们大多数人成功，只是因为我们成为我们不应该成为的人。"

她们前方的路线突然变宽，自由的马儿们停了下来。朗达试图敦促它们继续前进，但它们只来回打转，不肯往前进发。

"我想知道哪里不对劲。"她说。她敦促她的小马前行，结果发现一条河流阻隔了她们的去路。这不是一条很大的河流，她决定骑着这些小马过河，但它们不愿意向前走。

"我们该怎么办呢？"娜奥米问道。

"我们不能留在这里，"朗达答道，"我们必须继续向前走一段时间，如果我们现在回头，我们会撞上酋长的人。"

"但是我们过不了河啊。"

"我也不知道怎么办。但这里一定有个浅滩——这条小径直入河流，径直而入。你可以看到它是如何逐渐远离河岸进入河中的，我打算试着过河。"

"天啊，朗达，我们会淹死的！"

"人们说这种死法不痛快，来吧！"她催促她的小马从河岸上下到水中。"我不愿把其他小马留下，酋长们会找到它们并跟踪我们，但如果我们不能把它们赶过河，也没有别的办法。"

她的小马在水边徘徊了一小会儿，但最后它还是下了水，鼻子喷响着。"娜奥米，跟紧我，我知道两匹马过河比一匹马过河更靠谱，如果我们深入水中，尽量让你的马头指向对岸。"

两匹小马小心翼翼地在水流中跋涉。水既不深也不迅速，它们很快就拾起了信心。在它们身后的河岸上，其他小马聚集在一起，向同伴们发出嘶鸣。

当她们快走到对岸时，朗达听到在她身后水花飞溅。转过头，她看到那些跟随她们的自由的小马也在过河，她笑了起来。"现在我学到了一些东西，"她说，"我们整晚都在驱赶它们，如果我们让它们自己走，它们其实会跟着我们的。"

在她们过河后不久天就亮了，新的一天的光芒照亮一片被树木和灌木丛点缀的空地。在西北部，有许多山脉若隐若现，这与她们长期以来看到的地方完全不同。

"真好看啊！"朗达惊叹道。

"在那座森林之后发生的任何事都是美好的，"娜奥米答道，"因为我憎恨关于它的一切。"

突然间，朗达勒起缰绳并用手指向某处。"你看到我看到的了吗？"她问道。

"那座山？"

"你注意到了吗？我们刚刚从森林里穿过一条河，来到了一个开放的区域，然后那里有一座'贫瘠的，锥形的山——火山'。"

"你的意思不会是——？"

"那份地图！在那儿，西北方向，就是那些山脉。如果这只是个巧合,那还真是无比蹊跷的巧合了。"

娜奥米正准备回话时,她们的小马都停了下来,颤抖着。它们鼻孔扩张,耳朵竖起,纷纷盯着右侧和前方的一个灌木丛,两个女孩都朝着同一个方向看。

突然,一个黄褐色的身影带着巨大的吼声从灌木丛中一跃而出,小马转身狂奔起来。朗达的马在娜奥米的坐骑右边,稍快一点。狮子是从朗达身边过来的。两匹小马都无法受控,这些自由的马儿像吓坏了的羚羊一样闪电般地冲了出去。

娜奥米着迷似的目光盯在狮子身上,它以令人难以置信的速度奔跑着。她看到它一跃而起,用利齿和爪子抓住了朗达小马的臀部,它的后腿在小马的肚子上猛击了一下。受惊的小马踢了一下,猛地向前冲,把朗达从马鞍上扔了下来,然后狮子在惊恐的娜奥米眼前把小马拽到地上。

娜奥米的小马把她从这可怕的场景中带了出来,有一次她回头看了看,她看见狮子站在小马尸体旁,前爪放在尸体上。在几英尺之外,朗达的身体一动不动地躺着。

受惊的小马们沿着它们来时的小路往回跑。娜奥米完全没能力去控制或引导那匹带着她疾奔的惊恐小马,它紧跟在同伴们之后。她们在过去一小时所走过的距离在几分钟内就被走完了,因为同伴们奔腾的蹄声让这些惊恐的动物更为惊恐。

它们以前害怕过的河,现在却没有吓到它们。直冲过去,它们使水溅到空中,飞溅的水声在森林中回响。

悲痛、惊恐、绝望,娜奥米紧紧抓着她的坐骑;但有生以来的第一次,娜奥米的思绪并不是关于自己。那个一动不动躺在可怕肉食动物身边的静止人影的记忆把她的脑海里的自我排挤出去——她的恐惧、绝望以及悲痛都是因为朗达。

恐 惧 | 109

## Chapter 16

### 伊亚德

日复一日，奥尔曼和比尔徒劳地在密集的森林和丛林中寻找他们迷失的路径。距他们离开营地去寻找女孩，到遇到狮子和奥布罗斯基的"幽灵"，已经差不多过去了两个星期。

这次遭遇让他们感到不安，因为他们都因缺乏食物而虚弱，他们的神经受到不少折磨，包括他们所经历的以及对娜奥米和朗达的命运的担忧。

他们在狮子的尸体旁站了一会儿，用眼睛和耳朵寻找幽灵归来的迹象。

"你是不是觉得，"比尔说道，"饥饿和担忧可能会过度影响了我们，以至于我们想象了我们所看到的东西——我们认为我们看到的东西？"

奥尔曼指着死狮子。"这是我们想象出来的吗？"他问道，"我们俩能在同一时刻有同样的幻觉吗？不！我们看到了我们所看到的，我不相信鬼魂——我以前也从未相信过——但如果那不是奥布罗斯基的鬼魂，那他就是奥布罗斯基；而你也知道奥布罗斯基永远不会有勇气去对付一只狮子，即使他可以从中逃脱出来。"

比尔沉思着抚摸他的下巴。"你知道，我发现了另外一个解释，奥布罗斯基是世界上有名的懦夫，他可能已经逃离了班索托人，并且在丛林中迷路了。如果他的确迷路了，他会在白天、黑夜的每一分钟都吓得半死，恐惧可能会让他发疯。他现在可能就是个疯子了，而且你知道疯子应该比普通男人强壮十倍。"

"我不知道疯子会更强壮，"奥尔曼说道，"那是一种流行的理论，而流行的理论总是错误的；但是每个人都知道，当一个人疯狂时，他会做一些正常人不会做的事，所以也许你是对的——也许那就是疯了的奥布罗斯基吧。只有疯子才会偷袭一头狮子，如果他神志正常，奥布罗斯基肯定不会救我——他没有任何理由喜欢我。"

"好吧，无论是什么在驱使着他，他在很多方面都帮了我们——他给我们留下了一些吃的东西。"比尔朝狮子的尸体点点头。

"我希望我们可以阻止他离开，"奥尔曼说，"他看起来很肮脏。"

"我不喜欢猫肉，"比尔承认道，"但我现在可以吃下一只宠物狗。"

当他们吃完并切下了随身携带的肉块后，他们又重新出发了，去做似乎毫无收获的搜索。食物给了他们新的力量，但并没有怎么提高他们的士气，他们像以前一样沮丧地缓慢前行。

夜幕降临之际，领先的比尔突然停下，退后，并警告奥尔曼保持安静。后者小心翼翼地走向比尔站的地方，比尔指着前方一个蹲在小溪河岸附近的小火堆旁的长长的身影。

"那是艾·根奈姆的其中一个手下。"比尔说。

"那是伊亚德,"奥尔曼答道,"你还看到有别人跟他在一块儿吗?"

"没有。你觉得他一个人在这做啥?"

"我们会弄清楚的,如果他尝试任何有趣的诡计或者如果有更多的土著人出现的话,做好开枪的准备。"

奥尔曼朝着孤零零的身影接近,他的步枪准备就绪,比尔在他的肘部边上跟着他。他们只前进了几米,伊亚德抬头发现他们时抓起他的步枪,他跳了起来,但奥尔曼瞄准了他。

"把枪放下!"导演命令道。

伊亚德不懂英语,但他从美国人声音的强硬语气中大概猜出了这些词语的含义,并且将枪托放在了地上。

两人走近他。"艾·根奈姆在哪里?"奥尔曼问道,"娜奥米小姐和朗达小姐在哪里?"

伊亚德认出了那些名字并感受到讯问般的语调变化,指着北方,他用阿拉伯语大声说话。奥尔曼和比尔都不明白他所说的话,但他们看得出来他非常兴奋。他们也发现他憔悴不堪,衣衫褴褛,脸上和身上伤痕累累,很明显他经历了一些艰难的遭遇。

当伊亚德意识到美国人不能理解他时,他开始使用手势,尽管他继续用阿拉伯语喋喋不休。

"你看得出他想表达什么吗,汤姆?"比尔问道。

"我从厄特威那儿学了几句话,但并不多。这个群体的其他人身上似乎发生了一些可怕的事情——这位已经被吓傻了,他提到了酋长、贝都因人和两个白人女孩,他正在谈论艾·根奈姆,其他贝都因人以及那些女孩们——其中一个女孩已经被某个动物杀死——当他解释时,从他吼叫的方式上看,我想它一定是头狮子。群体里剩余的人身上都发生了不同的事情,而且我猜一定非常糟糕。"

比尔脸色惨白。"他知道哪个女孩死了吗?"他问道。

"我分辨不出是哪个——也许她们都死了。"

"我们必须要搞清楚。我们必须弄清她们的下落,他能告诉我们这件事发生时她们在哪里吗?"

"我要让他做我们的向导,"奥尔曼回答说,"今晚出发是没有用的——已经太晚了,我们早上出发吧。"

他们扎了一个简易的营地,煮了一些狮子肉,伊亚德吃得狼吞虎咽。显然,他很久没吃过食物了。然后他们躺下并试图入睡,但徒劳的担心让这两名美国人一直醒着,直到深夜。

在几英里之外,他们的南边,奥布罗斯基蹲在一棵树的树杈上,因寒冷和恐惧而颤抖。在他的下面,一头雄狮和一头母狮正在吃着一头雄鹿的尸体。鬣狗发出它们怪异的嚎叫,在狮子周围散开围成一圈。奥布罗斯基看到了一只鬣狗,被饥饿刺激出很大的勇气,偷偷摸摸地从尸体上咬下一块肉。那头巨大的雄狮转过头,看到了那个小偷,冲向它,狂暴地咆哮着。鬣狗退缩了,但速度不够快。一只硕大的横扫而过的爪子将其击飞至它的同伴之间,血流满地,毫无生气。奥布罗斯基颤抖着,更紧地抱住了树。一轮满月映照着这野蛮的景象。

此时,泰山的身影默默无声地进入了空地。狮子抬起头,咆哮着,一个回应的咆哮声从泰山的喉咙里传来。然后一头鬣狗冲向他,奥布罗斯基惊慌地喘着气。如果泰山被杀,他会有什么结局!他害怕泰山,但他更怕丛林中其他可怕的生物。

他看到泰山躲开鬣狗的攻击,然后迅速弯腰,抓住了肮脏野兽的脖子,摇了一下,然后将它投掷到两头狮子进食的地方。母狮用其巨大的下颌咬了一口,然后把它扔在一边,其他鬣狗笑得令人十分惊骇。

伊亚德

泰山四下看了看。"奥布罗斯基！"他喊道。

"我在这里。"奥布罗斯基答道。

泰山轻轻地荡上他身旁的树。"我今天看见两个你们的人，"他说，"奥尔曼和比尔。"

"他们在哪？说了什么？"

"我没跟他们说话。他们就在离我们几英里以外的北边。我觉得他们迷路了。"

"谁跟他们在一块？"

"只有他们而已。我找过他们的旅行队伍，但他们完全不在附近。在更远的北方，我看见你们旅行队伍里的一个阿拉伯人。他迷路了，并且饥肠辘辘。"

"旅行队伍一定是被拆开并走散了，"奥布罗斯基说，"不知发生了什么事？也不知女孩们会出什么事？"

"明天我们会出发寻找奥尔曼的，"泰山说，"也许他可以回答你的问题。"

## Chapter 17
### 形单影只

好一会儿，朗达静静地躺在被那吓坏的马儿甩出去的地方。雄狮将前爪放在猎物尸体上，愤怒地朝那匹把娜奥米带回森林并逃走的动物咆哮着。

当朗达恢复意识的时候，她睁开眼睛时看到的第一样东西就是背对着她的雄狮的身影，接着她立即回忆起发生的一切。她试图在不移动头部的情况下找到娜奥米，因为她不希望引起狮子的注意，但她完全看不到娜奥米。

狮子嗅着它的猎物，然后它转过头去四处察看。它的目光落在女孩身上，喉咙里开始隆隆低吼起来。朗达害怕得动弹不得，她想闭上眼睛，把那张可怕的咆哮的脸挡在视线之外，但她担心即使是这种轻微的动作也会把野兽吸引过来。她想起曾听别人说过，如果动物认为一个人死了，它们不会来伤害尸体。她也回想起，这对肉食者来说可能并不适用。

她如此害怕,以致她极力遏制跳起来逃跑的冲动,因为她知道这样的行为会立即致命,这只"大猫"可以一跃将其拿下。

狮子缓慢地转过身来接近她,而那低沉的咆哮一直在它的喉咙里隆隆作响。它靠近并嗅着她的身体。她感觉到她脸上的炙热气息,并且那气味让她感到恶心。

这头野兽看起来神经紧绷,半信半疑。突然,它把脸贴近她的脸,凶猛地咆哮着,凶狠地盯着她的眼睛,她认为她的末日已经到来。这头野兽举起一只爪子,抓住了她的肩膀,它把她脸朝地翻了过来,她听到它在身上嗅探和咆哮。对于那个受惊吓的女孩来说,它站在那儿一刻如同永远,然后她意识到它已经走开了。

有一刻她感到非常头晕,差点昏倒,从一只还看得清东西的眼睛中她观察着狮子。它回到了马的尸体旁,撕咬了一会儿;然后它抓住马的尸体并拖回到它发起攻击的灌木丛中。

女孩对野兽的强大力量感到惊叹,因为它毫不费力地拖着尸体并消失在丛林中。现在她开始思考她是否被奇迹般地豁免了,或者狮子在藏好这匹马的尸体后,会不会回来找她。

她抬起头,看了看周围。大约二十英尺远的地方长着一棵小树,她躺在小树和灌木丛之间,仍然可以听到狮子在咆哮。

她开始小心翼翼地将身体挪向那棵树,并不断朝着丛林的方向扫视。她一点点,又一点点地缓慢前进。五英尺、十英尺、十五英尺!她回头看了看,发现狮子的头部和前躯从灌木丛里冒了出来。

已经不再有秘密潜行的时间了,她跳起身,向着那棵树跑去。在她背后,她听到狮子发出愤怒的咆哮声。

她向一根低矮的树枝跳去并顺着向上爬,恐惧给予了远远超出她正常能力的敏捷和力量。当她在树枝中间疯狂地向上爬时,

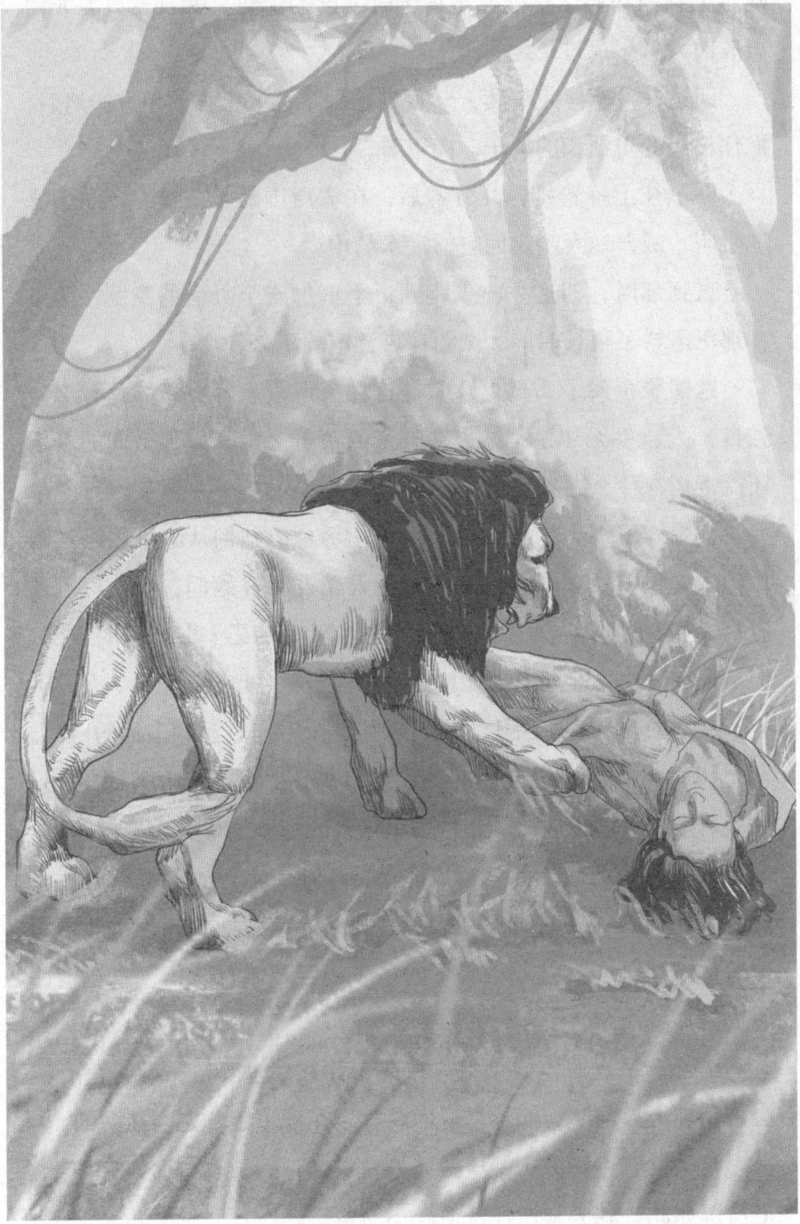

她感觉到树在狮子猛烈撞击树干时发出的颤抖,并且一只尤如利刃般的大爪子掠过了她的脚下。

朗达并没有停止攀爬,一直到她到了不敢上去的地方。然后,抱住已经变得细长的树干,向下看。

狮子往上瞪着她,几分钟后,在树周围踱步;接着,它愤怒地吼叫,威严地大步走回它的灌木丛中。

直到那时,朗达才向下爬到一个更加安全舒适的高度,她坐在那里颤抖了很长时间,试图让自己镇静下来。

她摆脱了狮子,至少暂时是这样,但未来等着她的是什么?独自一人,手无寸铁,迷失在野蛮的荒野之中,她那微弱的希望还能寄托在什么之上呢!

她想知道娜奥米怎么样了,她几乎希望她们从未试图逃离阿拉伯人。倘若奥尔曼、比尔和其他人正在寻找她们,他们可能还有机会找到她们,如果她们仍然是老阿贝·艾·根奈姆的俘虏,但是现在怎么可能还有人能找到她们呢?

从她的树丛避难所中,她可以往各个方向看到相当远的距离。一个树林点缀的平原向西北的山脉延伸。在靠近她的东北方向,坐落着狮子发起进攻时她指给娜奥米看的那座锥形火山。

所有这些地标如此贴合地图上的描述,点燃她的好奇心,并让她开始对钻石谷进行重新思考。突然间,她回想起厄特威告诉她的一些事情——钻石谷脚下的瀑布必定是旅行队伍一直要前往的奥姆瓦威瀑布。

倘若那是真的,如果她前往瀑布并在那里等待,她将更有机会重新加入大部队,而不是返回森林,在那里她一定会迷路的。

她觉得有点好笑,她居然要把自己的信念放在一张藏宝图上,但情况如此,她必须抓住任何微小的希望。

那些山脉似乎并不遥远,但她知道距离通常具有欺骗性。她认为她应该能在一天之内到达那里,并且相信她可以在没有食物或水的情况下坚持下去,直到到达她祈祷可能在那里的那条河流。

现在分秒必争,但是雄狮还躲在附近的灌木丛中,她无法动身。当它撕裂马的尸体时,她能听到它的咆哮。

一个小时过去了,她看见狮子从它的巢穴里冒出头来。它甚至都没有看她,而是向南朝着她和娜奥米几个小时之前穿过的河流离去。

朗达看着这头野兽,直到它消失在靠近河边的灌木丛中。然后她从树上滑下来,开始往西北方和大山的方向前行。

这一天天色还很早,地形也不算太复杂,尽管还要走夜路以及有着在过去几个小时的恐怖经历,但朗达感觉还比较清醒和有力量——这些都让她充满希望。

平原上点缀着树木,朗达引导着自己的脚步,以便她可以在任何时候都尽可能靠近其中的一棵树。有时候这一段曲折路线也许会增加距离,但在她与狮子接触后,她不敢在任何时候离庇护之处太远。

她常常回头看看她过来的方向,以免狮子跟踪吓到她。随着时间的推移,阳光越来越热。朗达开始感觉到饥饿和口渴,她拖拽着脚步,脚沉重如铅块,停在树阴下休息的次数变得越来越多。大山似乎和以前一样遥远,她充满了疑惑。

一个影子在她面前的地面掠过,她抬起头,天上盘旋着一只秃鹫,她打了个寒战。"我想知道它是否希望,"她大声说,"或者它是否知道……"但她坚持不懈地前行,她不会放弃——直到她晕倒在路上为止,她想知道还要过多久才会发生这种事。

有一次,当她走到横在路上的一块巨大黑色岩石时,"岩石"

动了动身子，站了起来，然后她才发现那是一只犀牛。这头野兽愚蠢地四处跑了一会儿，扬起鼻子，然后它发起冲锋。朗达吃力地爬上一棵树，那头巨大野兽像狂暴的蒸汽车头一样冲了过来。当它冲过来时，愚蠢的小尾巴在空中摇摆着，朗达笑了起来。她意识到，她在紧急情况下已经忘记了疲惫，就像当房子着火时卧床不起的瘸子有时会忘记他们的疾痛。

这次险遇让她再次相信自己能够到达那条河流，并且她带着更多的希望重新动身前进。但是，路上愈发严重的炎热和尘土，加上愈发明显的口渴的折磨，她的斗志在似乎深入骨髓的疲惫感面前再次消退。

很长一段时间，她一直在上下起伏的平原洼地中行走，她的视野被她周围的高地所限制。这一天即将结束，她长长的阴影落在她身后，夕阳在她的眼里闪烁。

她想坐下休息，但她担心这样自己会再也起不来了。不仅如此，她还想看看小土坡的后面是什么。引诱旅行者的总是下一个山顶，即使经验可能教会他这样一个事实：他所期待的只不过是地面上的另一个小土坡而已。

她面前的攀爬比预想中的还要陡峭一些，她需要用尽所有力量和勇气，才能到达她猜想中可能是古老河岸或冰川侧碛的顶端；但随之展露的景象对她的不懈努力而言，是最好的嘉奖。在她下面是树林边缘，她可以透过它看到一条宽阔的河流，而在她的右边，那些大山似乎离她已经很近了。

全然忘了潜伏的野兽或者野蛮人，受口干舌燥折磨的朗达匆匆朝着诱人的河水走去。当靠近岸边时，她看到十几个漂浮在水面上的巨大形体。一个巨大的头部浮出水面，张着血盆大口，露出如洞穴一样的胃，但朗达并没有停下来。她冲到河岸边，把脸扎进河里大口喝水,而旁边的河马喷了喷鼻子、咕哝了一会儿,不乐意地看着她。

那天晚上,她睡在一棵树上,断断续续地打着盹,时不时被一个突然出现的丛林声音惊醒,平原上传来狮子狩猎的嘶吼声。在她下面,一大群河马从河里出来,在陆地上觅食,它们的鼻哼声,打消了她所有睡眠的想法。在远处,她听到了胡狼的尖叫声和鬣狗的奇怪嚎叫,还有其他她无法认出来的奇怪而可怕的声音。这不是一个愉快的夜晚。

第二天清晨,她因睡眠不足、疲劳和饥饿而感到虚弱。她知道,她必须得到食物,但她不知道怎么才能找到食物。她认为旅行队伍也许已经到了瀑布,她决定沿河而上寻找瀑布,她希望能找到她的人——一个模糊的愿望,然而对实现这个愿望,她几乎没有信心。

她发现了一条与河流平行的相当不错的狩猎路线,然后她顺着水流向上走。当她蹒跚而行时,她意识到在自己的远处有股持续而模糊的声音在咆哮着。随着她前进,它越来越大,因此她猜测自己正接近瀑布。

到了中午,她到达了那些瀑布——宏伟的景象,其壮观在她因疲惫而麻痹的感知中消失了。巨大的河流在远远高于她的悬崖的边缘倾泻而下,瀑布脚下的峡谷中充满了白色的水和泡沫,落下的水雷鸣般的怒吼令人震耳欲聋。慢慢地,场面的壮丽吸引了她。她感觉自己有如这个世界的唯一居民。她一个人站在那里,看到了一个人类以前从未见过的永恒景象。

但她并不是独自一人,远在靠近悬崖顶部的一个狭窄的岩架上,一个毛茸茸的生物透过悬垂的眉头看着她。他轻推旁边和他相似的同伴,然后指着她。

有一段时间,他俩看着女孩,然后他们开始顺着陡峭的悬崖下来。就像苍蝇一样,他们紧贴在令人头晕目眩的崖壁上,当壁架到了尽头时,他们荡向紧贴在崖壁岩石表面那些坚固的树木上。

下来了,他们下来了,两只身形巨大的猿人,浑身是毛,充满力量,让人感到威胁。他们迅速下降,并总是试图不让女孩看到他们在接近。

巨大的瀑布、喧嚣声以及奔腾的河流让朗达感到震惊与无助,这里没有任何她要找的人的踪迹。如果他们驻扎在河对岸,她觉得他们可能在另一个世界中,她面前的障碍看起来是如此的不可逾越。

她感到非常弱小、孤单与疲倦。叹了一口气,她坐在圆圆的巨石上,靠在后面另一堆石头上。她剩下的力量似乎已经从她身上消失了,她疲倦地闭上双眼,两行泪水从脸颊上滑下来。也许她是打盹了,但她被一个在自己身边说话的声音吓到了。起初,她以为是在做梦,并没有睁开眼睛。

"她是一个人呢,"这个声音说,"我们把她带到上帝面前,他会很高兴的。"

这是一个英国人的声音,至少口音是英国人的,但音色粗犷、深沉、沙哑,那些奇怪的话让她相信她在做梦。她睁开眼睛,带着一丝恐惧的尖叫声往回缩。站在她身边的是两只大猩猩,或者说她认为他们是大猩猩,直到他们其中一个开口说了话。

"跟我们走,"他说道,"我们要带你去见上帝。"接着他伸出一只硕大、毛茸茸的手抓住了她。

## Chapter 18
## 大猩猩国王

朗达想努力逃离紧紧抱住她的野兽的魔掌,但在巨大肌肉的控制之下,她无能为力。这个生物能轻易地举起她,把她夹在一只胳膊之下。

"安静点,"他说,"否则我会扭断你的脖子。"

"你最好不要那么做,"他的同伴告诫道,"如果你不把这个完好无损且活着的女孩带给上帝,他将会生气,他一直希望找到这样的一个女孩子。"

"他要她干什么?他现在岁数大了,碗里的食物还嚼不烂呢。"

"他可能会把她献给亨利八世。"

"他已经有七个妻子了,我想把她藏起来,留给自己。"

"你应把她带给上帝,"另一个说,"如果你不这样做,我会的。"

"咱们走着瞧!"抓着那女孩的大猩猩吼道。

他把她丢在地上,跳起来,对着同伴咆哮着。他们一靠近,就用牙撕咬起来，朗达跳起来，试图逃跑。整件事似乎是一个丑陋而怪诞的噩梦，然而又如此真实，让她无法确定是否是她在做梦。当她狂奔时，两个怪物停止了争吵并开始追赶她。他们轻易地就超过了她，她再一次成为俘虏。

"如果我们浪费时间在她身上争吵，"那个想把女孩带到上帝面前的野兽说，"你看会发生什么。除非上帝把她给你，否则我不会让你拥有她。"

另一个咕咕哝哝抱怨着，又把女孩夹在胳膊下。"很好，"他说，"但是亨利八世不会得到她，我讨厌他，他认为他比上帝更伟大。"

两个怪物像猴子一样灵活，爬上他们下来时经过的高大的树木和陡峭的岩壁，而朗达闭上了眼睛，以避免头晕目眩的高度所带来的恐惧，并试图说服自己，她正在做梦。

但现实太让人痛苦了，即使这种情况极为荒谬很难让她信服。她知道自己并非在做梦，而且她知道她真的被两只大猩猩所控制，而且这两只大猩猩讲英语时带有明显的英国口音。这是荒谬的，但她知道这是真的。

他们将把她带向什么样的命运？从他们的谈话中，她能推测什么在等待着她。但谁是亨利八世？谁是上帝？

一路向上，野兽带着她一直到最后他们站在悬崖顶上。在他们下面，河流从陡峭的悬崖边向南倾泻，形成了奥姆瓦威瀑布，被山脉包围的山谷向北延伸——也许这就是钻石山谷。

当她第一次听到这两只野兽说出一种人类语言时，吃惊有如厌恶一般对她产生了一种奇怪的影响，因为当她明白他们在说英语时，她从没有想到她还可以用同样的语言与他们进行交流——这种冒险似乎如此不可能，以致她仍然在怀疑自己的感觉。

被俘的第一次冲击已被痛苦的悬崖攀升和安全到达山顶的宽

慰所抵消,现在,她能清楚地思考一会儿,并且意识到她有办法与俘虏自己的人进行交流。

"你们是谁?"她问道,"你们为什么让我沦为俘虏?"这两个野兽突然转向她,她觉得他们的脸上露出了惊讶的表情。

"她说英语!"其中一个野兽惊叫道。

"我当然会说英语,但是告诉我你们想从我身上得到什么。你们没有权力让我和谁一起走,我没有伤害过你们,我只是在等待我自己的人,让我走!"

"这会让上帝高兴,"她的一名俘虏者说,"他一直说,如果他能抓住一个英国女人,他可以为种族做很多事情。"

"你们称为上帝的这个东西是谁?"她问道。

"他不是什么东西——他是一个男人,"那个把她抬上悬崖的野兽回答说,"他很老了——他是世界上最古老的动物,也是最聪明的人。他创造了我们,但总有一天他会死,然后我们就没有上帝了。"

"亨利八世想成为上帝。"另一个野兽说道。

"当托马斯·沃尔西活着的时候,他永远不会成为上帝——沃尔西会成为一个比他好得多的上帝。"

"亨利八世保证会让他活不了。"

朗达闭上了眼睛,捏了捏自己。她一定在做梦!亨利八世!托马斯·沃尔西!从这些毛茸茸的大猩猩口中听到这些来自十六世纪人物的名字是多么荒谬呀。

这两个野兽并没有在悬崖的山顶上停下来,而是立即开始下山进入山谷。即使是呼吸有所加速,他们都没有表现出丝毫的疲劳迹象,甚至那个一直夹着朗达爬上陡峭山顶的野兽也是如此。

朗达现在被允许自己走路,尽管其中一个野兽抓着她的一只

大猩猩国王 | 125

胳膊,当她的脚步落后时会粗鲁地推搡她。

"我走不了那么快,"她终于忍不住地说,"我很久没有吃东西了,我很虚弱。"

这个野兽一言不发地将她夹在一只胳膊之下,继续向下进入山谷。她所处的位置很不舒服,她很虚弱也很害怕,有几次她失去了知觉。

这段旅程持续了多久,她不知道。当她苏醒时,她满脑子在想等待她的命运。她试图想象这些野蛮生物的上帝是什么样子,从这样的上帝手中,她能期待什么样的仁慈和怜悯?如果他们的上帝真的存在的话。

过了很长一段时间后,朗达听到远处的声音越来越大;不久之后,抱着她的人把她放在地上。

当她环顾四周时,她看到她站在悬崖的底部,在悬崖面前是一座城市,这座城市一部分是建在悬崖脚下的,一部分是在悬崖上凿出来的。

这座城市的入口与种植着竹子、芹菜、水果和浆果的大片田地接壤,其中有许多大猩猩正在使用粗糙的手工工具劳作。

当他们看到俘虏时,这些工人离开了他们的田野,聚集在一起询问许多问题,并以类似人的兴趣审视这个女孩,但是她的俘虏者匆忙地只想把她送往城里。

他们又一次被好奇的大猩猩们包围着,但是俘虏在任何地方都没有遇到暴力,大猩猩的态度比她可以预料来自这片未开发荒野的当地土著人的态度要友好得多。

建在悬崖脚下平地上的城市部分,由圆形茅草屋顶的竹屋、晒干的砖头建成的长方形建筑物和石头建的其他建筑构成。靠近悬崖脚下的是一座三层建筑,带有塔楼和城墙,风格有点像中世纪的英格兰；并且远在悬崖之上，在一个更大的岩石上，是另一个更大的类似建筑结构。

朗达的俘虏者们直接把她带到了前面的大楼前，门前蹲着两个巨大的大猩猩，手里拿着类似战斧的原始武器，他们被拦住，两个卫兵检查了朗达并询问了一些问题。

朗达一遍又一遍地试图让自己相信自己在做梦，她过去所有的经验，所学到的知识都在告诉她过去的几个小时里的奇特经历荒诞不经。不可能有能讲英语、会耕田地、生活在石头城堡的大猩猩这样的东西存在。然而，在她眼前，所有这些不可能的东西都有它们存在的具体证据。

当她的俘虏者要求进入，以便把俘虏带到国王面前时，她听着，恍如在梦中。她听到守卫反对，说国王正忙于见枢密院的人不能打扰。

"那么我们就把她带到上帝的面前，"她的另一个俘虏者威胁道，"当国王发现你做了什么后，你将被发配到采石场工作，而不是坐在树阴下。"

最后，一只年轻的大猩猩被传唤进入宫殿递信。当他回来的时候，所带的信息是国王希望把囚犯马上带到他面前。

朗达被带领进入一个大房间，房间的地面上铺满了干草。在房间一头的石台上，一只巨大的大猩猩来来回回踱步，而另外六只大猩猩则蹲在石台脚下的干草上——都是巨大的毛茸茸的野兽。房间里没有椅子、桌子和长凳，但一棵只有光秃秃树干和无叶树枝的大树耸立在石台的中央。

当朗达被带进房间时，石台上的大猩猩停止了他不安的踱步，并仔细审视她。"你在哪里找到她的，白金汉？"他问道。

"在瀑布脚下，陛下。"那个俘虏她的野兽回答道。

大猩猩国王 | 127

"她在那里做什么？"

"她说正在寻找她的朋友，他们本应在瀑布相见。"

"她说！你的意思是说她会说英语吗？"国王问道。

"是的，我说英语，"朗达说，"如果我不是在做梦，而你是国王，我要求你送我回到瀑布，以便我可以找到我的人。"

"做梦？是什么让你这么想的？你没有睡着，不是吗？"

"我不知道，"朗达回答，"有时我确信我一定是在做梦。"

"好吧，你没有做梦，"国王生气地说，"谁让你怀疑我是国王？听起来好像是白金汉。"

"陛下错怪我了，"白金汉僵硬地说，"是我坚持把她带到国王您的身边的。"

"你做得很好，这个姑娘让我们高兴，我们留下她。"

"但是，陛下，"朗达的两个俘虏者中的另一个叫道，"我们有责任把她带到上帝面前，我们先把她带到这里，让陛下您看看她，但我们必须继续把她带到上帝面前，他这么多年来一直希望有这样的女人出现。"

"什么，克兰默！你反对我吗？"

"克兰默是对的，"蹲在地上的一只大猩猩说，"这个女人应该被带到上帝面前，不要忘了，陛下，您已经有七个妻子了。"

"你就是这样，沃尔西，"国王狠狠地吼道，"你总是扮演上帝的角色。"

"我们都必须记住，"沃尔西说，"我们的一切归功于上帝，是他造就了我们，他让我们成为现在的样子，只有他能够毁掉我们。"

国王快速地在稻草覆盖的石台上踱来踱去，他两眼冒火，嘴唇因咆哮变形。突然，他停在树旁，愤怒地摇着树，仿佛要把它从它所在的石砌上撕下来。然后，他迅速爬到树杈上，瞪着他们。

他在那里停留了一会儿,但只是一会儿。然后,他像一只敏捷的小猴子跳到石台的地板上。他用巨大的拳头捶打他毛茸茸的胸膛,并从洞穴般的肺部发出了惊人的吼声,建筑物都为之震动。

"我是国王!"他尖叫起来,"我的话就是法律,把这个姑娘带到女人的住处!"

野兽国王讲完后,沃尔西跳起来,捶打自己的胸膛,尖叫起来。"这是亵渎,"他喊道,"藐视上帝的人必死亡,那是律法。请悔改,将女孩送给上帝!"

"决不!"国王尖叫道,"她是我的!"

这两个野蛮人现在都在捶打他们的胸膛、大声地咆哮,以至于他们的话几乎无法分辨,其他大猩猩也不安地骚动起来,毛发竖起、獠牙外露。

然后沃尔西打出了他的王牌。"把女孩送给上帝,"他怒吼道,"或者遭受驱逐!"

但是国王已经疯狂,失去了理性。"卫兵!卫兵!"他尖叫起来,"萨福克,叫卫兵,把红衣主教沃尔西带到塔楼!白金汉,把姑娘带到女人的住处,或者让你的头搬家!"

两只大猩猩仍然在拍着胸脯,彼此尖叫,与此同时,朗达被毛茸茸的白金汉从宫殿拖出来。

在一个环形的石阶上,野兽拖着她,沿着走廊一直到二楼后面的一个房间。这是一间位于建筑物角落的大房间,在干草散落的地上蹲着或躺着一些成年大猩猩,而各个年龄段的小猩猩都在周围玩耍或吮吸他们母亲的乳房。

许多野兽正在慢慢吃芹菜茎、嫩竹尖或水果,但是当白金汉把这个美国女孩拖到了他们的中间时,所有活动都停止了。

"你带来个什么,白金汉?"一只老猩猩吼道。

"一个我们在瀑布捕获的女孩，"白金汉回答，"国王吩咐把她带到这里来，女王陛下。"然后他转向俘虏。"这是凯瑟琳女王，"他说，"亚拉贡的凯瑟琳。"

"他想从她那儿得到什么？"凯瑟琳愤怒地问道。

白金汉耸了耸宽阔的肩，瞥了一眼房间里六个成年雌性大猩猩。"女王陛下们，你们应该可以猜到。"

"他是不是想娶那个弱小、无毛的东西为妻子？"另一个坐在离亚拉贡的凯瑟琳不远处的雌性大猩猩问道。

"他当然就是这么想的，安妮·博林，"凯瑟琳愤怒地说，"否则他不会把她送到这里。"

"难道他不是已经有了足够的妻子了吗？"另一个问道。

"这是国王的事。"白金汉在离开房间时说。

现在，这些雌性大猩猩开始走近女孩。她们嗅她的气味，摸她的衣服。小猩猩们也挤进来，拉扯她的裙子。其中一个比其他的都大，抓住了她的脚踝，并拽她的脚，当她摔倒时，他在房间里跳舞，做鬼脸和尖叫。

当她试图站起来时，他向她冲过去，她给他一巴掌，以为他想伤害她。于是他尖叫着跑向亚拉贡的凯瑟琳处，另一个雌性大猩猩抓住朗达的肩膀，猛推她，把她摔在墙上。

"你怎么敢把手放在威尔士王子身上！"推她的野兽大吼起来。

威尔士王子、阿拉贡的凯瑟琳、安妮·博林！如果不是睡着了，朗达此时肯定觉得自己已经疯了。什么能解释这样一个疯狂的滑稽表演——大猩猩扮演不同角色，并讲着人类的语言？除了梦中幻想或疯狂还能有什么呢？

她瘫坐在刚摔倒的墙边，把脸埋在怀里。

## Chapter 19

## 绝 望

那匹受惊吓的小马在同伴的身后载着娜奥米飞奔,娜奥米只能紧紧地抓住马鞍,一直担心被摔到地面。现在,小路变宽,成为一片天然的空地,她前面的马突然停了下来,她骑着的小马也跑到它们当中,然后停了下来。

然后,她明白了原因——是阿贝·艾·根奈姆酋长和他的追随者们,她试图控制住自己的马回头,然后逃跑,但她的马儿被其他马困住了,过了一会儿,小马群被包围了,她又一次沦为囚犯。

酋长很高兴他的马儿失而复得,以至于他几乎暂时忘了为她们的诡计而生气,这个诡计让他的马儿临时被抢走了。他也很开心有了一个囚犯,如果他决定不卖掉她,她可以为他们读地图,而且在别的方面也有用。

"另一个在哪里?"厄特威问。

"她被狮子杀死了。"娜奥米答道。

厄特威耸耸肩道："好吧，我们还有你，还有地图，我们不会总是不顺的。"

娜奥米回忆起远处的锥形火山山丘和大山。"如果我带你到钻石谷，你会把我送到我的人那儿吗？"她问。

厄特威翻译给艾·根奈姆听。老酋长点了点头，说："告诉她，如果她把我们带到钻石谷，我们会那样做，是的，就那样告诉她，但是当我们发现钻石谷后，我们可能会忘记我们的承诺，但不要把这也告诉她。"

厄特威咧嘴一笑。"把我们带到钻石谷，"他对娜奥米说，"你希望的一切都会实现。"

虽然不习惯于徒步急速穿越丛林的艰苦，但为了追赶白人女孩和他们的小马不得不这么做，阿拉伯人一到达河边便立即开始安营扎寨。

第二天，他们来到开阔的平原。当娜奥米让他们注意西北的火山和大山的位置时，他们将这些地标与地图相比较，非常兴奋。

但是，当他们到达瀑布下方的河流时，才发现宽阔而湍急的河流似乎无法通过，他们面前的悬崖也似乎不可攀登。

当晚他们在河的东侧扎营，在深夜讨论穿越到西侧的计划，因为地图清楚地表明了通往钻石谷只有一个入口，那是在他们西北方向几英里处。

第二天早上，他们开始顺流而下寻找渡口，但是花了两天时间他们才找到了一个敢于尝试的地方。即使在这里，他们在与河流的斗争中也遇到了极大的困难，徒劳地费了大半天时间，最终才成功到达对岸，但损失了两人及其坐骑。

娜奥米几乎已经吓瘫，不仅仅因为急流的自然危险，还由于鳄鱼的不断威胁，河流如同血口。她全身湿透，挤在火堆旁边。

最后，在饥饿和痛苦中，她疲惫地睡着了。

阿拉伯人携带的给养在渡河中或丢失或毁坏，而且为到达西岸消耗了太多时间，他们在天黑前也没时间再去打猎。但他们已经习惯了贫乏和困苦的生活，而且想到几天之后他们就能用手一把一把地从北边不远处的神奇山谷里捧起很多钻石，他们的精神备受鼓舞。

沿着河的东岸，他们花费了很多时间试图穿越溪流但无果而终，而且由于没有一条良好的路径而进一步受阻。但是在河的西边，他们发现了一条很宽的、常用的路径,沿着此路他们可以迅速前进。

在穿过河流的第一天下午两三点时，娜奥米向在她附近骑行的厄特威示意。"看！"她指着前方说，"地图上显示的是红色的花岗岩柱，它的正东面是山谷的入口。"

厄特威非常兴奋，将信息传递给艾·根奈姆和其他人，他们一直忧郁的面容也有了笑容。

"现在，"娜奥米说，"我已经把你们带到了山谷，请遵守你们的承诺，把我送到我的人身边。"

"等一下，"厄特威回答，"我们还没有进入山谷，我们必须确定这确实是钻石谷，你必须跟我们再往里走一段。"

"但那不是协议的一部分，"娜奥米坚持说，"我承诺把你们带到山谷，我做到了。现在无论你们是否派人与我一起，我都要回去寻找我的人。"

她让她的小马掉头沿着他们前来的小路返回，她不知道她的人在哪里，但她听阿拉伯人说他们刚经过的瀑布是奥姆瓦威瀑布，她知道在一个多星期前她随旅行队伍正朝这个目的地前进，这段时间他们一定离这个目的地很近了。

但她注定不能将她的计划付诸实施，因为当她将坐骑掉头时，

绝　望 | 133

厄特威冲到她身旁，抓住她的缰绳，骂着，狠狠地打了她一巴掌。"下一次你再如此，就不是这样了。"他威胁道。

受到打击，无助、绝望，娜奥米哭了起来。她认为自己已经深深地陷入恐惧和绝望之中，但她不知道不久的将来还会有什么在等着她。

那天晚上，阿拉伯人在红色花岗岩巨石的东边扎营，他们相信这块在狭窄的峡谷口的巨石标就是钻石谷的入口。

第二天早上，他们沿着峡谷前进，他们认为这将把他们带到一个有着神奇财富的国家。远在他们头顶上方，野蛮的眼睛向下看着，监视着他们的前行，愤怒写在黑色的脸上。

# Chapter 20

## 跟我走

在新的一天中,泰山俯看着与他非常相似的那个人,以至于让他经历了一种离奇的分身感觉,如同一个分身的灵魂看着肉体的自我。

那天早上,他们本应出发寻找奥尔曼和比尔,但泰山发现,奥布罗斯基要等到自己能走路还需要一段时间。病来如山倒,突然间,奥布罗斯基高烧起来。他精神错乱的胡言乱语唤醒了泰山,随后一直处在昏迷之中。

泰山简略地考虑了这件事,他既不想把这个人独自留给毫无同情心的丛林,也不想和他待在一起。他与奥布罗斯基的对话使他相信,无论他的倾向如何,最简单的人性要求他应该尽自己的力量来帮助奥尔曼团队的无辜成员。两个女孩的困境尤其唤起了他的骑士精神,他一如既往地迅速做出了一个决定。

泰山抱起无意识的奥布罗斯基,将他扛在自己宽阔的肩膀上,荡秋千似的穿过丛林向南走去。

他整天都在前行,也不吃东西,偶尔停下喝水。有时候奥布罗斯基昏迷不醒,有时他会挣扎并且胡言乱语;或者恢复意识时,恳求泰山停下来,让他休息。但泰山不理他的请求,继续向南前行。到了晚上,两人来到班索托国以外的一个当地村庄。那是酋长姆普古的村庄,泰山知道他对白人很友好,并且欠着泰山的救命之恩和人情。当他们抵达村庄时,奥布罗斯基还在昏迷,泰山将他安置在小屋里,这个小木屋姆普古可以自己支配。

"当他康复了,带他去金贾,"泰山告诉姆普古说,"并让专人送他到海岸。"

泰山填饱了肚子就离开村庄了,然后他再次荡秋千似的在越来越浓的黄昏中向北方走去,而在远处,在大猩猩国王的城市里,在国王妻子们的住处里,朗达蜷缩在地面上凌乱的干草上,梦见等待她的可怕命运。

自从被扔进这个房间与其凶残的住户住在一起,一个星期过去了。自那时起,她已从她们身上了解了很多信息,但不是关于他们起源的秘密。她们中的大多数人并不友善,尽管没有人给她带来任何严重伤害。其中只有一只大猩猩非常注意她,从这个大猩猩口中以及她无意听到的谈话中,她得到了关于这些大猩猩的少量信息。

六位成年雌性大猩猩是国王亨利八世的妻子,并且她们与历史上这位多次结婚的英国国王的妻子有着相同的名字。有亚拉贡的凯瑟琳、安妮·博林、简·西摩、克里夫斯的安妮、凯瑟琳·霍华德和凯瑟琳·帕尔。

最年轻的是凯瑟琳·帕尔,对她最为友好;也许是因为她受到了其他大猩猩的折磨,并且痛恨她们。朗达告诉她,四百年前,在一个遥远的国家曾有一个叫亨利八世的国王，他有六位与她们同名的妻子，这种确切的雷同似乎超越了可能的范畴——在这个遥远的山谷中，她们的国王竟然找到了六个他希望娶的雌性大猩猩，而且与那个遥远国家的国王的妻子们拥有相同的名字。

"在我们成为国王的妻子之前，这些并不是我们的名字。"凯瑟琳·帕尔解释说。

"当我们与国王结婚时，我们得到了这些名字。"

"国王给取的吗？"

"不是，上帝给取的。"

"你的上帝长什么样？"朗达问道。

"他岁数很大了，没有人知道他的确切年龄。他总是在英国，他是英格兰的上帝，他知道一切，而且非常强大。"

"你见过他吗？"

"没有，他很多年没有从他的城堡里出来了。现在他和国王正在争吵，这就是为什么自你来之后国王就不在这里的原因，上帝威胁说如果他再娶一个妻子，就会杀了他。"

"为什么？"朗达问道。

"上帝说亨利八世只有六个妻子——没有名字给额外的妻子。"

"这似乎没什么意义。"朗达评论道。

"我们不能质疑上帝的决定。他创造了我们，他是无所不知的，我们必须相信他，否则他会毁灭我们。"

"你的上帝住在哪里？"

"在城市上方岩石上的巨大城堡里，它被称为金门，通过它，我们死后能进入天堂——条件是我们相信上帝并能伺候好他。"

"这座上帝的城堡，它的里面是什么样子？"朗达问道。

"我从来没有进去过，只有国王和他的几位贵族、红衣主教、大主教和祭司进了金门，然后出来了。死者的灵魂会进入，但当然永远不会再回来。偶尔上帝会来要一个年轻的男性或一个年轻的女性，没有人知道他们发生了什么，但他们再也没有回来，据说——"她犹豫了。

"据说什么？"朗达发现自己对这个守护天堂入口的奇怪神秘的上帝越来越感兴趣。

"唉，很可怕的事情。但我不敢说，小声说也不行，也不能去想到它们。上帝能读懂我们的心思，不要再问我任何问题。你是被魔鬼派来引诱我去毁灭的吧？"这是朗达能从凯瑟琳·帕尔身上得到的最后信息。

第二天早些时候，这个美国女孩被可怕的怒吼声和咆哮声惊醒，它们似乎不仅来自宫殿外，而且还来自宫殿内。与她住在一起的雌性大猩猩都很焦虑，她们挤在窗户边吼叫着，向下看着外边的院子和街道。

朗达走过来，站在她们身后，从她们的背后往外看。她看到毛茸茸的野兽正在通往外墙的门口挣扎、战斗，在下面的庭院往前冲击、在宫殿入口前战斗，他们用木棍、战斧、爪子和獠牙战斗。

"他们已经把沃尔西从塔楼解救出来了，"她听到简·西摩说，"而且他正在带领上帝的人对抗国王。"

亚拉贡的凯瑟琳蹲在干草地上，开始剥香蕉。"亨利和上帝总是争吵，"她疲倦地说，"而且从来没有结果。每次亨利想要娶一个新的妻子时，他们都会吵架。"

"但我注意到他总是娶到新的妻子。"凯瑟琳·霍华德说。

"以前他有沃尔西支持——这次可能会有所不同。我听说上帝希望把这个浑身不长毛的女孩留给自己。如果上帝得到了她，这将是任何人最后一次见到她——这正合我意。"亚拉贡的凯瑟琳向这个美国女孩露出獠牙，然后把她的注意力转移到了香蕉上。

战斗的声音从下面的地板传到上边，直到她们能在住处的门外的走廊里清楚地听到。突然，门被猛地推开了，几只雄猩猩冲进了房间。

"那个浑身不长毛的家伙在哪里？"带头的雄猩猩问道，"哦，她在那里！"

他穿过房间，粗鲁地抓住朗达的手腕。"跟我来！"他命令道，"上帝派人接你来了。"

# Chapter 21

## 绑　架

那些阿拉伯人沿着狭窄的峡谷走向通往钻石谷的山口。在上面,一双凶狠残酷的眼睛在往下看。阿贝·艾·根奈姆洋洋得意,他幻想着那个巨大宝藏很快将给他带来财富,如此之多将超越他以前最疯狂的贪婪幻想。厄特威骑着马在娜奥米附近,防止她逃跑。

最后他们来到了一座陡峭的崖壁前,马匹无法攀登,岩石峡谷的垂直边缘紧密地贴在一起。阿贝·艾·根奈姆宣布道:"这些马不能再继续前进了。伊亚德,你应该和它们在一起,我们其余的人会步行前进。"

"那个女孩呢?"厄特威问道。

"让她和我们一起走,免得伊亚德在守护马匹的时候让她逃走了。"酋长回答,"我不会让她逃跑的。"

他们拖着娜奥米一起爬上了陡峭的悬崖。岩石屏障并不高,但足以阻止马的前进。

伊亚德坐在马鞍上，可以往上看着他的同伴们继续向上攀爬峡谷，峡谷现在变得更宽了，在那里有更多倾斜的石壁，上面和山顶上一样也长着树木。

他们继续前进，不一会儿伊亚德看到一个黑色的、毛茸茸的、人形的身影从上方的竹林和酋长队伍后面出现。紧接着，一个接一个的身影接踵而至，他们带着长柄的棍棒或斧头。

伊亚德向同伴大声呼喊，他的呼喊让他们突然停下来，但也让一群毛茸茸的动物沿峡谷两侧倾泻而下。咆哮着、怒吼着，这些野兽包围了阿拉伯人。阿拉伯人的火绳枪怒吼着，让峡谷充满雷鸣般的回声，让整个场面变得更加混乱。

一些大猩猩被枪击中，有些倒下了，但剩下的大猩猩被伤口刺激得勃然大怒，冲到阿拉伯人身边。他们把武器从阿拉伯人手中夺下，扔在一边。他们用硕大的手抓住那些人，将巨大的獠牙深深刺入他们对手的喉咙。其他大猩猩则挥舞着棍棒或战斧，尖叫着、咒骂着，这些阿拉伯人现在只想逃走。

伊亚德看到他的同伴们遭受了血腥的袭击，充满了恐惧。他看到一只巨大的雄性大猩猩将娜奥米抱住，开始沿着峡谷石壁的斜坡朝着树木丛生的山顶进发。他看到两只巨大的雄性大猩猩正朝他爬下峡谷，伊亚德立刻掉头，快马加鞭逃走，"咔咔嗒嗒"地下了峡谷，他听到战斗的声音越来越模糊，直到终于再听不到它们了。

当伊亚德消失在峡谷的下游时，白金汉带着娜奥米来到森林中，大猩猩国王的奇特城市位于森林上方。白金汉很是疑惑，他认为这个无毛的雌性动物与他在很多天之前在瀑布那儿捕获的是同一个生物。今天早晨，他还曾看到她被沃尔西带到上帝的城堡里。

他在山顶某处停了下来，在那里他可以看到下方大猩猩的城市。他开始不知所措,他非常想把她据为己有,但上帝和国王也都想占有她。他站在那里直挠头,试图想出一个占有她同时又不会激怒两位权贵的计划。

娜奥米被夹在白金汉的臂弯里,吓得一动不动。遇到阿拉伯人已经够糟糕了,没想到又遇到这可怕的野人!她不知道他什么时候会杀了她,怎么杀她。

现在,他让她自己站着,审视着她。"你是如何从神那里逃脱的?"他问道。

娜奥米惊奇地喘息着,睁大了眼睛。一阵巨大的恐惧向她袭来,这股恐惧超过了野兽本身引起的肉体上的恐惧——她担心自己会失去理智。她站着用疯狂、目不转睛的眼睛盯着那个野兽。然后,她突然爆发出狂野的笑声。

"你笑什么?"白金汉咆哮道。

"我在笑你啊,"她叫道,"你以为你可以欺骗我,但是你不能。我知道我只是在做梦,一会儿我就会醒来,我会看到阳光从我的卧室窗户照进来,我会在我的院子里看到橙色的树和枇杷,我会看到带着红屋顶和绿树的好莱坞在我的身下延展。"

"我不知道你在说什么,"白金汉说,"你没有睡着,你清醒得很。看看那下面,你会看到伦敦和泰晤士河。"

娜奥米看着他所指的地方,她在一条小河的岸上看到一个陌生的城市。她掐了一下自己,感觉到疼痛,但她没有醒过来。她慢慢地意识到自己并不是在做梦,她所经历的可怕虚幻是真实的。

"你是谁?你是什么东西?"她问道。

"回答我的问题,"白金汉命令道,"你怎么从上帝那里逃出来的?"

"我不明白你的意思,我被阿拉伯人俘虏过。我曾从他们身边逃出来一次,但是他们又抓住了我。"

"这发生在我抓住你的之前几天吗?"

"我从来没见过你。"

白金汉再次挠了挠头。"难道有两个你吗?"他问道,"一个星期前,我肯定在瀑布那儿俘获了你或者另一个长得像你的人。"

娜奥米突然觉得自己理解了。"你抓到过一个长得像我的女孩?"她问道。

"是啊。"

"她有没有在脖子上戴着一条红围巾?"

"有的。"

"她在哪儿?"

"如果你不是她,那她就在下面的城堡里与上帝在一起。"他俯身在悬崖边,指着远处下方的一个石头城堡。他转向她,脑海里产生了一个新的想法。"如果你不是她,"他说,"那么上帝占有的就是另一个女孩了——那我可以拥有你了!"

"不!不行!"娜奥米哭叫道,"放开我!放我回到我的人身边。"

白金汉抓住了她,将她夹在他巨大的胳膊之下。"上帝和亨利八世都不会见到你的,"他咆哮道,"我会把你带到他们找不到你的地方——他们不能像抢走另一个女孩一样从我这抢走你,我会带你到一个我知道有食物和水的地方。我们将在树林中建立一个庇护所,在那里我们会免受来自上帝和国王的伤害。"

娜奥米挣扎着,打着他;但他没有理她,继续向南荡向山谷的底部。

绑架 | 143

## Chapter 22

## 冒牌货

泰山醒来并伸了个懒腰,新的一天即将来临。他在前一天晚上从姆普古村走了很远,然后才躺下休息。现在,他精神焕发,向北边荡去。他将猎杀一个动物,在路上吃,否则他会挨饿——这要看路上的运气了。泰山可以在没有食物的情况下长途跋涉,而且不会有什么不便。他不像可怜的文明奴隶那样,受习惯的束缚。

他刚前进了一小段距离,就闻到了人类的气味——塔曼加尼——就是白人。在他看到他们之前,他能通过气味认出他们。

他在他们上面的一棵树上停了下来,向下看着他们。他们有三个人——两个白人和一个阿拉伯人。他们在前一天晚上扎了个简易的营地,泰山没有看到食物的迹象。那些人看起来很憔悴,几乎筋疲力尽。离他们不远的地方有一只雄鹿,但这些饥饿的人还不知道。泰山之所以知道,是因为风神正把雄鹿的气味吹向他敏锐的鼻孔。

看到他们的迫切需要,并害怕他们可能会在他杀死雄鹿之前吓走这只动物,泰山在他们周围如幽灵般穿行,并悄悄地穿过树林。

雄鹿在一片柔软的草地上吃草,它会吃上几口,然后抬起头,眼观六路,耳听八方——总是保持警惕。但是它还不足够警惕,以致没有觉察到缓慢接近它的无声追踪者的出现。突然间,那只雄鹿跳起!它已经听到了,但为时已晚。一只猛兽从树枝上向它扑来。

四分之一英里外,奥尔曼已经站起身。"我们该继续前进了,比尔。"他说。

"难道我们不能让这家伙明白,我们想让他引导我们到那个他上次看到其中一个女孩的地方吗?"

"我试过了。你也听到我威胁他如果不从就杀了他,但他无法理解,或者假装听不懂。"

"如果我们在近期还找不到东西吃的话,我们就不会找到任何人,如果——"这句未完成的句子在喘息中突然终止。神秘的丛林要塞中传出一阵奇异的叫声,让三个人血管中的血液都为之凝固。

"幽灵!"奥尔曼悄声说道。

比尔感到全身一阵无法控制的寒战。"你知道那都是骗人的,汤姆。"他说。

"对,我知道,"奥尔曼承认道,"但是——"

"那可能并不是奥布罗斯基,完全不是。那一定是某些动物罢了。"比尔坚持道。

"看!"奥尔曼惊呼,指向比尔的前方。

当摄影师转过身时,他看到一个几乎赤身裸体的白人走向他们,一只宽厚肩膀上扛着一只雄鹿的尸体。

"奥布罗斯基！"比尔惊呼。

泰山看到两个人惊讶地注视着他，他听到了比尔的惊叹，然后记起他和奥布罗斯基之间有着惊人的相似。如果他的灰色眼睛中一瞬间闪过一丝笑意，那么当他在两个男人面前停下来，并把雄鹿尸体扔在他们脚下时，笑意就已经消失得无影无踪了。

"我觉得你们应该是饿了，"他说，"你们看上去很饿了。"

"奥布罗斯基！"奥尔曼喃喃道，"真的是你吗？"他靠近泰山并碰了碰他的肩膀。

"你觉得我是什么——一个幽灵吗？"泰山问道。

奥尔曼笑了起来——一个带着抱歉和尴尬的笑声，"我——我们以为你已经死了，看到你真是令人惊讶——而且你前天杀死狮子的方式——的确是你杀了狮子，不是吗？"

"它看上去已经死了。"泰山答道。

"对，当然了。但那看起来也不完全像你，奥布罗斯基——我们不知道你还有这种能耐。"

"关于我的事情还有很多你们不知道的，但是没关系。我来是想知道你们对两个女孩的事了解多少。她们是否安全？旅行队伍剩下的人怎么样了？"

"两周前，那些女孩被阿拉伯人拐走了。我和比尔一直在寻找她们。我不知道队伍里剩余的人在哪里，我告诉奥格雷迪把所有东西都带到奥姆瓦威瀑布，并告知他如果我还没出现的话，就在那儿等着我。我们抓住了这个阿拉伯人，他是伊亚德，你可能记得他。当然，我们不能理解他的语言；但是我们可以分辨出，其中一个女孩被一只野兽杀死了，并且可怕的事情已经发生在另一个女孩和其他阿拉伯人身上。"

泰山转向伊亚德，接着，让阿拉伯人很惊讶的是，泰山用他自己的语言向他问话，奥尔曼和比尔也惊讶地看着他。两人迅速交谈了几分钟，然后泰山递给伊亚德一支箭，那人蹲下来，用手掌抚平了一小块地面，开始用箭头画着一些东西。

"他在做什么？"比尔问道，"他在说什么？"

"他在画地图，好让我知道阿拉伯人和大猩猩发生战斗的地点。"

"大猩猩！关于那些女孩他说了什么？"

"其中一人在一周多前被狮子杀死了，另一个女孩，他最后见到时，她正被一只硕大强壮的大猩猩带走了。"

"死的是哪一个？"比尔说，"他有说吗？"

泰山问了问伊亚德，然后转向那些美国人："他不知道。他说他分不清那两个女孩。"

伊亚德完成了他的地图，并向泰山指出不同地标。奥尔曼和比尔也在仔细查看这粗糙的草图。奥尔曼笑了一下，"这家伙在耍你呢，奥布罗斯基。"他说，"这是我们拍电影时使用的假地图的副本。"

泰山迅速地用阿拉伯语又问了伊亚德，然后他又转向奥尔曼。"我认为他说的是实话，"他说，"无论如何，我很快就会知道，我到山谷四处看看。你和比尔跟着我上到瀑布那儿，伊亚德可以给你们引路。在到达那里之前，这只雄鹿够你们吃的。"然后他转过身，跃入树林。

这三个人站在那里对那个地点凝视片刻，最后奥尔曼摇了摇头。"我以前从来没有这么被任何人愚弄过，"他说，"我以往对奥布罗斯基的认识都是错的——我们所有人都是这样。天啊，我以前从未见过一个人身上能发生这么大的变化。"

"甚至他的声音都变了。"比尔说。

"他的确是个充满神秘的好小子，"奥尔曼说道，"我从来没想到他居然会说阿拉伯语。"

"我想他提到过，有些关于他的事你是不了解的。"

"要不是我对他那高贵的脸和健壮体格那么熟悉的话，我发誓那家伙一定不是奥布罗斯基。"

"这不可能，"比尔说，"我最了解他。"

# Chapter 23

## 人与野兽

那只硕大健壮的大猩猩白金汉沿着树木茂盛的山峰带着娜奥米向南朝着山谷南端前进，当他们来到开阔的地方时，他会迅速地穿过它们，时不时地回头观望，好像生怕有人在追捕。

娜奥米一开始的恐怖已经消退，被一种她无法理解的奇怪的冷漠所取代。她的神经系统仿佛受到麻醉剂的影响，这减弱了她对恐惧的敏感度，但让其他所有器官都没受损害。也许她经历了这么多，她已不在乎身上发生了什么事情。

她可以用英语和这位野兽进行交谈也给这场冒险增添了一种虚幻感，这场冒险在诱导她发现自我的精神状态中应该起了一定的作用。在此之后，任何事情都有可能发生。

目前她被挟着，这不舒服的姿势和饥饿成为最突出的问题，危险反而没那么令人瞩目了。"让我自己走。"她说。

白金汉嘟囔着，放她下来。"别试着从我这里逃走。"他警告道。

他们继续向南穿过树林,这只野兽有时会停下来回头聆听。他在迎风移动,所以他的鼻子无法捕捉来自后方的危险。

在他们休息的途中,娜奥米发现一棵树上长着果子。"我饿了,"她说,"这种果子可以吃吗?"

"当然。"他回答并允许她去采摘一些,接着他又急着赶路。

他们到了山谷的尽头,正在穿越一个几乎没有树木的空地,此时山脉已变成险峻的悬崖直直向下,一直到山谷的地面。那只大猩猩像平常一样,停下来向后观望。娜奥米以为他害怕阿拉伯人的追捕,总是在这样的时刻满怀希望地向后看去。在这样的情况下,即使是厄特威歪斜的脸也会令人欣喜。迄今为止,他们没有看到任何追捕的迹象,但这次,在他们刚刚离开的一片树林处出现了一个人影——这是一头健壮的大猩猩的笨拙身影。

白金汉咆哮一声,拎起女孩,突然笨拙地奔跑起来。在空地之外森林之内不远处,他突然转向悬崖;当到达边缘时,他把女孩甩到了背后,告诉她把手臂抱在他的脖子上并坚持住。

娜奥米有一次往下面的深渊瞥了一眼,然后她闭上眼睛,祈求自己有足够的力气挂在这毛茸茸的生物身上,后者正沿着陡峭的悬崖峭壁向下爬。她不知道他是怎么在峭壁上抓住的,因为她一直没睁开眼睛,直到他用力松开她的手,让她在自己身后落地。"在我摆脱萨福克的追踪后,我会回来找你的。"野兽说完后就离开了。

娜奥米发现自己在悬崖峭壁表面的一个小小的天然洞穴中,一股细细的水流从隐藏的泉水中流下来,在洞穴的前方形成一个小水池,沿着悬崖上的边缘贴着悬崖流了下去。洞穴的一部分地面是干燥的,但上面没有任何遮掩物,只有光秃秃的岩石。

娜奥米走近壁架向下看,看似光秃秃的悬崖峭壁的高度使她缩回身子，头晕目眩。然后，她又试了一次，抬起头来，在任何方向上几乎都没有手或脚的支撑点。她对那只沉重的大猩猩在背负她的重量的情况下，还能安全到达洞穴，感到惊讶不已。

当她在检查洞穴的情况时，白金汉迅速爬上悬崖顶部并继续向南前进。他动作缓慢，不久之后那只追踪他的野兽赶上了他。那只野兽在小路上拦住了他。"那个无毛的女孩在哪里？"他问道。

"我不知道，"白金汉答道，"她已经从我身边逃走了，我正在找她。"

"为什么你要躲着我呢，白金汉？"

"我不知道那是你，萨福克。我以为你是沃尔西的人，来把她从我这抢走，让我无法将她带到国王面前。"

萨福克嘟囔着："我们最好找到她，国王现在心情并不好。你觉得她是怎么从上帝那儿逃出来的？"

"她没有从上帝手中逃出来——这是个不同的女孩，尽管她们看起来很相似。"这俩人继续穿过丛林，寻找着娜奥米。

两天两夜，娜奥米独自躺在岩石的洞穴中，她既不能爬上也不能爬下那垂直的悬崖。如果野兽没有回来找她，她一定会饿死。这她是知道的，但她还是希望他不会回来。

第三个夜晚降临了，娜奥米正在遭受饥饿。幸运的是，流过洞穴的小溪水使她免于口渴。她听到荒野中夜间动物野蛮的叫声，但她并不害怕。洞穴至少有这样的优势，如果她有食物，她可以无限期地安全地生活在那里，但她没有食物。

饥饿的第一阵痛苦已经过去了，她没有受到折磨，她只知道自己变得越来越虚弱。对她来说这很奇怪，她，娜奥米，竟然快要饿死了——并且还是一个人！为什么在全世界唯一能让她免于饥饿，唯一知道她下落的生物是一只巨大的野蛮大猩猩——而她的仰慕者数以百万计，她的去向及每个行为都被记录在一百种报纸和杂志中。她现在感觉非常弱小而且微不足道，这里没有傲慢自负的余地。

在漫长的几小时里，她比以前有更多自我反省的机会，而她发现的是自己并不是很讨人喜欢。她意识到在过去的两周里她已经改变了很多——她从旅行队伍其他成员对她的态度中学到了很多东西，但大部分来自朗达为她立下的榜样。如果有机会，娜奥米知道自己会成为一个非常不同的女人，但她没有期望得到这个机会。她不想以她不得不付出的代价生活，她祈祷，自己在大猩猩回来领取战利品前就死去。

她在第三天晚上睡得很舒服——那块作为她的床的岩石地板对她柔软的肉体来说是个折磨。早晨的阳光照进洞穴的入口，给了她新的希望，尽管她的理智告诉她没有希望。

她喝了水，洗了手和脸，然后坐下来看着钻石谷。她理应讨厌它，因为它激起了贪婪，把她带到了这个令人伤心的关口，但她没有——它太漂亮了。目前她的注意力被洞穴外面和上方出现的摩擦声所吸引。她仔细聆听，会是什么呢？

过了一会儿，一条黑色的毛茸茸的腿出现在洞口顶部的下方，然后大猩猩落到了洞口前狭窄的石架上。那家伙已经回来了！娜奥米蹲着靠在后墙上，颤抖着。

那个野蛮人停下来，望向阴暗的洞穴。"过来！"他命令道，"我看到你了，快点——我们不能再浪费时间了，他们可能已经在跟着我了，萨福克看了我两天，他不相信你已经逃跑了，他猜我把你藏了起来，过来！快点！"

"走开，离我远点，"她恳求道，"我宁愿待在这里死掉。"

他没有立刻回答，只是弯腰走向她，然后粗暴地抓住她的胳膊，将她拖到山洞口。"所以我对你来说还不够好？"他咆哮着，"你不知道我是白金汉公爵吗？爬上我的背，抓紧了。"他将她向上甩到背上，她紧紧搂住他的脖子。她想把自己抛下悬崖，但她无法鼓起勇气。当大猩猩在悬崖峭壁上向山顶攀登时，她甚至不敢往下瞧。

到山顶，他将她放下地，拖拽着她，开始向南朝山谷的较低的一端进发。她很虚弱，摇摇晃晃，经常磕磕绊绊。然后，他会粗暴地将她拉起，用古怪的中世纪脏话向她咆哮着。

"我坚持不下去了，"她说，"我太虚弱了，已经两天没吃过东西了。"

"你只是想耽误时间来让萨福克超过我们。你宁愿将自己献给国王，但你不会的，你永远不会看到国王，他只是在等待一个取我项上人头的借口，但他永远不会得到它，我们永远不会回到伦敦，你和我。我们会走出山谷，在瀑布下面找到一个地方。"

她又一次摔倒了，那只野兽变得愤怒起来。当她躺在地上时，他踢了她；然后抓住了她的头发，在身后拖着她。

但他没能这样走多远，他只前进了几步就突然停了下来，野蛮地咆哮着，嘴唇上翻露出巨大的黄色獠牙，他面对着一个直接从树上落到路上的身影。

娜奥米也看到了，并且睁大了双眼。"奥布罗斯基！"她叫道，"天啊，奥布罗斯基，救我，快救我！"这是一个绝望的惊叫，但在发出它的瞬间，她知道不可能会得到懦夫斯坦利·奥布罗斯基的帮助。她的心一沉，处境的恐怖似乎因为这一瞬间的虚假延缓突然变得更加严重。大猩猩松开她的头发，把她丢在地上；她躺在地上，虚弱得无法站立，看着她身边的巨兽和面朝他的闪着古铜色的白色巨人。

人与野兽 | 153

"滚开,博尔加尼!"泰山用大猩猩的语言命令道,"她是我的。滚开,否则我就杀了你!"

白金汉不理解这个陌生人的语言,但理解他威胁的态度。"滚开!"他用英语喊了出来,"滚开,否则我就杀了你!"因此,一只野兽用英语在与一个讲野兽语言的英国人对话!

泰山并没那么容易被惊吓到,但是当他听到大猩猩用英语与他说话时,他首先怀疑了自己的听力,接着怀疑自己的理智。但是,无论是哪种情况,当强壮的大猩猩击打他的胸膛并恐吓地吼着、凶狠地朝他迈进时,都无法掩盖他明显的意图。

娜奥米睁着恐惧的双眼出神地看着这一切,她看到她认为是奥布罗斯基的那个男人稍稍蹲下,好像在等待着对面的进攻。她想知道他为什么不转身逃走——那是所有认识他的人,包括她自己在内,对奥布罗斯基的期望了。

突然,大猩猩发起进攻,那男子仍然坚守阵地。当大猩猩巨大的、毛茸茸的爪子向他抓去,他用快速的、猎豹似的运动避开了它们。他弯下腰,在一条横扫而过的手臂下弹起,并且在野兽转身之前跳到他的背上,一条古铜色的手臂环绕着多毛的白金汉矮胖的脖子。在一阵愤怒的狂暴中,野兽晃动着,徒劳地挣扎着想摆脱他的对手。他感觉到对手胳膊钢铁般的肌肉在收紧,并且意识到所对付的力量远远超出了自己的预期。他扑倒在地,试图用沉重的重量压碎他的敌人,但泰山用脚站住身子,并从其毛茸茸的身体下滑落下来。

然后白金汉感觉到颈部附近的脖子上出现一个强有力的下巴,他听到野蛮的咆哮与自己的嘶吼混合在一起。娜奥米也听到了,新的恐惧占据了她的灵魂。现在她知道奥布罗斯基为什么不带着恐惧逃跑了——他已经疯了!恐惧和痛苦把他变成了疯子。她一

人与野兽 | 155

想到这个就颤抖了起来，她看到他的白色牙齿咬入了大猩猩的黑皮中，并且听到那个帅气的嘴唇里发出巨大的咆哮声，这让她紧紧地蜷缩起来。

两只野兽在地上翻来滚去，大猩猩的咆哮声与男人的咆哮声混合在一起；娜奥米倚在手上，透过入迷、恐惧的眼睛看着。她知道这可能只有一个结果——即使这个男人一开始似乎有一个微小的优势，那只强大雄性动物的巨大力量最终必须占上风。然后她看到刀子一闪，反射出夕阳的光芒。她看到它被插进了大猩猩的身体，听到他痛苦而愤怒的尖叫声，她看到他加倍努力驱赶附着在其背上的动物。

刀子一次又一次地进入。突然之间，大猩猩愤怒的挣扎消退了，然后他们停止打斗，在一阵痉挛颤抖之后，那只巨大的形体松弛下来，一动不动了。

那个男人直立起来，他不理睬那个女孩，脸上带着野兽野蛮的神色。娜奥米很害怕，试图爬走并躲开他，但她太虚弱了。他把一只脚放在死去的大猩猩的尸体上，并把头向后仰，然后从他张开的嘴唇里发出一声呼声，这让她浑身颤抖。这是雄性大猩猩的胜利呼声，随着它的回声在远处消失，那个男人转向她。

所有野蛮神色都从他脸上消失了，他的目光是热切和认真的。她在他的眼中寻找疯狂的光芒，但它们看起来很正常。

"你有没有受伤？"他问道。

"没有。"她说着并试图站起来，但她没有那个力气。

他过来并把她扶起来，他太强壮了！一阵安全感席卷了她，她搂住他的脖子，开始抽泣。

"噢，奥布罗斯基！奥布罗斯基！"她喘息道。她试图说更多，但她的抽泣使她喘不上气。

奥布罗斯基把这个队伍中的成员的很多事情都告诉了泰山，他知道所有人的名字，并且在他过去观察旅行队伍时认出了他们中的大多数人。他知道奥布罗斯基和娜奥米之间的感情萌芽，他现在从女孩的态度中猜测她一定是娜奥米。他觉得这些人把他当成了斯坦利·奥布罗斯基，这很让他受用，因为有时他所过的非常严峻和可怕的生活需要时不时的幽默作为解药。

他用手臂扶起她。"你为什么这么虚弱？"他问道，"是因为饥饿吗？"

她抽泣着，从嘴里挤出一个几乎听不到的"是"，并将她的脸埋在他脖子的凹陷处，她仍然有些害怕他。他确实没有像疯子那样行事，但还有什么可以解释自从她上次见到他以来，他在短时间内显著提升的力量和勇气呢。她知道他很强壮，但她从来没有把他在与大猩猩的决斗中展现出的超人力量归于他，并且她知道他是一个懦夫，但这个人并不懦弱。

他背着她走了一小段距离，然后把她放在柔软的草地上。"我去帮你找点吃的东西。"他说。

她看到他轻松地荡进树林中，消失了，然后她又害怕起来。当他在她身边时，这有着多么巨大的差别啊！她皱起了眉头，突然有了一个想法。为什么她现在和奥布罗斯基在一起感到如此安全？她从来没有把他看作是一个保护者，也不认为他有能力去保护人，每个人都认为他是个懦夫。无论发生什么样的变化，那都已深深植根于她的潜意识中，但现在却居然传达出一种新的信心感。

他只离开了一小会儿，就带回来一些坚果和水果，他靠近并蹲在她身旁。"一次吃一点，"他警告说，"过段时间，我会为你找些肉食回来，帮你恢复你的体力。"

她边吃边观察他。"你变了，奥布罗斯基，"她说，"不是吗？但是我更喜欢你了。你一个人就杀死了那只可怕的动物！这太不可思议了。"

"这算是哪种野兽？"他问道，"他会说英语。"

"这对我来说是个谜，他自称是英国人，说自己是白金汉公爵。另一个追踪他的猩猩叫作萨福克。这个家伙把我从阿拉伯人那里带走时，有很多大猩猩来攻击我们。他们住在一个叫伦敦的城市——他还指给我看。而朗达被俘虏在城市主要区域上方的石架上的一座城堡里——他说，她与上帝在一起待在城堡中。"

"我以为朗达已经被狮子杀了。"泰山说道。

"在那只动物告诉我之前，我也是这么认为的。天啊，可怜的宝贝！让狮子杀了她可能还更好一些呢，想想她被那些可怕的猩猩控制住是多么可怕！"

"那个城市在哪儿？"泰山问道。

"它在我们身后不远处的悬崖脚下——从山顶上可以清楚看到它。"

泰山站起并再次用手臂扶她。"你要去哪儿？"她问道。

"我准备带你去见奥尔曼和比尔，他们在夜幕降临前应该能到达瀑布那里。"

"天啊！他们还活着？"

"他们当时在找你，然后迷路了。他们只是比较饥饿，除此之外一切都挺好。他们会很高兴见到你的。"

"然后我们就能离开这个糟糕的国度？"她问道。

"在那之前我们必须弄清楚其他人的情况，并且救下朗达。"他答道。

"噢，但她不可能得救的！"娜奥米惊呼道，"你应该看看那些魔鬼是如何战斗的——那些阿拉伯人，即使带着枪，也毫无还手之力。即使可怜的朗达还活着，我怀疑我们也绝无机会把她救出来。"

"我们必须试一试——而且，不管怎么说，我都想看看伦敦的大猩猩城市。"

"你的意思是你要去那里？"

"要不然呢？"

"天啊，奥布罗斯基，求你别回去了！"

"我为你而来。"

"既然如此，那让比尔去救朗达吧。"

"你觉得他能救下她吗？"

"我认为没有人能救得了她。"

"也许没有吧，"他说，"但至少我能见识到这座城市，并且可能对那些说英语的大猩猩有所了解，那是个值得解开的谜团。"

他们已经到达山谷的南端，那里的山丘的高度几乎与河水水面齐平。此处在瀑布之上的水流，速度并不快，泰山抱着娜奥米一起蹚了过去。

"你要去哪里？"她惊恐地叫道。

"我们必须穿过这条河，而且在这里过河比在瀑布底下要容易得多。那里的水流更湍急一些，并且还有河马和鳄鱼。抓住我的肩膀，抓紧点。"

他跳入水中，努力冲向对岸，而娜奥米绝望地紧紧抱住了他。远处的河岸看起来的确很远，在下面，她可以听到瀑布的轰鸣声。它们似乎正在向他们漂来。

但现在游泳者有力地、平缓的轻抚让她感到安心，他看起来从容不迫，不慌不忙，渐渐地她也放松了，就好像吸收了他的一部分自信。但当他稳稳地上岸时,她还是松了口气。

她过河时的恐惧和她在从悬崖下到瀑布底部时体验到的恐惧相比,根本不值一提——那让她恐惧得不敢作声。

泰山像猴子一样灵活地下降,她体重的负担似乎对他毫无影响。奥布罗斯基在哪里获得了这个几乎使山羊和猴子都感到羞耻的能力?

在下到一半的时候,泰山让她注意靠近悬崖脚下的三个人影。"奥尔曼、比尔和那个阿拉伯人在那里。"但她不敢低头看。

他们下面的三个人正惊讶地看着——他们刚刚意识到,正在往他们这边过来的两个人,一个是奥布罗斯基,另一个是一个女孩,但是他们不能确定是娜奥米还是朗达。

当他们接近悬崖脚下时,奥尔曼和比尔跑到前面去迎接他们。当奥尔曼抱着娜奥米时,他的眼里饱含泪水,比尔见到她也很高兴,但是当他发现她不是朗达时,他感到有点难过。

"可怜的孩子!"他在他们返回小营地时嘟囔着,"可怜的朗达!这是多么糟糕的死法啊!"

"她还活着。"娜奥米说。

"还活着!你怎么知道的?"

"但她比死了还要惨,比尔。"然后娜奥米把她对朗达遭遇的所有情况都说了出来。

当她说完后,泰山站了起来。"在你们猎杀到动物之前,剩下的那些鹿肉足够你们支撑下去吗?"他问道。

"够的。"奥尔曼答道。

"那我准备走了。"泰山说道。

"去哪儿?"奥尔曼问道。

"去找朗达。"

比尔跳起身。"我要跟你一起去,奥布罗斯基!"他喊道。

"但是,我的老天啊,老兄!你现在不能去救她。在伊亚德告诉我们关于那些野兽以及娜奥米的经历的事情后,你绝不可能有胜算的。"奥尔曼严肃地说道。

"无论如何,去救她是我的职责。"比尔说,"不是奥布罗斯基的,而且我一定要去。"

"你最好待在这,"泰山建议道,"你不会有任何胜算的。"

"为什么我不会和你一样有同样的胜算?"比尔问道。

"也许你会有,但是你会耽误我的节奏。"泰山转身并走向悬崖底部。

娜奥米透过半睁着的眼睛看着他。"再见,奥布罗斯基!"她喊道。

"哦,再见!"泰山回答后继续前进。

他们看到他抓住一根藤条并爬到另一个抓手点,快速降临的赤道夜晚在他到达山顶前就吞没了他。

比尔静静地站着看他,被自己的悲伤刺激不已。"我要跟着他。"他说着向悬崖动身。

"哎呀,你白天都没办法爬上那个地方,更别说是天黑后了。"奥尔曼提醒道。

"别犯傻了,比尔。"娜奥米建议道,"我们知道你现在的感受,但是毫无意义地去浪费另一条生命是不理智的,甚至奥布罗斯基都不会全身而退。"她开始抽泣起来。

"那我也不会,"比尔说,"但我还是要去的。"

## Chapter 24

## 上 帝

在悬崖顶峰之外,泰山整个夜晚都在悄悄地移动。他听到熟悉的声音,他的鼻子捕捉到了熟悉的气味,告诉他那些狮子正在这个奇怪的大猩猩山谷中游荡。

他这次渡河比上次带着娜奥米一起渡河时要走得远得多,并且在寻找神秘的城市时,他一直贴近山谷的地面。他没有制订计划,因为他对前方的情况一无所知——他必须等待侦察的结果才能做计划。

他迅速移动,经常小跑以走更远的距离,现在他看到前方昏暗的灯光。那一定是那座城市!他离开河流,沿着一条直线向着火光移动。穿过了河流的一个弯道,在他到达许多建筑物的阴影之前,这条弯道再次回到了他的小路上。

这座城市被墙围了起来,他认为,可能是用来抵御狮子的;但泰山并不十分关心——他之前曾经攀登过围墙。当他到达这座墙下时，他发现它并不高，大概是十英尺，但是在顶石下方每隔不远处就插上了指向下方的尖锐木桩，可以为对付狮子提供足够的防御。

泰山顺着墙回到悬崖上，在那里与悬崖的陡峭岩石表面融为一体。他听着，用他敏锐的鼻孔嗅着空气，试图确保在墙对面的附近没有什么东西。满意后，他向木桩跳去。他用手紧紧抓住其中的两根，然后缓缓地把自己拉上去，直到他的臀部与双手齐平，然后双臂在身体两侧伸直。身体前倾，他让身体缓慢地向前倾斜，直到停在木桩和墙的顶部。

现在他可以俯视屏障之外的狭窄小巷，就任何一个方向而言，他都没有看到生命的迹象——只看到一个黑暗、阴暗、荒凉的小巷。现在他需要一点时间才能将身体拉到墙顶，然后落到大猩猩城内的地面上。

从墙上的最高点，他看到离城市主体之上不远处的灯光，以及似乎是大型建筑隐隐约约的轮廓。他猜测，那必定是娜奥米曾经提过的上帝的城堡。

如果他猜得对，那将是他的目标，因为那里是另一个女孩可能被监禁的地方。他在一个狭窄、弯曲的小巷里沿着悬崖峭壁的表面移动，这个小巷大致沿着山体的底部轮廓形成，尽管有时它在靠着悬崖建造的建筑物周围迂回。

他希望不会遇到这个城市的居民，因为这段通道太狭窄了，他很容易被发现；而且它太曲折蜿蜒了，以至于在他隐藏到一个阴暗的门道或屋顶上之前，敌人都可能会发现他。因为许多建筑物都很低，这也让他后来决定把门道或屋顶作为一个最安全的藏身之地和便利的通道。

他听到了声音，看到了城市另外一个区域里的微弱灯光，而且目前这座奇怪的城市之上正回响着隆隆鼓声。

此后不久,泰山来到了一段用悬崖的原生岩石凿出的台阶。它们向上延伸,消失在上面的黑暗中,但它们指向他希望到达的建筑的大致方向。泰山停下,用耳朵仔细勘察,开始攀登。

他只爬了一小段距离,转身就能看到城市在自己身下延展开来,距离悬崖底部不远的地方耸立着看似中世纪城堡的塔楼和城垛。从它的外墙内部发出他从城市另一边看到的光线,传出鼓声。这让人联想到另一个时间,另一个场景。现在回想起来,这一切都鲜明地呈现在他面前。

他看到了哥查部落的大猩猩毛茸茸的身影,他看到一个瓦鼓。围着它,猩猩们正在形成一个很大的圈子。雌性大猩猩和年轻的大猩猩们在外围蹲在一条细线上,而成年雄性大猩猩们围坐在他们前面。在瓦鼓之前,坐着三位年老的雌性大猩猩,每个雌性大猩猩都武装着一个长度为十五或十八英寸的多节树枝。

慢慢地、轻轻地,随着第一道升起的微弱月光将树顶镀上一圈银色,他们开始敲击鼓的有回声的表面。然后,随着圆形剧场中的光线愈来愈亮,雌性大猩猩们增加了她们打击的频率和力量,直到现在,狂野而有节奏的喧嚣弥漫整个大丛林,在每个方向的数英里处都可以听到。

随着鼓的喧嚣达到几乎震耳欲聋的程度,哥查跳入蹲着的雄性大猩猩和鼓手之间的空地上。他直立起来,把头往后仰,盯着缓缓升起的月亮中心,用毛茸茸的大爪子拍打着胸口,发出了一声令人恐惧的尖叫声。

然后,俯下身子,哥查无声无息地绕着空心圆偷偷前进,避开祭坛瓦鼓前的尸体;但是,当他经过时,他用凶狠、邪恶的眼睛打量着那具尸体。

164

另一名雄性大猩猩随后跳入场地,重复着他们国王那可怕的呼喊,随后悄悄地跟随在他的身后,另一个紧接着连续跟随着,直到丛林回荡着现在几乎连绵不断的嗜血尖叫声。这是一场挑战和追捕。

泰山在这座遥远城市中听到如此熟悉的鼓声,这对于他来说,都是那么熟悉!

当爬上更远的台阶时,他可以越过城堡顶部向下看到前面的庭院,看到一些大猩猩在鼓声中跳舞。场地被火把点亮,一把火在舞者身边被点起,用于制作它的干燥材料迅速被点燃并熊熊燃烧着,像日光一样照亮了庭院中的景色,照亮了悬崖峭壁和泰山攀爬的阶梯,接着火光像一开始迅速升起时那样迅速消逝。

泰山加速攀登着在悬崖峭壁上蜿蜒曲折的石阶,希望在悬崖的短暂照明期间没有人能看清他。当他走近现在紧挨着他的冷杉堆时,没有任何迹象表明,他已经被人发现,因为从城堡的城墙上凝视着他的奇怪人物没有发出任何可能会告诉他们他存在的迹象。他笑了起来,转身离开,然后在一个炮塔的炮眼中消失。

在楼梯的顶端,泰山发现自己在一个宽敞的露台上,那座城堡坐落于巨大石架的前部。在他面前,耸立着那个没有任何墙壁或壕沟的黑暗大型建筑物。

与石架水平的唯一开口是一个巨大的双门,其中一扇门稍微半开。也许丛林之王应该对这种方便的通过提高警觉,也许这确实引起了他的怀疑——一个野人对这个陷阱的自然怀疑——但他正是为了进入这座建筑而来到这里的,他不能忽视上帝赐予的这个机会。

他小心翼翼地走近门口,前方只有黑暗。他推开大门,它静静地向内摆动。他很高兴铰链没有吱吱作响。他在门口暂停了一下，听着周围的动静。从里面传来大猩猩和一种奇怪的人类气味，这种气味令他感到好奇，也让他感到困扰，但在门外他没有听到也没有看到任何的生命迹象。

当他的眼睛习惯了内部的黑暗时，他发现自己在一个半圆形的门厅里，后壁上有几扇门。走近最左边的门，他试了一下，但它被锁住了，第二个门他也打不开。然而，第三个门他一推就开了，里面露出了一个下降的楼梯。

他仔细倾听，但什么都没听到。然后他尝试了第四扇门，它也锁住了。第五扇门和第六扇门也是如此，这是最后一扇门。接着他回到了第三扇门。穿过它，他下了楼梯，在黑暗中摸索前进。

一切仍然是一片寂静。自从他进入建筑物后，他的耳朵没有听到任何声音，这暗示着这里除了他没有其他人。但他知道这里有生物，他敏锐的鼻子以及丛林野兽奇怪、神秘的本能都告诉了他这一点。

在楼梯的底部，他用手摸索，找到一扇门。他摸索着，发现了一个门闩。抬起它，他推门，门开了。然后一股强烈的女人气味向他的鼻孔传来——一个白人女人！他找到了她吗？他找到了他想找的那个女孩了吗？

那个房间一团漆黑。他走了进去，当他松开门时，门咔嗒一声轻轻地在他身后关上了。凭借野兽的敏锐直觉，他猜测自己被困住了。他跳回门口，试图打开它，但发现那里只有光滑的表面。

他静静地站着、听着、等着，他听到不远处急促的呼吸声，他的鼻孔里还保留着女人的气息。他猜听到的呼吸是她的，它的节奏暗含着恐惧。他小心翼翼地，接近这个声音。

突然他前方的一个声响使他突然停了下来，那听起来像生锈的铰链吱吱作响，然后一道光线照亮了整个场景。

166

在他面前的一堆稻草上坐着一位白人妇女,她身后是一个用铁条造的门,透过它可以看到另一个房间。在第二个房间的另一边是一扇门,里面站着一只手握着点燃的火炬的奇怪生物,泰山无法判断他是人类还是大猩猩。

他向被封锁的门走来,轻声自言自语。这个女人把视线从泰山身上转过来,惊恐地看着那个东西,现在她瞥了一眼泰山。他看到她很像那个叫娜奥米的女孩,非常漂亮。

当她的目光落在他身上时,在火炬闪烁的光芒的照射下,她惊愕地喘息着。"斯坦利·奥布罗斯基!"她喊道,"你也被关在这里了吗?"

"我猜是的。"泰山答道。

"你在这里做什么?他们怎么抓到你的?我以为你已经死了。"

"我是来找你的。"他回答。

"你?"她的声音充满了怀疑。

隔壁房间里的生物已经走近铁条,站在那里轻声地笑着。泰山抬头看着他,他有一张人类的脸,但他的皮肤像大猩猩一样黑,他咧开的嘴唇下露出了类人猿沉重的獠牙,稀少的黑色头发遮住了开衫和腰布下露出的那部分身体。身体、胳膊和腿的皮肤都是黑色的,但上边有大块的白色。那双赤脚是人类的脚,那双手黑、多毛并有褶皱,还长着弯曲的爪子。那双眼睛是一个老人深陷的眼睛——一个非常老的人。

"所以你们相互认识?"他说,"真是有趣!你是来找她的,对吗?我以为你是来拜访我的,当然,陌生人在晚上不请自来并不是一件合适的事情——而且还是偷偷摸摸的。"

"我只是碰巧才知道你要过来。在这点上我要感谢亨利,如果他没有举办一场舞会,我不会知道的,我就可能没法像现在这样这么开心地接待你了。

"你看，我当时正从我的城堡向下看向亨利宫殿的院子，当时他的篝火突然燃起并点燃了圣阶——而你就在那里！"

这个生物的声音很优雅，他的措辞就像一个文明的英国人。他的言论和外表之间的不协调使得后者显得更加令人反感和令人震惊。

"是的，我是为这个女孩而来的。"泰山说道。

"然而你现在也是阶下囚了。"那个生物窃笑道。

"你想从我们这里得到什么？"泰山问道，"我们互不为敌，我们也没有伤害你。"

"我想从你身上得到什么！那会是一个很长的故事。但是也许你们两个会理解并且喜欢它，我身边的野兽能听到我说话，但他们听不明白。在你为我的最终目的服务之前，我会给你留下一段时间，这会给我提供与理智的人类交谈的乐趣。

"我已经很久很久没有见过人类了。当然我还是讨厌他们，但我必须承认在短时间内我喜欢他们的陪伴。你们都很好看。这会让这个经历变得更加愉快，就像它增加了我对你们目标价值的期待——那个最终目的，你懂的。这个女孩是如此美丽，我太开心了。我总是喜欢金发碧眼的人。如果我还没有参与其他研究项目，并且如果有可能，我很乐意展开科学调查，来确定金发女性对所有种族的男性的强烈吸引力背后的生物学或心理学原理。"

从衬衫口袋中，他拿出了几根粗犷的方头雪茄烟，隔着铁条给泰山递了一根。"你会不会吸烟啊——啊——呃——奥布罗斯基先生，我相信这位年轻女士是这么叫你的，斯坦利·奥布罗斯基！我相信这是一个波兰人的名字，但你不像一个波兰人，你看起来很像英国人——跟我一样。"

"我不抽烟,"泰山说道,并且加了一句,"谢谢。"

"你不知道你错过了什么——烟草对于疲惫的神经而言是最大的快乐了。"

"我的神经从不疲累。"

"幸运的人啊!我也很幸运。拥有健康的身体和健康的神经系统的年轻人,对我来说,已经是不可多得的宝贝了——更别说你那无可挑剔的阳刚之美。我将完全获得重生。"

"我不明白你在说什么。"泰山说道。

"不,你当然不会明白。我怎么能期望你明白这世界上只有我一个人知道的事情,但是以后有时间我会很乐意解释的。现在我必须上去看看国王的庭院,我发现我必须看好亨利八世。他最近已经表现得很不得体了——他、萨福克还有凯瑟琳·霍华德。我会将这根燃烧的火炬留给你的——它会使这一切更加愉快。我希望你在那个啊——呃——之前,尽可能地享受自己。那么,再见!不要拘束。"他转过身,朝房间对面的一扇门走去,边走边笑着。

泰山迅速走向隔开两个房间的铁条。"回来!"他命令道,"要么让我们离开这个鬼地方,要么告诉我们为什么你要抓住我们——你打算对我们做什么。"

那个生物突然转身,他的表情被一个可怕的咆哮所扭曲。"你居然敢向我发出命令!"他尖叫起来。

"为什么不行?"泰山问道,"你算老几?"

这个生物向铁条走近了一步,用坚硬的爪子拍了一下毛茸茸的胸部。"我是上帝!"他尖叫着。

## Chapter 25

## "在我吃了你之前!"

那个自称上帝的家伙离开了另一个房间,关上门后,泰山转向坐在牢房干草上的女孩。"我这辈子见过很多奇怪的东西,"他说,"但这是迄今为止最奇怪的。有时我认为我一定在做梦。"

"我一开始也这么想,"女孩回答道,"但这不是梦——这是个糟糕而可怕的现实。"

"包括上帝吗?"他问道。

"是的,即便上帝也是真实的。那个东西是这些大猩猩的神,他们都敬畏他,他们中的大多数都崇拜他。他们说他创造了他们。我不明白——这一切就像是一个丑陋的幻想。"

"你觉得他打算对我们做些什么?"

"哦,我不知道,但估计是一些可怕的事情,"她回答,"在这个城市里,他们冒险进行了一些可怕的猜测,但即使是他们也不知道。他把年轻的大猩猩带到这里,而他们之后就此消失了。"

"你在这里待了多久?"

"我昨天才到了上帝的城堡,但是我在亨利八世的宫殿里待了超过一周的时间。那些名字被用在野兽身上时,你不觉得很不和谐吗?"

"我觉得,没有什么能比今早遇到白金汉并听到他说英语更奇怪的事情——一只强壮的大猩猩!"

"你见到白金汉了?正是他抓了我并把我带到这座城市。他也把你给抓了吗?"

泰山摇摇头:"没有。他曾经抓到了娜奥米。"

"娜奥米!她情况如何?"

"她和奥尔曼、比尔和其中一个阿拉伯人在瀑布脚下。我来找你并准备把你带到他们那里,但我好像已经把这一切都搞砸了——让自己也被俘获了。"

"但是娜奥米是怎么从白金汉手上逃出来的呢?"女孩问道。

"我杀了他。"

"你杀了白金汉!"她圆睁着不可思议的眼睛看着他。

从其他人对他各种功绩的反应中,泰山已经明白,奥布罗斯基的朋友们并没有对他的勇气抱有很大的期待,所以他们把他错当成这个无可争议的懦夫让他感觉很好笑。

女孩安静地用平静的眼睛对他进行了几次观察,仿佛她正在努力解读他的灵魂并了解他是个冒牌货的几率,然后她摇了摇头。

"你不是个坏孩子,奥布罗斯基,"她说,"但你不能向你的朗达阿姨说谎。"

泰山稀有的笑容露出了他强壮、洁白的牙齿。"没有人能骗得过你,是吧?"他佩服地问道。

"好吧,我承认,他们早晨必须起得很早才能骗得过朗达。但

"在我吃了你之前!" | 171

我不明白的是,你的妆容——这个布景——你在哪里得到它的,为什么?我觉得你应该会被吓得一动不动。"

"这个你必须问朗古拉了,班索托人的酋长。"泰山答道。

"他和这个有什么关系?"

"他盗用了奥布罗斯基的衣柜。"

"我开始明白了。但如果你当时被班索托人抓住了,你怎么逃出来呢?"

"如果我告诉了你,你是不会相信我的。你都不相信我杀了白金汉。"

"我怎么相信,除非你趁他睡着时偷袭他?那根本不可能,奥布罗斯基,没有人类能杀死那只大猩猩,除非他有把步枪……没错,你射杀了他。"

"然后把我的枪扔了?"泰山问道。

"呃……听起来确实不太合理,是吧?不,我猜你只是个该死的大骗子,奥布罗斯基。"

"谢谢你。"

"别生气。我很喜欢你并且一直都是,但是我这辈子已经见过足够多的东西,不再相信奇迹,而且你一个人解决掉白金汉就是这样一个奇迹。"

泰山转身,开始检查他们所在的房间,邻近房间里的火炬闪烁着微弱的灯光。他发现了一个方形的房间,其墙壁面向未经仔细打磨的石头,天花板是由巨大的横梁支撑的板材构成。房间的尽头很黑,以至于他看不到天花板,最后一根横梁在天花板上投下了浓重的影子。他觉得自己发现有一股稳定的气流,从另一个房间封住的门口流向他们牢房这个遥远的角落,这意味着那里有个开口;但他无法找到它,并且放弃了这个想法。

完成检查后,他过来并靠近朗达,坐在稻草上。"你说你在这待了一星期了?"他问道。

"在城里,不是这儿。"她答道,"怎么了?"

"我在想……他们一定会给你喂食吧?"他问道。

"是的,芹菜、竹尖、水果和坚果……慢慢就变得很单调了。"

"我对他们给你吃什么不感兴趣,我更感兴趣他们是怎么喂的。那些食物是怎么递给你的,啥时候?我指的是自从你被关在这里开始。"

"当他们昨天把我带到这里时,他们给了我足够当天吃的食物,今天早上他们给我带来了另一天的补给。他们把它带进隔壁的房间,把它从铁条间推过来——没有餐具或任何类似的东西——他们只是用他们脏兮兮的手或者说是爪子在地上把食物推过来。水除外,他们用角落里的葫芦送水。"

"看来,他们是不会打开门,然后进入房间了?"

"不会。"

"那真是太糟糕了。"

"为什么?"

"如果他们开门,我们可能还有机会逃走。"泰山解释道。

"不可能……那些食物是由一只块头巨大的大猩猩带过来的。天啊,我居然给忘了!"她惊呼,大笑着,"你也许会把他撕成两半,然后把他扔到垃圾篓里,就像你对白金汉做的那样。"

泰山也跟她一起笑着。"我总是忘记自己是个懦夫,"他说,"如果有任何危险威胁我们,你可一定要提醒我啊。"

"我想你不需要提醒,奥布罗斯基。"她又仔细地看着他,"但是你已经发生了某种转变,"她最后大胆地说,"我不知道如何解释它,但你似乎有更多的自信。当你与上帝交谈时,你确实表

"在我吃了你之前!" | 173

现得不错。说吧！你是否认为过去几周的经历已经影响了你的大脑？"

上帝的回归，打断了他们进一步的对话，他在封住的门前拉起一把椅子坐下。"亨利是个傻瓜，"他宣称道，"他试图对他的追随者都保持一个调子，使他能够诱使他们攻击天堂并杀死上帝。亨利想成为上帝，但是他给他们喝了太多的酒，现在他们大多数都在睡觉，在宫殿的院子里，包括亨利。

"他们今晚不会打扰我，所以我想我下来，愉快地拜访你们一次。以后不会有更多的机会了，因为在某些阻碍我的事发生之前必须实现那个目标。我不能冒这个险。"

"我们要实现的这个奇怪的目标到底是什么？"朗达问道。

"这是完全科学的，但这是个很长的故事，所以我应该从头说起。"上帝解释道。

"一切的开始！"他梦呓般地重复着，"已经过去很长时间了啊！正当我还在牛津大学读书的时候，我第一次理解了破晓的光芒。让我想想——一定是在1855年左右。不是，应在那之前——我在1855年毕业。是的，我出生在1833年，而且我毕业时是二十二岁。

"我一直对拉马克的调查和之后达尔文的调查很感兴趣。他们走在了正确的轨道上，但他们走得并不够远；之后，在我毕业后不久，我在奥地利旅行时遇到了布鲁恩的一位神父，他的研究领域与我的相似，他的名字叫孟德尔。我们交换想法。他是世界上唯一能够欣赏我的人，但他不能一直跟我走下去，我得到了他的一些帮助，但毫无疑问，他从我身上得到了更多，尽管在我离开英格兰之前从未听过有关他的更多信息。

"1857年，我觉得我实际上已经解决了遗传之谜，并且在那一年我发表了关于这个主题的专著。我将尽可能用简单的语言解释我所发现的核心,以便你们能理解你要服务的目标。

"简而言之,我们从父母身上继承了两种类型的细胞——体细胞和生殖细胞。这些细胞由含有基因的染色体组成——它是精神和身体特征的一个单独的基因。体细胞的分裂、增殖、改变和成长确定我们将要成为哪种个体;生殖细胞从我们的受精开始几乎没有变化,决定了我们后代的特征,并从我们身上继承来自祖先和我们的特征。

"我确定遗传可以通过将这些基因从一个人身上转移到另一个人身上,我了解到基因永远不会死亡,它们绝对是坚不可摧的——它们是地球上所有生命的基础,是永恒不朽的承诺。

"我确信所有的这些,但我不能进行实验。科学家嘲笑我,公众讽刺我,当局威胁要把我关进疯人院里,教会希望把我钉在十字架上。

"我躲起来,秘密地进行研究。我从活体中获得了基因——我以各种借口引诱年轻男性和女性进入我的实验室,然后给他们下药并从他们身上提取生殖细胞,当时我还没有发现,或者我应该说,我当时还没有完善恢复体细胞的技术。

"在1858年,我通过贿赂设法进入了威斯敏斯特大教堂的一些墓葬;从英国前国王和王后以及许多贵族和女士的尸体上,我提取了不死的基因。

"正是亨利八世的掠夺导致了我的失败,我的事情又一次被一个还没被贿赂的人发现了。他没有把我交给当局,但他开始勒索我。因为他,我可能会遭受经济破产或长期的牢狱之灾。

"我的同事们嘲笑我,政府惩罚我,我看到我为人类劳作的回报就是忘恩负义和迫害。我越来越憎恨人类,恨他们的偏见、虚伪和无知。我现在依旧恨人类。

"我逃离了英格兰。我已经制订了计划。我来到了非洲,并且雇用了一位白人向导带领我去大猩猩的国家。他把我带到了这里,然后我杀了他,以便没有人知道我的下落。

"这里有数百只大猩猩,是的,有数千只,我给它们的食物下了药,我用毒箭射向它们,但是我用的只是一种将它们麻醉的药物。然后我去除了它们的生殖细胞,并且用我从英国携带过来的培养基里的促进繁殖的人类细胞进行了替换。"

当他谈论这个话题——他最喜欢的话题时,这个奇怪的生物似乎被一些神秘的内心火焰所温暖。听他说话的男人和女孩几乎忘记了他文明的英语措辞和他那丑陋令人厌恶的外表之间的不协调——比大猩猩的外表更丑陋、更令人厌恶,因为他看起来既不是野兽也不是人类,而是某一邪恶结合体所诞生的可怕杂种。然而,那令人排斥的脑袋内的思想让他们着迷。

"多年来,我一直观察着他们,"他继续说道,"然而却越来越让人失望。从一代到另一代,我没有注意到人类生殖细胞对类人猿产生任何哪怕是最轻微的影响,然后我开始注意到他们智力变高的迹象。同时,他们争吵也多了,变得更贪婪、更恶毒——他们越来越多地显示出人的特征。我觉得我正在接近我的目标。

"我抓住了一些年轻猩猩并开始训练他们,在训练开始后不久,我听到他们重复说着英语单词——那些他们听我说过的单词,当然他们不知道这些单词的含义;但是,那并不重要——他们向我揭示了真相,我的大猩猩继承了他们合成的人类祖先的思想和发声器官。

"他们继承了这些人类特征而不是其他特征,其确切原因仍然是我未解决的一个谜。但我已经证明了我的理论是正确的。现在我打算努力教育我的被监护人,这并不难。我先把这些猩猩派出去作为传教士和教师。

"大猩猩学会了这些知识并来找我进行进一步指导,我教他们有关农业、建筑和盖楼等知识。在我的指导下,他们在我命名为泰晤士河的这条河上建了这座被我命名为伦敦的城市。我们英国人,无论走到哪里,总是要带着英国一起的。

"我给了他们法律,我成了他们的上帝,我给了他们一个王室和一个贵族身份。他们的一切都是我给的,现在他们有些人想要打倒我、摧毁我——是的,他们变得非常人性化。他们已经变得野心勃勃、奸诈、残酷——几乎与人类没有什么两样了。"

"但是你呢?"女孩问道,"你不是人类,你的一部分是大猩猩,你怎么会是一个英国人呢?"

"尽管如此,我仍然是英国人,"那个生物回答道,"我曾经是一个非常英俊的英国人,但是高龄打败了我,我感觉自己的力量在变弱。我看到了坟墓的召唤,我不想死,因为我觉得我才刚开始了解生命的秘密。

"我寻求一些方法来延长自己的寿命,恢复青春,最后我获得了成功。我发现了如何分离体细胞并将它们从一个人身上转移到另一个人身上,我使用了两个性别的年轻大猩猩,并且把他们充满活力、年轻的体细胞移植到我自己的身体中。

"目前在阻止高龄对身体的蹂躏和恢复青春方面,我取得了成功,但随着大猩猩的体细胞在我体内繁殖,我开始获得大猩猩的身体特征。我的皮肤变黑,全身长出了毛发,我的双手发生了改变,还有我的牙齿;有一天,为了所有目的和使命,我会成为一只大猩猩,或者说,如果没有发生把你们带到我身边的幸运事件,我应该已经变成大猩猩了。"

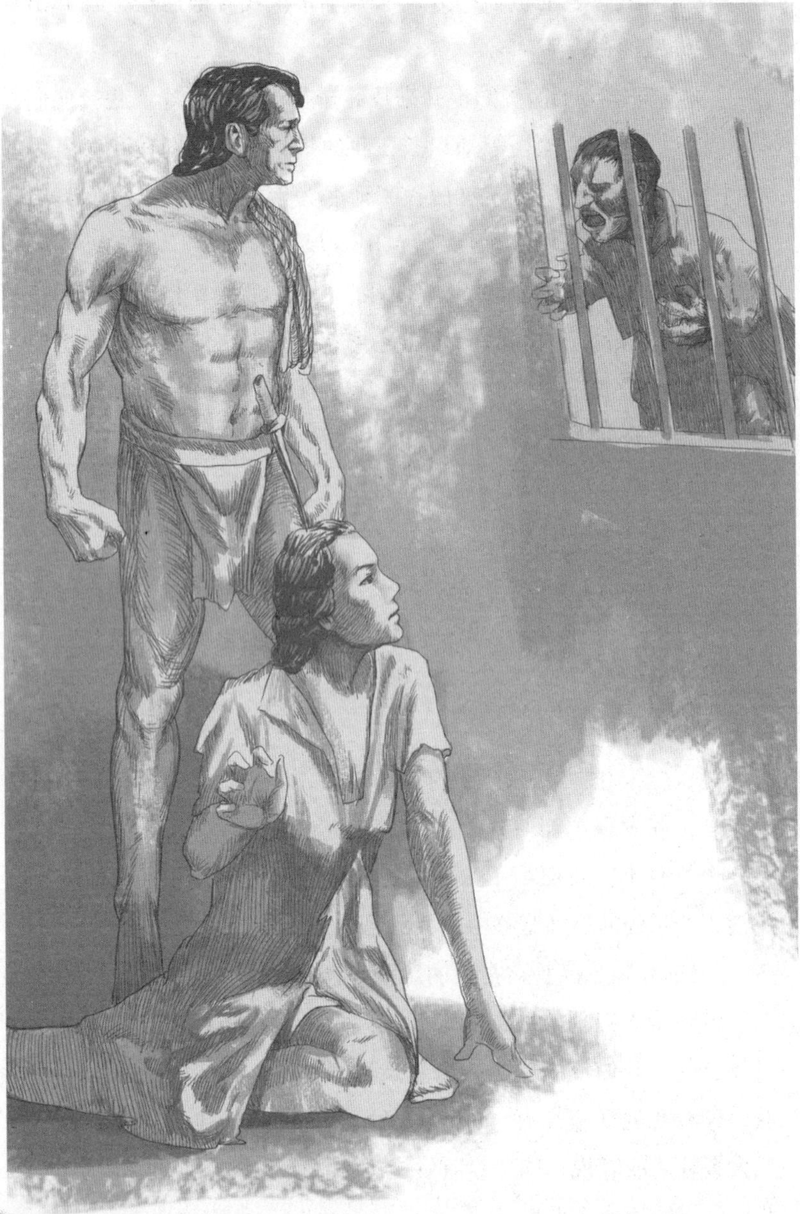

"我不明白。"朗达说。

"你会明白的。有了你和这个年轻人的身体细胞，我不但能保证我的青春，而且我还会再次拥有人类的外表。"他的眼里燃烧着一团疯狂的烈火。

女孩打了个寒战。"这太可怕了！"她惊呼。

那个生物笑了起来。"你将服务于一个崇高的目标——一个更高尚的目标，而不是你仅仅完成你出生时那个乏味的生物命运。"

"但是你不必杀了我们！"她叫道，"你在没有杀死大猩猩的情况下从他们身上提取了生殖细胞，在从我们这里提取一些后，你能放我们走吗？"

这个生物起身并来到铁条附近，他的黄色獠牙在恶魔般的笑容中显露出来。"你还不知道全部，"他说，炽热的眼睛里闪着一丝疯狂的光芒，"我还没有告诉你我已经学会了关于复活的所有知识。新的细胞是充满活力的，但它们的运作很慢。我发现通过吃青年人的肉体和腺体，变形速度会加快。"

"我现在让你去冥想你要为科学提供的伟大服务！"他向另一个房间远处的门走去。"但我会回来的。之后我会吃了你们，吃你们俩。我会先吃男人，然后，我的美人，我接着来吃你！但在我吃你之前……啊，在我吃你之前！"

他轻声笑着，从门道退了出去，并关上了身后的门。

## Chapter 26
## 受 困

"这看上去像是谢幕。"朗达说。

"谢幕?"

"表演的结束。"

泰山笑了:"我感觉你应该是想说我们已经没有希望了——我们死定了吧?"

"看上去是的,而且我很害怕。难道你不怕吗?"

"我想我应该感到害怕,是吧?"

她皱着眉毛,打量着他。"我看不懂你,奥布罗斯基。"她说,"你现在看起来并不害怕,但你曾经害怕一切。难道你不是真的在害怕,或者你只是在假装——演员,你知道吗?"

"或许我觉得即将发生的事情会如期而至,而害怕不会有任何帮助。恐惧永远不会带我们活着离开这里,并且如果我能做到的话,我肯定不会待在这里等死的。"

"我不清楚我们应该怎么逃出去。"朗达说道。

"我们现在有十分之九的存活几率。"

"你的意思是？"

"我们还活着，"他笑道，"而那就是十分之九的安全了。如果我们死了，那我们就百分之百输了；所以活着，意味着我们肯定至少有百分之九十的几率获救。"

朗达笑了。"我还不知道你是个乐观主义者。"她说。

"也许我有可以持有乐观态度的事情吧，"他答道，"你感觉到地板上的气流了吗？"

她快速抬起头，看着他，眼睛里出现了一个不安的神情。"也许你最好躺下来尝试睡觉，"她建议道，"你已经过度紧张了。"

这回轮到他盯着她看了。"你的意思是？"他问道，"我看上去很疲劳吗？"

"不，但是……但是我只是觉得你身上的压力太大了。"

"什么压力？"他问道。

"什么压力？"她惊呼，"奥布罗斯基，过来躺下让我给你的头按摩按摩——也许这会让你入睡。"

"我不困。难道你不想从这里出去吗？"

"我当然想了，但我们做不到。"

"也许不能吧，但是我们可以试试。我之前问你有没有感觉到地面上的气流？"

"我当然感觉到了，但这有什么关系呢？我又不冷。"

"这也许不会有任何含义，"泰山承认道，"但是这暗示着可能性。"

"什么可能性？"她问道。

"一条出路：新鲜空气从另一个房间通过那扇门的铁条进来，

受困 | 181

它必须从某个地方出去。气流这么大，表明那里有一个相当大的开口。你在这个房间里有看到能让空气流走的大型开口吗？"

朗达站起身，开始明白他的话的大致意思。"没有，"她说，"我没看到任何开口。"

"我也没有，但这里肯定是有的，并且我们知道那一定在我们没办法看到的某个地方。"他悄声说道。

"是的，你说的没错。"

"这个房间里我们唯一看不见的部分就是在那个遥远角落天花板上的黑暗阴影，而且我感觉到气流正朝着那个方向移动。"

他走到他指示的房间的那一部分，并抬头望向黑暗。女孩走过来站在他身旁，也向上看。

"你看到什么东西了吗？"她问道，声音几乎小到听不到。

"太黑了，"他答道，"但我觉得我的确看到了某些东西——一小块比周围颜色都要深的地方，就好像它是凹陷进去的。"

"你的眼睛比我的好使多了，"她说，"我啥都没看到。"

从他们正上方但有一段距离的某个地方，传来一个空洞的笑声，充满神秘与怪异。

朗达紧张地将手放在泰山的胳膊上。"你说得对，"她低声说，"我们上方有一个开口——那个声音是从那里传下来的。"

"我们对高声说出的东西必须要非常小心。"他警告说。

天花板上的开口，如果确实在那儿，似乎就在房间的角落里。泰山仔细检查了墙壁，尽可能地每一尺、每一寸地感受，但他没有发现任何抓手点。然后他伸出手，向上跳起来——感觉天花板上有一个开口的边缘。

"它就在那里。"他轻声说道。

"但这怎么能帮助到我们呢？我们又够不着它。"

"我们可以试试。"他说着,在房间角落靠着墙弯下身子。"爬到我的肩上,"他指挥着,"站在上面,用手扶在墙上做支撑。"

朗达爬上他宽厚的肩膀,控制住自己的腿来保持平衡,他缓慢起身直至完全站立。

"在所有方向上都仔细摸一下,"他低声说道,"大致估量一下开口的大小,找一下抓手点。"

一段时间内,朗达保持安静。他可以通过女孩的体重从一只脚转移到另一只脚,并通过她腿部肌肉的伸展可以感觉得出,她正在尽可能地在每个方向上检查是否有开口。

现在她对他开口说:"放我下来。"

他把她放到地上。"你发现什么了吗?"他问道。

"那个开口大概长三英尺,宽二英尺。它似乎在一侧墙的顶部向里延伸——我可以清楚地感觉到那里的壁架,如果我能够到它,我可以往更高的地方探索。"

"我们再试一次,"泰山说,"把手放在我的肩上。"他们面对面站着。"现在把你的左脚放在我的右手上。就这样!站直,把另一只脚放在我的左手上。现在让你的腿和身体保持直立,把手放在墙上来做支撑;然后我会再把你抬起来——可能比你之前再高出一英尺半。"

"好了,"她轻声说道,"抬起来!"

他轻松却小心翼翼地举起她,直到他的手臂完全伸直。在某个时候,他就这样举着她;然后,首先从一只手再从另一只手上,她被举了起来。

他等待着,聆听着。一阵漫长的寂静随之而来,然后,在他头顶上,传来一声惊讶的"哎哟"!

泰山没有发出任何声音,也没有问任何问题——他就这样等着。他可以听到她的呼吸,并且知道让她惊讶的事情并不严重。目前,他从上方听到了一声轻语。"把你的绳子给我扔过来!"

他把草绳从卷绕在肩膀上的地方举起,在黑暗中向上方的女孩投掷一个绳圈。第一次,她没抓住,然后它落回去了;但接下来,她抓住了它。他听到她在上面的黑暗中摆弄着那根草绳。"试试看。"此刻她轻声说道。

他抓住头顶的绳子,将脚从地面抬起,使绳子支撑他的全部重量。它很结实,没有滑落;然后,双手交替着,他爬了上去。他感觉到朗达伸出手并触摸他的身体,接着她引导他的一只脚站在她站立的壁架上——片刻之后,他站在她身旁。

"你找到什么了吗?"他问道,在黑暗中尽力睁大双眼。

"我发现了一根木制横梁,"她答道,"我的头刚刚撞到上面去了。"

他现在明白了自己听到的惊呼的原因,伸出手能感觉到肩膀对面有一根沉重的横梁。那根绳子被系在它周围,他们站的壁架显然是下面的房间的墙壁顶部。正如朗达所说的那样,那个垂直向上的通风井大概长三英尺、宽两英尺。那根横梁将其长轴平分,每边都留出足够大的空间以允许人的身体通过。

泰山挤了过去,并爬到横梁顶部。在他上方,通风井无须任何抓手点或立足点就触手可及。

他向下方的女孩斜靠过去。"把手给我。"他说,然后把她拉到横梁上。"我们必须进行更多一些的探索,"他轻声说道,"我会像之前那样把你举起来的。"

"我希望你能在横梁上保持身体平衡。"她说,但是她毫不犹豫地站在了他拢起的双手之上。

"希望如此吧。"他简短地回答。

一段时间内,她在上面摸索着,接着她悄声说:"放我下来。"

他把她放下到他的身旁,抓住她以免她失去平衡并摔下去。

"怎么样?"他问道。

"我发现了另一根横梁,"她说,"但是我够不着它的顶端。我可以感受到它的底部和每一面的一部分,但我矮了几英寸摸不着顶部。我们该怎么做?这就像一场噩梦——在此处的黑暗中努力,还有可怕的威胁在潜伏着准备抓住我们,而我们却不能抓住让我们获得安全的唯一工具。"

泰山俯下身子,解开仍然固定在他们站立横梁上的绳索。

"白人大猩猩有一些愚蠢的说法,"他说,"其中之一是,给猫剥皮有不止一种的方法。"

"白人大猩猩是谁?"她问道。

泰山在黑暗的安全隐匿下咧嘴一笑。在某个瞬间,他忘记自己也在这里面扮演着一个角色。"啊,只是一个愚蠢的部落罢了。"他答道。

"那是美国的一个老说法了,我曾听到我的爷爷说过它。一个非洲部落居然也会有同样的谚语,真是太奇怪了。"

他没有告诉她,在他的母语、他所学的第一语言猿语中,白人大猩猩指的是某个或所有白种人。

他将绳子卷起,接着,拿着一端,把绳圈扔到他上方通风井的黑暗中。它们落下并停留在他们上方,他又一次卷起并扔上去,再次得到了同样的结果。他又尝试了两次,还是失败了。最后,他握在手中的那端一直在黑暗中延展,而另一端却落下并来回摆动。他将自由的那端扔到横梁上,并在垂挂在横梁对面的一节绳子上打绳结,使其快速结成一个弓形结,然后他将绳结拉紧在横梁上。

受 困 | 185

"你觉得自己可以爬上去吗?"他问朗达。

"我不清楚,"她说道,"但我可以试试。"

"你也许会掉下来,"他警告道,"我会带着你的。"他在她意识到他想做什么之前,轻轻把她放在背上。"抓紧了!"他提醒道,接着他像只猴子一样爬上绳索。

在最高处,他抓住了横梁,并让自己和女孩拉上了它;在这里他们重复了他们之前所做的一切,搜寻并找到了在他们所站的横梁之上的另一根横梁。

当泰山把自己拉到第三根横梁上时,他在自己正对面看到了一个开口,并且开口之外是一颗星星,现在黑暗逐渐消退了。多云的夜晚微弱的光线照亮一小部分被护栏围住的平坦屋顶,当泰山进一步勘察时,他发现他们已经爬进了一座在城堡之上的小塔中。

当他正要从塔楼上爬上屋顶时,他听到了他们现在非常熟悉的那种奇怪的笑声,然后他们又回到了塔楼内部的黑暗中,两人静静地、一动不动地站在那里等着、聆听着。

那个笑声重复了一次,这次更近了,泰山敏锐的耳朵中传来了赤脚接近的声音。他的耳朵告诉了他更多的信息,它们告诉他,走来的那个东西并不是一个人,还有另一个跟在他旁边。

这时他们进入了视线,缓慢地走着。其中一个正如泰山所猜测的那样,是那个自称为上帝的生物,另外一个是一只健壮的大猩猩。当来到两个逃犯对面时,他们停下并倚在护栏上,向下眺望着这座城市。

"亨利今晚不该喝个酩酊大醉的,克兰默,"那个自称上帝的生物说道,"他明天还有要辛苦的一天。"

"此话怎讲,我的上帝大人?"另一个生物问道。

"你难道忘了这是天堂圣梯建成的纪念日吗?"

"真见鬼!确实是,而且亨利必须用手爬上阶梯,在他的上帝脚下祈祷。"

"亨利年纪大了并且太胖了,太阳也会很毒辣。但是——这将让国王看起来更加谦逊,并且将谦卑教给老百姓。"

"让所有人都铭记,你是我们的上帝大人!"克兰默虔诚地说道。

"当亨利到达阶梯顶端,我将为他准备一个天大的惊喜!我将站在那个我从他手上偷过来的英国女孩旁边,到时候她会跪在我脚下。你派人去带她过来了,对吧,克兰默?"

"是的,我的上帝大人,我派了一个低阶神父去接她了。他们随时会到达这里。但是,我的上帝大人,你觉得进一步激怒亨利是个明智的做法吗?你知道很多贵族都站在他那边并且在密谋对付你。"

一个可怕的笑声从大猩猩上帝的嘴中传出。"你忘记了我是上帝,"他说,"克兰默,你必须永远不能忘记这个事实。亨利正在忘记这一点,他可怜的记忆将见证他的失败。"该生物直起身,一阵丑陋的咆哮取代了之前的轻笑。"你们都忘了,"他喊道,"我是创造你们的人,也只有我才能毁灭你们!首先我要让亨利发疯,然后我要击垮他。这就是人类喜欢的那种神——这是他们唯一能理解的那种神。因为他们妒忌、残忍而恶毒,所以他们必须有一个妒忌、残忍又恶毒的上帝。我只能给你们人类的头脑,所以我必须成为一个这种头脑能够感激的神。明天亨利会完全感激我的!"

"你指的是什么,我的上帝大人?"

这个大猩猩之神又一次笑了起来:"当他到达阶梯顶端时我会攻击他,我要毁了他。"

受困 | 187

"你要杀了国王?但是,我的上帝大人,威尔士王子太小了,还做不了国王。"

"他不会成为国王的——我对国王已经厌烦了,我们将跳过爱德华六世和玛丽皇后。这就是有上帝支持你的好处之一,克兰默——我们将跳过十一年,并且把你从火堆上救下来,下一个英国统治者将是伊丽莎白女王。"

"亨利有很多可以继承王位的女儿,我的上帝大人。"克兰默说道。

"我一个都不会选的。我刚刚有了个灵感,克兰默。"

"这从何而来,我的上帝大人?"

"当然是从我这来的,你这个蠢货!这很完美,这很理想。"他赞赏地笑着,"我要让那个英国女孩成为英国女王——伊丽莎白女王!她会很温顺——她将对我言听计从,并且她也将服务于我的其他目的,或者绝大多数吧。我当然不会吃了她,克兰默,一个人不可能吃了他的皇后还拥有她。"

"低阶神父来了,我的上帝大人。"克兰默插了一嘴。

"他是自己过来的,"上帝惊呼,"他没有带着那个女孩。"

一只年迈的大猩猩笨拙地走到他俩跟前,他看起来很激动。

"那个女孩在哪里?"上帝问道。

"她不在那里,我的上帝大人。她不见了,那个男人也是。"

"不见了!但这是不可能的。"

"那个房间是空的。"

"那些门呢!它们有没有被打开……任意一个?"

"没有,我的上帝大人,它们都是锁着的。"低阶神父回答道。

大猩猩上帝突然沉默下来,他沉思了一会儿,然后用非常低沉的声音对他的两个同伴说话。

泰山从塔楼中的藏身之处看着他们，感到不安。他希望他们会走开，以便他可以从城堡中寻找一些逃生途径。如果独自一人，他可能会直面他们，并依靠自己的力量和敏捷来赢得自由；但在他们对城堡出路一无所知，在大猩猩上帝可以在需要时叫来成群的大猩猩援助的情况下，他没有把握让女孩和他自己都逃脱。

他看到那个神父转身并快步离去，其余两个往塔的反方向走了几步，转身面向塔，然后倚着护栏，继续他们的对话，但是泰山现在已经不能偷听到他们具体在说些什么了。这两个家伙所处的位置，正好让逃跑的他们无法在不被发现的情况下离开那座塔。

泰山变得忧虑，野兽的异常敏感度警告他即将要发生的危险，但他不知道去哪里寻找它，也不知道该以何种形式应对它。目前他在视野范围内看到了一头强壮的大猩猩来回走动，那只野兽握着一根长矛。在他身后，又出现了另一只带着相似武装的大猩猩，一只接着一只，直到二十只庞大的大猩猩聚集在城堡的屋顶上。

他们在克兰默和大猩猩上帝周围聚集了一两分钟，后者正在与他们交谈。即使分辨不出单词，泰山也可以识别出这些声调。然后这二十只大猩猩走近塔楼，并在进入通往塔楼的低矮小洞前集合形成了一个半圆的队形。

朗达和丛林之王都相信，他们的藏身地如果没人知道的话那也可以猜出来，但他们无法确定。他们只能等，这就是他们可以做的一切。

屋顶上的大猩猩似乎只是在等待，他们似乎并没有在考虑对塔楼内部进行调查。泰山认为，他们在那也许是出于其他目的，而不是他想象的那样，他们可能已经聚集起来在为早上国王的去世做准备。

大猩猩上帝和叫作克兰默的大猩猩站在护栏旁，前者怪异的

受困 | 189

笑声是打破夜晚的沉寂的唯一声音，泰山想知道那家伙为什么在笑。

从他们身下的竖井突然向上冒出一阵气流，带来一阵刺鼻的烟雾和一股热浪，泰山感觉到女孩在抓紧他的手臂，现在他知道为什么大猩猩在进入塔楼之前等得如此耐心，也知道为什么大猩猩上帝在轻声发笑了。

## Chapter 27

## 血腥屠杀

泰山考虑了眼下的问题。很显然，他们不能长时间忍受令人窒息、头晕目眩的浓烟。对大猩猩进行突袭，只会让同伴面临生命危险，而不能带来逃生的希望。如果当初只有他一人，那情况将大不相同。但是现在似乎只有安静地出来，投案自首了。

另一方面，他知道大猩猩上帝有意要置他于死地，而对于那个女孩，则是死亡甚至更糟的命运。但是，不管他选择哪一条路，结果无疑是一场灾难。泰山在做决定时很少犹豫，但现在确是进退两难。

他把顾虑简短地向朗达解释了一下。"我想要突袭他们，"他下了结论，"那样至少还有一个满意的结果。"

"他们会杀了你的，奥布罗斯基，"她说，"我真希望你没来。你很勇敢，但你有可能因此丧命。我不能——"呛人的浓烟打断了她的话，她止不住地咳嗽。

"我受够了,"他愤怒地低语道,"我要出去,跟着我,伺机逃跑。"

泰山弓着腰,从塔里跳了出来,厚重的胸部发出充满野性的怒吼。紧跟其后的女孩听到了这个声音被吓坏了,她认为和她在一起像那个叫斯坦利·奥布罗斯基的人只是一个懦夫罢了,她认为他一定是因为面对令人绝望的情形而神经错乱了。

大猩猩跳向他,想抓住他。"别让他跑了!"大猩猩上帝喊道,"但是也别杀了他!"

泰山跳向离他最近的野兽,在一些动物举着的火把的照耀下,他的刀闪闪发亮。他将刀深深插入对方的胸膛,因为他碰巧挡住了森林之王的去路。野兽痛苦地尖叫着,但也只能紧抓着他,倒在他的脚下。

其他大猩猩也接近了古铜色的巨人,但是他们一个个都饱尝了刀刃之苦。站在一旁的大猩猩上帝气得暴跳如雷,叫道:"抓住他!抓住他!但是别杀了他!他是我的!"

在混乱时刻,朗达找到了一条逃生之路。她偷偷摸摸地溜到正在战斗的野兽身后,寻找从屋顶下来的一条台阶。大家的目光与思绪都集中在塔前的战斗中,没有注意到女孩。在她面前她看见了台阶的最高一级,它们被摇曳的火把光芒给照亮了。

她一路小跑着下了楼梯,在她身下,浓烟巨浪似的翻滚着,遮挡着她的视野。她猜想,很明显火光中的浓烟就是为了把奥布罗斯基和她从塔里逼出来,而现在烟已经蔓延到了城堡的其他地方了。

在楼梯转角处,一只大猩猩正跳上台阶,与她直接撞了个满怀。那只大猩猩身后还有两只猩猩,第一只抓住了她,将她扔给了其他猩猩。"她一定想逃跑,"抓住她的大猩猩说,"把她带到上帝那里去。"接着,他敏捷地跳上了台阶。

三只大猩猩倒在了泰山的刀下，但是第四只抓住了他的手腕，用尖锐的矛柄打向了他。泰山紧闭双眼，用牙齿死死咬住敌人的脖颈。对方痛苦地嚎叫，想把他从身上扯开。接着他的一个同伴上前，用斧柄猛击泰山一侧的太阳穴。丛林之王倒在地上，失去了知觉，敌人发出了胜利的欢呼。

首领挤上前来。"不要杀他！"他再次叫道。

"他已经死了，主人。"其中一只大猩猩说道。首领又沮丧又愤怒，不住地颤抖着。当他刚要开口时，再次抓获朗达的大猩猩挤到人群中。

"城堡着火了，主人！"他叫道，"原本想让浓烟把囚犯熏出来，但是烟却扩散到了牢房地上的干草上，现在房梁和地上都着火了——城堡一楼就像熊熊燃烧的火炉。主人，如果您不想陷入火海之中，那就快逃吧。"

听到这些话的那些大猩猩迅速扫视四周，一股浓烟正从泰山和朗达出来的塔楼喷涌而来，烟从附近的塔中冒出来，越过围墙，很明显是从较低楼层窗户里出来的。

他们立刻感到不安，大猩猩如没头的苍蝇一般四处逃散。所有野兽都怕火，本能控制了这些怪物。现在，他们意识到可能被切断了退路，惊恐笼罩着他们。

在尖叫咆哮声中，他们冲向安全地带，将他们的囚犯和上帝扔在一边。一些野兽径直跑到火光冲天的楼梯间被烧死，另一些跳过围墙，走向让人无尽恐怖但同样确定的死亡。

他们尖利的叫声、惊恐的咆哮声淹没了噼里啪啦的火焰燃烧声，掩盖了大猩猩上帝高声的命令声，上帝被手下抛弃后，也完全丧失理智，疯狂逃命。

万幸的是，那两个看管朗达的大猩猩完全无视同伴让他们把

血腥屠杀 | 193

她带到上帝跟前的指令,而是急忙转身,飞奔下了台阶,赶在后路被火焰吞噬前逃跑,饥饿的火苗从城堡下的大坑里一路向上熊熊燃烧。

在浓烟中挣扎逃生,他们毛茸茸的皮毛立即被突如其来的火焰烧焦了,疯狂的大猩猩们早把他们的犯人抛在脑后,除了记得对火焰的恐惧外,其他都忘得一干二净。甚至他们到了一个相对安全的院子里时,也不停下,而是继续跑到他们撞开的外面的大门,并径直冲过去。

朗达虽然惊恐,但是仍保持理智,利用机会逃跑。跟着两只大猩猩,她从城堡下面巨大的岩架上逃离了。燃烧的火焰照亮了整个场景,她看见身后是高耸的峭壁,似乎高不可攀。她身下是一座城市,一团漆黑,但几个摇曳的火光用微弱的光亮点缀着城市的黑暗。

在她右边,她看到的是从城堡岩壁通向下方城市的台阶——她能分辨出的唯一逃生通道。要是她能从那条蜿蜒曲折的小径到达城市,她也许能翻过高墙,进入外面的峡谷中而不被人发现。

河流将引导她向下到达悬崖边缘的峡谷,她知道奥尔曼、比尔和娜奥米在那里扎营。她一想到要从峭壁上爬下去,心头不由一颤,但是她知道,如果不从钻石谷的恐怖中逃生,她将冒更大的风险。

沿着石壁朝着楼梯一端飞奔过去,她开始向下朝黑暗的城市跑去。她跑得飞快,因急切几乎摔倒。她身后响起熊熊燃烧的火光,发出噼里啪啦的声响,吞噬着上帝的城堡,火光把她跳动着的、形状怪异的身影投射在她的面前,也照亮了楼梯。接着,她惊恐地发现一群大猩猩正向上朝着即将倒塌的建筑跑来。

她停了下来,但是无法返回,左右两边都没有逃路。她逃生的

血腥屠杀 | 195

唯一可能就是因乱他们可能会忽略她,但是他们的头目发现了她。

"女孩在那儿!"他们叫道,"就是那个不长毛的女孩!抓住她!把她带到国王那里!"

毛发浓密的大猩猩抓住了她,把她交给了身后的同伴。"把她带到国王那里!"接着她又被催促推搡到了身后的同伴那里。"把她带到国王那里!""把她带到国王那里!"最后她被又推又拉又拽地带到了城市和国王的宫殿里。

她再次置身于亨利的后宫中,她们打她吼她,因为大多数大猩猩都不希望她回来。亚拉贡的凯瑟琳是最恶毒的,要不是凯瑟琳·帕尔的阻止,她早把她撕成碎片了。

"别管她,"她警告说,"要不然亨利要打我们了,我们中的一些人也会掉脑袋的。他只需要一个借口来要你的脑袋,凯瑟琳。"她对老王后说。

最终,她们不再凌辱她了,让她一人蹲在角落里。这是自从她跟着泰山逃离塔楼后,第一次有机会思索,她想着那个冒着生命危险来救她的人。之前所有人都误解了奥布罗斯基,这真是不可思议。他如此智勇双全,但之前竟无人觉察。她以一种全新的视角来审视他,看到他拥有一些品质,这些男性品质是女性所敬佩的,这引发了她的柔情,让她抽泣起来。

他在哪儿?他逃出来了吗?他们会不会又抓住了他?她能看到岩壁上巨大城堡的窗户里冒出的滚滚浓烟,他会不会已经葬身火海了?他会不会已经死了?

她突然坐起来,双拳紧握,以致指甲都嵌进肉里。她突然有了一个新的想法。昨天还令她鄙视的那个男人,现在却让她涌起了一阵强烈的情感,而这种情感是她之前不曾对任何人有过的。这是不是爱情?她是不是爱上了奥布罗斯基?

她使劲摇了摇头，好像要让自己摆脱这种妄想。不，这不可能。这一定是她对他的感激与同情之情，仅此而已。然而这种想法挥之不去。在过度劳累和莫名兴奋之后，最终她不安地睡着了。

　　在她的睡梦中，岩壁上的城堡燃烧殆尽，成了那些陷入火海者的盛大葬礼。

## Chapter 28

### 穿过浓烟与火焰

当惊恐的大猩猩为了安全，从上帝城堡的屋顶上跳向死亡时，大猩猩上帝匆忙跑向通往城堡院子的秘密通道。

克兰默和一些神父也知道这条通道，他们也冲向了那里，一些被吓坏了的卫兵也跟着他们。当看见通道入口时，他们拼命想第一个获得安全的机会。

在这个争斗、尖叫的群体中，大猩猩上帝努力挤出去。但他比手下要瘦弱一些，总被他们挤到一旁。他高声的命令与咒骂被所有人忽略，他徒劳地又抓又刨，想要接近入口，但却总是被挤回去。

突然，恐惧和愤怒把他逼疯了。他气得唾沫横飞、胡言乱语，他扑向那个挡住他去路的大块头背上。他猛击对方的头部、肩部，但是惊恐的大猩猩并没有理会他，直到他用牙齿狠狠地向他的脖子咬下去。痛苦地尖叫一声，那只大猩猩转身，用强壮的手掌把他从身上扯开、高高举过头顶，摔在地上。大猩猩上帝被重重地摔向屋顶，躺在那里一动不动，不省人事。

疯狂的野兽在楼梯口相互撕打着，都要将自己硬塞进去，直到堵住了出口。那些被挡在外的大猩猩们朝其他楼梯跑去，但为时已晚。浓烟和火焰从塔楼四处涌了出来，他们被困住了！三三两两，他们痛苦地嚎叫着，翻过矮墙，他们把大猩猩上帝和泰山的"尸体"留在了屋顶上。

烈焰通过塔楼的通风井向上燃烧，把它们变成了大火把，照亮了耸立的悬崖，把奇异的光亮和影子投向城市与峡谷。火焰吞噬了城堡北面的屋顶，释放的气体四起，火光冲天。大火烧断了一个巨大的房梁，一节房梁掉入下面烧红的火炉中，点点火光雨点般落在城市中。火焰慢慢向泰山和大猩猩上帝蔓延。

在城堡前，楼道和岩架聚满了从城市赶来的大猩猩们，他们被吓得鸦雀无声。在恐怖的死人堆里就有他们的上帝，他们根本不知永生，因为上帝没有教过他们。他们认为他们的上帝死了，因此惊恐万状，这些是下等人。国王的手下却十分高兴，因为他们设想着上帝的权力会落到他们的头目身上，他们的头目会授予他们更多的权力，他们是被人类的欲望和贪婪污浊了心灵的大猩猩。

屋顶上一个"尸体"动了一下，眼睛睁开了。过了一小会儿，他的意识之灯才让他眼睛睁开得更快，他坐了起来。他就是人猿泰山。泰山跳了起来，身旁被熊熊燃烧、噼啪作响的火焰包围着，而火焰的温度已经高到让人无法忍受了。

他看见大猩猩上帝的"尸体"就躺在身边，并且还动了一下，接着那个动物快速坐起，环顾四周，他看见了泰山。他看见火焰四处蔓延，火光四溅，仿佛在跳着死亡之舞——他的死亡。泰山迅速瞟了一眼就走开了，靠近悬崖那边的屋顶部分火苗最少，于是他朝着矮墙走去,大猩猩上帝跟着他。"我们迷路了,"他说,"所有逃生的道路都被切断了。"

泰山耸耸肩,目光越过矮墙边缘,朝下面城堡墙壁的一侧看去。下方二十英尺处是一个建筑物一部分的房顶,而整个建筑只有一层。屋顶距离太远,跳不过去。火焰就是从那边的窗户里出来的,但是火焰和浓烟却不像对面那边空地上那么来势汹汹。泰山测了一下围墙城齿的力量,很牢固,砖头砌合得很好。他解开了绳子,把它缠在了城齿上。

大猩猩上帝一直紧跟着他,盯着他的一举一动。"你要逃跑!"他叫道,"也救救我。"

"这样你就可以杀了我再把我吃掉?"泰山说。

"不,不!我不会伤害你的,求求你救救我吧!"

"你觉得你就是上帝,救救你自己吧。"

"你不能丢下我不管,我也是英国人。血浓于水——当你能救他时,你不能看见一个英国人而不去救!"

"我也是英国人,"泰山答道,"但你还不是要把我杀了吃掉!"

"请原谅我。我急于重新恢复人形,你是我完成心愿的唯一机会。救救我,我会给你财富,超过贪婪人类最疯狂的梦想。"

"我有我需要的一切。"泰山答道。

"你一定是疯了。我可以带你去找钻石,钻石!钻石啊!你可以一把一把地把它们捧起来。"

"我根本就不在乎你的钻石,"泰山答道,"但是答应我一个条件我就救你。"

"什么条件?"

"那就是帮我救出那个女孩。如果她还活着,就把她带出峡谷。"

"好的。但是我们得快点,要不然就太迟了。"

泰山将绳子中心绕在城齿上，松开的两端悬于离屋顶有几英尺距离的屋顶之上。他看见绳子悬在窗子间，火苗不会蔓延到那里。

"我先走，"他说，"这样确保你不会逃跑食言。"

"你不信任我！"大猩猩上帝嚷道。

"当然不相信你——你是人类。"

他弯下身子，越过矮墙，一只手吊在上面，另一只手抓住绳子的两端。

大猩猩上帝吓得瑟瑟发抖。"我肯定做不到，"他叫道，"我会掉下去的。那太痛苦了！"他绝望地用手捂住眼睛。

"翻过墙，然后爬到我背上来，"泰山命令道，"这里，我会扶稳你。"他伸出了一只有力的手。

"绳子能承受得了我们两人的重量吗？"

"我不知道，快点，要不然我自己走了。这里越来越热了。"

大猩猩上帝颤颤巍巍地翻过了矮墙。在泰山的帮助下，他稳稳地滑到泰山的背上，死死扣住泰山古铜色的脖子。

泰山小心翼翼地缓缓落地。他知道绳子经得住他猛烈一拉，但是却害怕它会被城齿粗糙的表面割断。

热浪炙烤着他们，火焰从他们身旁两边的开口跳出来，令人窒息的浓烟包裹着他们。一刻前，从这里下去还很安全，但是现在已经充满危险，其结果都让人更加怀疑。恶魔之火似乎发现他们试图逃脱它的魔掌，集结了它所有的力量要打败他们，把他们加入它的死亡名单。

靠着毅力，泰山继续慢慢下降。大猩猩上帝死死抓住他的背，时不时地突然咳嗽，发出惊恐的尖叫，仿佛要窒息一般。泰山紧闭双眼，在浓烟的包围中屏住呼吸。他的肺简直要憋炸了，这时他的脚触到了坚实的地面，他放心了。他立刻脸朝下趴下，大口呼吸。滚滚的浓烟和炙热的火焰直冲云霄,新鲜的空气涌了进来,两人躺在屋顶,大口地呼吸着。

泰山还没躺多久,就迅速起身,拉住绳子的一端,把绳子从城齿上拽下来,让它落在他旁边。他们所在的低矮屋顶上,距地面还有十英尺。用绳子,只需几秒钟的工夫,他们就可以到达城堡和悬崖之间相对安全的地带了。

"快点,"泰山说,"我们要到城堡前面转一圈,看看女孩是不是已经逃出去了。"

"我们得小心一点,"大猩猩上帝警告道,"火光可能已经吸引了来自城市的人群。我在国王的宫殿里有很多敌人,把我们俩都抓住,他们会很开心。那样我们会被杀掉,女孩也不见了——如果她还没有死的话。"

"你想建议什么?"泰山疑虑万分。他好像看见了一个陷阱,看到了人类头脑中所设想的一切事物的欺骗性。

"火还没有烧到这么低的一侧,"大猩猩上帝解释道,"里面是通风井的入口,下面是一位忠实神父的住处,他住在与城市齐平的悬崖脚下的山洞里。如果我们能到他那里,我们就安全了。他会把我们藏起来,按照我的吩咐办事。"

泰山皱起眉头,他有着野兽对进入陌生领地的厌恶。但是他曾无意间听到大猩猩上帝和克兰默的对话,知道前者的话语至少有一部分是真的——他宫殿里的敌人应该很乐意有机会囚禁或杀了他。

"非常好,"泰山赞成道,"但是我要把这根绳子绑在你脖子上,这样你就跑不了了。顺便提醒你一下,我有一把杀了你很多手下的利刃,而我和刀会随时在你身边。"

大猩猩上帝没有回答,他为自身安全而屈服了,领着泰山进了建筑物里，进入到一个精心隐藏的开口，这个开口通到通风井顶部，消失在黑夜中。

那里有一个下去的梯子，泰山让他的同伴走在前面，下到阴森森的通道中。他们向下走了一小段距离，到了一个水平的走廊，而走廊的末端又是一个垂直的通道。通道和走廊交替出现，最后，大猩猩上帝说，他们到达了悬崖底部。

他们沿着走廊一直前进，直到被一扇巨大的木门挡住了去路。大猩猩上帝贴着门板聚精会神地听了一会儿，最后他提起门闩，悄悄地把门推开了一半。从门缝中，泰山看见，一个冒着烟的火把照亮了一个墙面粗糙的洞穴。

"他不在这儿，"大猩猩上帝把门推开，走进去说道，"他应该和别人一起看着火的情形了。"

泰山看了一下室内，里面是一个被烟熏黑的洞穴，地上堆满了杂草。他们走进了的门对面是另一个门，好像可以通往开阔地，但是笨重的木门紧闭着。门边只有一扇小窗户，一些动物皮制成的袋子被钉子钉着，挂在墙上，地上有一个盛满水的大罐子。

"我们要等他回来了，"大猩猩上帝说道，"等的同时我们吃点东西吧。"

他走到挂在墙上的袋子前，看了看里面的东西，找到了芹菜、笋尖、水果和坚果。他挑出自己想要的，然后坐在地上说："请自便。"他用手朝袋子挥了挥，以示邀请。

"我吃过了。"泰山说道。他坐在大猩猩上帝旁边，以便监视他和门口的动静。

他的同伴静静地吃了一会儿，接着，他抬头看着泰山。"你说你不想要钻石？"他带着怀疑的语气问道，"那么你来这里的目的何在？"

"反正不是为了钻石。"

大猩猩上帝"咯咯"地笑了:"当你的同伴快要进入峡谷时,我的人杀死了其中一些人。其中一人的身上有一张山谷地图——钻石谷的地图。难道你不也是为了钻石才来到钻石谷中的吗?"

"我对这张地图一无所知。我们怎么可能有这个山谷的地图呢?这个峡谷,直到我们来到这里,对白人而言完全是陌生的。"

"你们有一张地图。"

"但这是谁绘制的呢?"

"是我。"

"是你!我们怎么会有你绘制的地图呢?难道你第一次到这里之后还回过英国吗?"

"没有——但是地图的确是我画的。"

"你来这里的原因是你讨厌人类,想避开他们。但是你竟然绘制了一张地图吸引人们到这里,这根本说不通。而且就算是你绘制的,那么它是怎么到美国、英国或任何我的人得到它的地方的呢?"泰山质问道。

"我告诉你。我深爱一个女孩,但是她对一个没有'钱途'的穷困潦倒的科学家不感兴趣。她想要财富与奢侈的生活,她想要一个有钱的丈夫。

"当我来到这个峡谷,发现了钻石,就想起了她。我不能说我还爱着她,但是我需要她,我想报复她,让她尝尝她给我带来痛苦的滋味。我想让她过来,在这里终其一生,这将会是一个绝妙的报复。我会给她财富——比世界上任何人拥有的财富都要多,但是她不能用财富买到任何东西。"当泰山会意他的计划时,他窃笑着。"所以,我绘制了地图,给她写了封信。我告诉她怎么做,在哪里上岸,如何组织她的旅行队伍,然后我就静静地等着。我已经等了足足七十四年了,但是就不见她的身影。"

"我费了很大力气把信寄给她。我必须从峡谷里走很久才能找到一群友好的本地人,雇一位当信使,把信送到海岸边,我一直都不知道信是否送到了海岸边。信使也可能被杀了,或者许多事情可能发生了。我经常想,地图不知怎么样了。现在,七十四年之后,它又回到了我身边。"接着他又笑了,"它还会带一个更漂亮的女孩。而我想见的那位,让我想想,应该九十四岁了,是个牙齿掉光的丑老太婆了。"他叹了口气,"但是我想,我一个都见不到了。"

门外发出了一阵声响,泰山跳了起来。门开了,一只老猩猩进来了。一看到泰山,他就露出了獠牙,但顿时停住了。

"没事的,托宾神父,"大猩猩上帝说道,"进来,把门关上。"

"主人!"老猩猩关上身后的门,跪在地上喊道,"我们还以为你已经葬身火海了呢。感谢上苍,你还活着。"

"上帝保佑你,圣子。"大猩猩上帝说道,"现在告诉我城市里发生了什么。"

"城堡被毁了。"

"嗯,我知道,但是那个国王呢?他也以为我死了吗?"

"大家都这么认为,愿他受到诅咒。亨利很高兴,他们说他要宣布自己为上帝。"

"你知道那被沃尔西从亨利魔爪解救出来带到我城堡的那个女孩的命运吗?她在大火中丧命了吗?"大猩猩上帝问道。

"她跑了,主人。我看见她了。"

"她现在在哪儿?"泰山问道。

"国王的人把她抓了起来,带到了宫殿里。"

"那她完了,"大猩猩上帝说道,"如果亨利一定要娶她,他一

穿过浓烟与火焰 | 205

定会,那亚拉贡的凯瑟琳一定会把她撕成碎片的。"

"我们必须要立刻带她离开那里。"泰山说。

大猩猩上帝耸耸肩:"我觉得很难做到。"

"你刚刚说之前有人做到了——我记得是叫沃尔西是吧?"

"但是沃尔西过去有很强的动力。"

"但绝不比你动力强。"泰山平静地说,他扯了一下上帝脖子上的绳子,指了指他手中的刀柄。

"但是我怎么才能做到?"大猩猩上帝问道,"亨利有很多士兵。人们都以为我死了,那他们现在就会更怕那个国王了。"

"你有许多忠实的追随者,不是吗?"泰山问道。

"是的。"

"那么就派这位神父去召集他们,告诉他们在这个洞穴外面见,他们有什么武器就带什么武器。"

神父震惊的目光从上帝看向陌生人,他毫不客气地对上帝讲话,而且还把绳子的一端绑在上帝的脖子上。神父甚至看见泰山还扯着那根绳子,这让神父更加恐惧。

"快去,托宾神父,"大猩猩上帝下令,"召集那些忠实的人。"

"要保证没有背叛,"泰山厉声说,"你的上帝向我承诺,帮我救出那个女孩,你看见了他脖子上的绳子和我身边的刀了吗?"

神父点点头。

"如果你们不拼尽全力帮我的话,你的上帝就死了。"他严肃认真地说。

"快去,托宾神父。"大猩猩上帝说道。

"快点。"泰山催道。

"我这就去,主人。"神父叫道,"但是我不愿把你留在他的魔爪中。"

"如果你做好分内的事他就不会有事。"泰山向他保证。

神父再次跪下,在胸前画了一个十字,然后离开了。门被关上了,泰山转向同伴问道:"你教会他们说话思考,但这些野兽的外表却没有人类的特质,这是为什么?"

"这不是我的错,"大猩猩上帝说道,"这些野兽的本能比他们新获得的思考能力更强大。像他们现在一样,将人类生殖细胞代代相传,这样他们的后代也有人的生理特质,就也不足为奇了。但是尽管我尽我所能,这些突变还是在出生时就被破坏了。

"只有在极少数情况下,突变不会被破坏。这些生物就会长成非人非兽的怪物——他们长得像人,但是兼具人与兽的所有不良品质,他们中的一些已经被赶出城市或者逃跑了。但是在距峡谷非常遥远的洞穴中,生活着那样的一群人。

"我知道两个基因突变的典型例子。一个是有着人类完美的身形与外表,但是却有一颗猿类的心灵。然而,大多数例子都是有着人与猿杂交后的古怪面容。

"在这两个例子中,其中一个当我最后见到她时,她外表美丽但是却有着如狮子般好斗勇猛的脾气。另一个则是一位年轻人,他有着如贵族般高贵的相貌和举止,有如开膛手杰克——甜美可爱的外表。"

"现在,年轻人,"猩猩上帝接着说道,"我的手下聚集在这里后,你打算做什么?"

"我们会带领他们踏平国王的宫殿,救出那个女孩。"泰山答道。

# Chapter 29

## 黎明时的死亡

朗达猛然惊醒过来,她听见了喊声、怒吼、尖叫和咆哮,仿佛就在她周围。她看见后宫里亨利的妻子们在焦躁不安地来回走动。一些人紧张地发出低吼,就像受惊的野兽——那是通过房间里毫无光泽的窗户传来的一阵阵喧闹、威吓的声音,但并不是这些声音将她惊醒。

她站起身,走近窗户。亚拉贡的凯瑟琳看见她,恶狠狠地咆哮着露出尖牙。

"她才是他们想要的。"老王后吼道。

透过窗户,朗达在火光中看见了一团毛茸茸的怪物,正在进行殊死搏斗。她吓得直喘气,将手紧紧按在胸口。因为在他们当中,她仿佛看见了奥布罗斯基正向宫殿的入口杀出一条路。

一开始,她好像只看见他只身一人与一群大猩猩搏斗,但是现在她意识到,当中许多都是他的盟友。她看见大猩猩上帝在奥布罗斯基边上,她甚至看到在那个生物身上拴着草绳,但她现在唯一的想法就是奥布罗斯基的安全。

她依稀地听到有个声调在愤怒提高,然后她意识到这是老王后在说话。"都是她惹的麻烦,"亚拉贡的凯瑟琳说道,"只有她死,我们才能安宁。"

"那就杀了她!"克里夫斯的安妮说。

"杀了她!"安妮·博林叫道。

朗达从窗边转过身来,看见野兽们正在逼近她——巨大的浑身长满毛的野兽会把她撕成碎片的。她们说着人类的语言,却有着野兽的外表,这种不协调让她们突然变得比以前更丑陋可怕。

其中一只大猩猩从她身边走向前,站在她前面,面对着大家,她是凯瑟琳·帕尔。"别欺负她,"她说,"来到这里不是她的错。"

"把她们俩都杀了!也杀了帕尔!"凯瑟琳·霍华德喊道。

其他大猩猩也不再忍耐。"杀了她们!"霍华德跳向帕尔,发出了可怕的吼叫,两只大猩猩用长长的黄色獠牙向彼此的喉咙咬去,其他人向朗达冲去。

无处可逃,她们站在她和门之间,窗户被封死了。她的眼睛徒劳地寻找能击退她们的东西,但是那里什么都没有。她后退远离她们,但是她知道没有希望。

然后门突然被猛地推开了,三只大猩猩走进了房间。"国王陛下!"一人叫道,他的妻子们闭上了嘴巴,从朗达身边逃开了,只有在地上打作一团的两只大猩猩没有听见。

那个体型庞大的猩猩就是亨利八世,他走进了房间。"安静!"他厉声喝道。接着他走到扭打在一起的两人边,又踢又打直到她们停下来。"那个浑身没毛的漂亮女孩呢?"他问道。然后他的目光无意地落在了朗达身上,而她几乎被亨利八世体型壮硕的妻子

黎明时的死亡 | 209

给完全挡住了。

"过来！"他命令道，"上帝想要你，但是他永远得不到你，因为你是我的。"

"让上帝带走她吧，亨利。"亚拉贡的凯瑟琳哭道，"她带来的只有麻烦。"

"闭嘴！"国王叫道，"要不然你就滚回塔楼去。"

他走向前，抓住朗达，将她放到肩膀上，就好像她没有重量一般。然后他快速地走到门边："萨福克、霍华德，你们站在走廊这里。就算是上帝的人来到这里，也要拦住他们，让我安全逃脱。"

"陛下，让我们跟您一起走吧。"一人乞求道。

"不。待在这里，直到你们有我要的消息。然后跟我到山谷的北端，到泰晤士河东边支流处的峡谷。"他转身，沿着走廊匆忙离开。在走廊末端，他走进了一个小房间，穿过后来到密室，打开了天窗。"他们永远都不会跟到这儿的，我的美人，"他说，"我从上帝那里得到灵感，但是他不知道我利用了他。"

他像一只体型庞大的猴子一样，顺着杆子滑到了一片黑暗之中。之后，他们到了底部。朗达意识到，他们正穿过地下走廊，走廊又长又黑。大猩猩缓缓移动着，摸索着道路，但最终他们进入到了开放的空间。

他把朗达放在走廊的地上，朗达意识到她之前听到的噪音是大猩猩在移动重物的声音。接着，她感受到夜间的轻风拂面而来，看到天上繁星闪烁。不久，他们就站在一个悬崖脚下河流的岸上，亨利将一块扁平的大石头堵在了他们刚刚离开的隧道口。

然后朗达又开始了一段恐怖的旅途，沿着河流，他们在夜色中匆忙向峡谷上端走去。大猩猩不再背着她，而是用一只手拽着她。她感到紧张恐惧，时不时地停下来嗅着空气中的味道，听着动静。

他几乎是悄无声息地行进，还偶尔警告她安静些。

不多久，他们穿过河流，向东走去。那里虽然水流湍急，但是只没过膝盖，接着他们又向东北方向走去。虽然没有追赶的声音，但是大猩猩却愈加紧张。

现在，朗达猜到了他紧张的原因——北面传来了狮子低沉的吼叫。大猩猩国王胸腔里发出低沉的吼声，并且加快了脚步。黎明染红了东边的天际，阴冷的薄雾笼罩着峡谷，朗达筋疲力尽。她身上的每块肌肉都感到酸痛，渴望得到休息，但是她的捕获者仍无情地把她向前拽去。

现在狮子的声音又响起了，打破了夜晚的寂静，震撼着大地。声音离他们越来越近，仿佛近在咫尺，大猩猩开始笨拙地跑起来。黎明就要到来，周围的一切变得清晰可见。

朗达看见他们前面有一头狮子，左边还有一头小狮子，大猩猩也看见了。他开始朝东跑去，可以看见离他们一百码左右远的地方是树林的边缘。

狮子大摇大摆地走向他们，现在它也改变了方向，开始加快脚步，显然有意要在他们到达树林前拦下他们。

朗达注意到，它扁平的肚子随着它的步态左右摇晃。很奇怪，在这极端危险的紧要关头，这些细节常给人留下深刻印象。它看上去又瘦又饿，它现在一直在吼叫，好像试图在激起愤怒，它开始奔跑起来。

现在，很显然他们不能比狮子更早到达树林。大猩猩停下来嘶吼一声，狮子也立刻改变方向，径直向他们扑来。大猩猩犹豫了，接着他用有力的手掌将女孩举起，向狮子扔去，而与此同时，他迅速转身，拼尽全力地往回跑。他把战利品变成了祭品，希望以此换一条生路。

黎明时的死亡 | 211

但是他完全不懂狮子的心理,朗达脸朝下摔到地上。她知道狮子距她只有几码之遥,而且正向她跑来,她已经逃脱不了了。但是她回忆起上一次和狮子在一起的经历,所以她一动不动地躺着。她摔倒在地后,肌肉都没有动一下。

跑动的生物才会吸引捕食者,你的狗就是最好的证明,因为它就是捕食者的后代,它会忍不住去追逐任何移动的东西。只要有东西想逃跑,它就要追赶,那是因为它只是自然法则下的一个小卒,而自然法则比第一条狗还要老一百万年。

如果亨利八世知道这个道理,那他现在一定是忘了。要不然,他就会自己躺下保持安静,让女孩逃跑了。然而他没有这样做,惨剧不可避免地发生了。狮子没有理睬躺在地上一动不动的女孩,却对逃跑的大猩猩穷追不舍。

朗达感觉到狮子快速经过,离她很近,接着她抬头看了看。大猩猩比她想象的要跑得快得多,但还是不足够快。很快狮子追上了他,当这一切发生时,朗达离他们还有一段距离,而狮子杀掉猎物肯定也忙了一会儿。身型庞大的猩猩,长着强壮的下颌,巨大的獠牙,却不能凶猛战斗自保,真是让人难以置信。

朗达跳起来,头也不回地冲向树林。她刚跑了几码,就听见了令人胆寒的咆哮、怒吼和尖叫声,她知道狮子已经赶上了大猩猩,两个野兽已经互相撕咬起来了。只要她还能听到这样的声音,她就知道狮子不会注意到她的逃跑。

她上气不接下气地跑到树林里,停下来回头望去。狮子把大猩猩拽倒了,用有力的下颌死死咬住他的头颅,一阵剧烈的晃动过后,大猩猩瘫倒下去,亨利八世就这样死去了。

凶猛的肉食者甚至都没有向朗达逃跑的方向看去,就立刻扑在猎物身上,大口吞食着,它饥饿难耐。

朗达静悄悄地溜进了丛林里,她走了几步就到了河岸。那是泰晤士河的东边支流,河两边长着树木。想到如果狮子要跟踪她,她要想办法摆脱狮子,也可让河流作为他们之间的障碍,她便下到水里,游向对岸。

现在,在这些漫长的日子里,她第一次有了希望。她自由了!她知道她的朋友在那里,她也知道顺着河下到悬崖那边的奥姆瓦威瀑布,她就能找到他们。她不知道一路上还会有什么危险,但似乎与她已经逃脱的危险相比,那一定小得多。河岸一排排树木可以让她隐蔽起来,给她保护。不用一天时间,她应该能到达悬崖那里。至于如何下去,她要留到需要面对时再考虑。

她疲惫不堪,但她不能停下来休息——除了到达安全地带,她不能休息。她顺着河流,向南移动。太阳高高升过山顶,在东面给峡谷镶上了一圈金边,她很感激太阳的温暖帮她驱赶了寒冷的夜雾。现在河流变成了环状,朝东流去。虽然她知道蜿蜒曲折的河流会大大增加她的路途,但是她别无选择。因为她不敢离开树林这相对安全的地带,也不敢抛弃确保她到达目的地的忠实向导。

她继续迈着沉重的脚步,无精打采、疲惫不堪地向前挪动着。她身体上的劳累已经体现在她的反应上了,她的反应缓慢迟钝,感觉也不敏感了,她要么不能听到不同寻常的声音,或者不能把它们理解为应仔细调查的对象,正是这给她带来了灾难。

当她意识到危险时,一切都晚了。一个半人半猿的可怕生物,径直从树上跳到她行走的道路上,他有着人的面容和猿的耳朵与身体。

女孩立即转身跑向河里,想着跳到水里游泳逃生。但是当她转身时,另一只恐怖的怪物从树上跳下,挡住了她的去路,怒吼

黎明时的死亡 | 213

咆哮着。那两只怪物向前跳过来，抓住了她。他们分别抓住她的两个手臂，往两个方向拖去。他们相互尖叫着，"叽哩咕噜"地乱叫着。

她想他们一定是要把她的手臂从身体上拽下来，她已经失去希望了。这时，一个浑身赤裸的白人从悬着的树枝上跳下来。他手里拿着一根棒子，用它痛打着两位攻击者，让他们放开她。但是，让她惊恐的是，她听见她的拯救者跟其他两个怪物一样在叽哩咕噜、大声吼叫。

现在那个人抓住了她，站在那里像野兽一样咆哮着，此时十几个恐怖的野人从树上荡下，包围了他们。抓住她的人外表英俊，体型健美，他的皮肤晒成了深深的古铜色，一头浓密的金发披在肩上，就像狮子的鬃毛一样。

包围他们的生物都是令人厌恶的杂交品种，然而，他就像其中的一员，因为他跟他们发出同样的噪音。而且，很显然他们都待在树林里，其他怪物好像对他或是他手中的棒子都有些畏惧。因为尽管他们显然都想走近抓住朗达，但他们都保持一定的距离，站在他武器的触及范围之外。

那个人带着他的俘虏准备逃脱，远离他们的包围圈。接着，在其他人的怒骂声中，一声野性的尖叫从头顶上的树叶里传来。

那个人和野兽们紧张地向高处瞅着，朗达的目光也朝他们注视的地方看去。她不禁为所看见之景发出诧异的惊呼：那个朝他们跃下来的，有着如猴子般速度与敏捷的生物竟然是一个赤裸的白人女孩，她的金发在她身后飘动着。她完美无瑕的双唇中发出野兽般令人恐惧的尖叫。

当她碰到地面时，她向他们冲去。她的脸虽然露出野性的怒气，依然美丽。她青春活力的身材完美无瑕，但是她的性情显然要另当别论了。

当她靠近时，围在朗达和男人边上的野兽们慢慢后退，为她让出一条路，虽然他们怒吼，张牙舞爪。但是她毫不理会，径直走向朗达。

那个人冲她尖叫，向后退，接着他把朗达迅速甩到肩上，转身逃跑。虽然背着俘虏，但他跑得飞快。在他身后，美丽的雌性恶魔追赶着，愤怒地尖叫着。

## Chapter 30
## 野女孩

一群忠实的手下奉他们上帝之命，砸着国王宫殿的大门，宫廷守卫们纷纷让路，这让大猩猩上帝非常高兴。他想惩罚亨利，但他以前一直都不敢突袭宫殿。现在他胜利了，在胜利中，人们一般都慷慨大方，尤其是对让胜利成为可能的人来说。

之前，他一直有意食言，报复泰山，因为他对上帝的冒犯。但是现在，他决定让泰山和女孩获得自由。

泰山对此次夜间冒险的政治方面毫不关心，他只想着朗达。"我们一定要找到那个女孩，"当他们走进宫殿时，他对大猩猩上帝说，"她会在哪儿？"

"她可能跟另一些女人待在一起。跟我来——他们在楼上。"

在楼梯顶部，霍华德和萨福克正在执行国王的命令。但是当他们看见上帝向上朝他们走来，他身后的楼下大厅和楼道都站满了他的追随者，再想到国王已经逃跑了时，他们变心了。他们屈膝迎接了上帝，并且向他保证他们把亨利已经赶出宫殿了，他们正在下楼去拼命击溃敌人。上帝知道他们在说谎，因为正是他将人的思想植入大猩猩的头颅中。

"那个浑身没毛的女孩呢？"大猩猩上帝问道。

"亨利把她带走了。"萨福克说。

"那他去哪儿了？"

"我不知道。他跑到走廊尽头就不见了。"

"一定有人知道的。"泰山厉声说。

"亚拉贡的凯瑟琳也许知道。"霍华德说。

"她在哪儿？"泰山问。

他们领着大家走到了后宫的门口。萨福克把门推开了。"上帝主人！"他喊道。

亨利的妻子们又紧张又惊恐，以为自己要被暴民拖出去处死。当她们看见大猩猩上帝时，便纷纷在他面前跪下。

"怜悯我们吧，上帝主人！"亚拉贡的凯瑟琳哭嚎道，"我是您忠实的仆人。"

"那就告诉我亨利在哪里。"上帝命令道。

"他同那个浑身没毛的女孩逃了。"老王后说道。

"逃到哪里去了？"

一股妒意让她怒火中烧，她要施展她的报复了。"跟我来。"她说。

他们跟着她下到了走廊尽头，来到末端的房间里，走进了密室。接着她打开了天窗，"这个通道连接着一个地下隧道，一直通到墙外的河岸上。他和那个女孩就从这里逃跑了。"

嗅觉敏感的泰山察觉到白人女孩身上微弱的气味，他知道亨利带着她进了这个黑洞，也许他们已经下到底部了。国王一直躲着他的敌人,直到可以安全返回。或者也许真像老王后说的,城下有一条隧道,而大猩猩国王带着他的俘虏到了山谷周围的大山中的某个堡垒里。

但是,不管怎么样,泰山都要独自行动。他不相信任何一个动物会帮助他追捕他们的同伴。他已经移去大猩猩上帝脖子上的绳子,现在绳子盘绕在他的肩膀上,猎刀在他屁股后摇晃,泰山要用它们以备不测。他一声不响地顺着杆子滑进了黑暗的深渊。当泰山离开时,大猩猩上帝松了一口气。

他沿着找寻的气味,穿过隧道,从通道底部到了河岸上。他把道口的大石头推开,走进夜色中。他笔直站着,听着动静,嗅着空气。一股难以察觉的气流向峡谷顶部飘去,毫无疑问,那就是他一直在寻找的气味。所有的一切都表明,他的目标不在他的正南方。大猩猩国王可能向东边、西边或是北边逃去。但是东边水流过深且湍急,因此他们只可能向北边或西边行进。

泰山弯下身贴近地面,部分靠气味,部分靠触觉,他发现他们的路径指向北面;或者,更准确地说,是在河流与悬崖之间的东北方向。他朝着那个方向动身,但是他经常需要停下来去确认道路,耽误了他一些时间。所以,他没有像他要追赶的野兽那样跑得那么快。

他又在过河时耽误了一会儿,因为当他途经那里时,小路突然急转向右,伸到溪流中去了。他不得不重新仔细地追踪脚步,直到他再次发现他们的踪迹。如果风向是对的话,如果亨利是直接逆风前进,泰山可能小跑就追上他了。

被迫的延误对于一个普通人来说会引起他的紧张与愤怒,但是泰山并没有,因为捕猎时的耐心是无限的。泰山知道,他最终一定能追上他的目标,而且当他们在逃跑的途中,女孩是相对安全的。

他渡过河流时,天亮了,他远远地听见一头正在捕猎的狮子的怒吼。现在其中还交织着另一只野兽的怒吼咆哮——一只大猩猩,泰山知道狮子攻击了一只大猩猩。他猜想那就是大猩猩国王,但是那个女孩呢?他在尖叫声中并没有听见人的喊叫声,他开始跑起来了。

现在,在平地微微形成的一点坡度上,他看见狮子扑在它的猎物上。他能清楚地看见,狮子正在贪婪地吃着大猩猩的尸体,女孩却不见踪迹。

泰山绕道,避开正在吃食的肉食者。他无意要冒险碰见丛林之王——碰见它无疑会拖延他的时间,而且还可能让他送命。他逆着风向远远地从狮子身边经过。当狮子闻到他的气味时,它忙着吃猎物,头抬都没抬。

在狮子的远处,临近树林的边缘,泰山又发现了女孩的踪迹。他追随着气味渡过了第二条河,在这里它转向南方,逆风。现在他在她下方,能够轻易地捕捉到她的气味,他开始一路小跑起来。

现在他又闻到了其他气味,与女孩的气味混杂在一起。它们是陌生的气味——一股白色大猩猩和黑色大猩猩、人与猿、男人与女人混合的气味。

泰山加快了脚步。奇怪的直觉,这是他和森林里其他动物都有的,在警告着他危险在前,不仅朗达而且他自己都可能有危险。他轻快地穿过河流旁的森林边缘。

他的鼻子闻到越来越强烈的奇怪气味。前面传来嘈杂的怒吼,他正在靠近他们。他本能地躲进树林,立刻就有了树林经常给予他的一种安全感和力量感。只有在这里,而不是任何别的地方,他才是真正的丛林之王。

现在他听见了一位女性愤怒的喊叫声,那应该是人类的声音,然而野兽的声音压过了人声。他能够辨认出那是大猩猩的语言,泰山迷惑不解。

他现在差不多在他们上方,不久,他向下看到了一幕奇怪的景象。下面有二十几只怪物——半人半猿。一个赤裸的白人刚刚消失在森林中,肩上扛着他要寻找的女孩,追赶他们的是一个金发飘飘的白人女孩。她同她身后的其他野兽一样赤裸,"叽里咕噜"地尖叫着。

背着朗达的男人跑得十分敏捷,超过身后的金发恶魔。他们都把一起追赶的动物甩在身后,现在那些野兽停止了,放弃了追逐。

泰山从一棵树跃到另一棵树上,慢慢地赶上怪异的两人。他们的注意力都集中在了逃跑和追逐上,以致于他们没有抬头发现他。现在泰山赶上并超过了金发女孩,她的爆发力已经耗尽了她的体力,她开始慢下来了。

泰山透过前面的树,看见了一片空地,空地外是岩石嶙峋的峭壁,没有了森林。他荡回到地面,继续追赶,但是他已经落下那个男人一段距离了。虽然他想慢慢地赶上逃跑的男人,但他意识到,那个人可能在他之前到达悬崖。他可以听见,在自己身后不远处的那个女孩正气喘吁吁地追着。

因为他还是第一次见到那两个赤裸的男人与女人,还有那些被落在森林里、长相狰狞的怪物,泰山回忆起大猩猩上帝跟他讲的故事——一些变异体为了不被毁灭,在山谷这一侧组建了一个部落,他们就是老生物学家不怀好意的实验带来的恶果——自然与科学变异的非自然结合所生的孩子。

这只是泰山现在脑中一闪而过的念头,他没有时间再去多想。他的每个神经都专注于超过背着朗达的那个人,那个人背着他的俘虏还能有这么快的速度,泰山感到无比惊讶。

现在悬崖离他只有一小段距离了,悬崖底部是一堆杂乱的碎石,因时间流逝而从岩体坠落。悬崖呈现的是一些毫无规则、支离破碎的岩壁,表面因有无数的洞口而凹陷。当那个男人到达崖底的乱石堆时,他像一只小羚羊般从一块岩石跳到另一块岩石上。在他身后泰山追了上来,但是比他慢了一些。因为他不熟悉地形,而且他身后还有那个野蛮的女孩。

那个猿人背着朗达一块岩壁一块岩壁地爬到了高处,泰山跟在后面,金发女孩则在最后。远在悬崖高处,那个人将朗达粗暴地推进一个洞口,然后转身面对追赶他的人。泰山迅速转身向右,沿着狭窄向上的岩壁跑开了。他想爬到那个人站的岩壁上,这样他向上攀爬时,就不会直接面对对手了。但是那个人猜到了他的企图,开始沿着他的路线攀爬,以此来避开他。在他们下面,女孩也正在向上攀爬。"回去!"那个男人用大猩猩的语言叫道,"回去!要不然我会杀了你的!"

"朗达!"泰山喊道。

女孩从洞口爬到岩壁上。"奥布罗斯基!"她惊讶地叫道。

"爬上悬崖,"泰山指引着她,"你可以顺着岩壁向上爬。我在这里拖住他,让你爬到崖顶,然后向南走到山谷较低一端的尽头。"

"我试一下。"她答道,然后就开始顺着岩壁向上爬。

正在从下往上爬的金发野女孩看见了她,就对泰山的对手大喊道:"小心!她在逃跑!"

现在那个人转身离开泰山了,开始追朗达。泰山没有直接紧跟其后,而是爬到了更高的岩壁上,从金发野女孩的斜对角处爬去。

朗达受到惊吓的刺激,以她难以置信的速度飞快地攀爬。狭窄的岩壁,危险的立足点如果在别的时间都会让她心惊胆战。但

野女孩 221

是现在她忽略了所有危险，只想着在怪异的白人追上她之前到达崖顶。所以，以她飞快的速度和泰山的策略，泰山才可以阻止追捕者追上她。

当那个人意识到被拦截了，他转身向泰山发出了一声野蛮而愤怒的咆哮，他英俊的脸庞立刻变成了野兽狰狞的面容。

岩壁很狭窄，泰山显然意识到，两人在上面交锋必然要摔下去。就在这时，下面几英尺的地方就有另一个岩壁。但是两人只能在上面暂时待一会儿——当他们打斗时，必然会从一个岩壁滚到另一个岩壁，直到其中一人或双双重伤毙命。

他快速一瞥，看见那个野女孩正在朝他们爬来。在她身下，有一大群面目狰狞的杂交生物再次开始追赶。即使泰山在决斗中幸存，这些生物也会在决斗结束前轻而易举地接近他。

他的理智告诉他，应当避免如此无用的遭遇，要不然不管是赢是输，他都要丢掉性命。这些观察与推论以相机快门的速度，一张接着一张在他脑海中被记录下来。然后，他做出了决定。半人半兽的怪物发起进攻，发出野兽的咆哮，他也发起了进攻。

那个向上爬的野女孩，发出野蛮的尖叫鼓舞士气，狰狞的变异体们也在"叽里咕噜"地尖叫着。朗达在他们上方，听见了野蛮的叫喊，就向下望去。她惊讶地合不拢嘴，双手紧捂胸口，惊恐沮丧地看着这一切。

泰山俯着身子迎面攻击，半人半兽的怪物仅凭蛮力和残暴战斗着，没有任何谋略。与人类接触传递给他的任何文明的踪迹，现在都消失得无影无踪，这里是野兽与野兽的对决。

丛林之王发出了一阵低沉的怒吼，收缩的肌肉让嘴唇咧开露出强壮的白牙，这是人类最原始的武器。他们像进攻的公牛一样冲向对方，如疯狂的豹子般扑向对方的喉咙。死死地抱住对方，他们在岩壁上搏斗，然后倒在了岩壁的边缘。

这时，朗达放弃了最后一线希望。她爬到悬崖某处，却发现在这之上没有任何落脚点可以再前进了。她认为是奥布罗斯基的那个人，他的勇气是唯一支撑她逃跑的希望，但他现在也在垂死挣扎，因为如果不是摔死，拥向悬崖的那些野兽也会杀死他。然而，她的自怜被淹没在她对那个男人命运的悲痛之中。她对他最初的厌恶已经变成了敬佩，而且这种感觉变成她也说不清道不明的情感。它比友谊更强烈，也许是爱情。她不想看着他死去，她的目光被下面发生的一切给深深吸引了。

在力量和凶猛方面，泰山和对手势均力敌；在勇气与谋略上，他更胜一筹。正是凭着他的智慧，两人迅速地从这块岩壁冲到几英尺下的另一块岩壁上。由于他引导了坠落，也就影响了他们落地的方式。半人半兽的怪物在下面，泰山在上面。

半人半兽的怪物猛击泰山的后脑勺，而这正如泰山所料。泰山的一个膝盖正顶在他的腹部上，把他踢昏了过去，使他失去知觉，而且把他胃里的气流都打了出来，他有一段时间不能打斗了。

在撞到下面的岩壁之前，泰山赶紧站了起来。他看见野兽朝他们飞快地爬来，野女孩已经伸出手要抓住他了，一瞬间，他的脑中形成了一个计划。

野女孩站在下面的岩壁上，想抓住他的脚踝把他拽下去。他迅速地弯下腰，抓住她的头发，然后把又喊又叫的她一甩，甩到他的肩膀上。

她对他又踢又挠，试图去咬他。但是他把她死死抓住，直到他把她背到更高的岩壁上，接着把她扔下去，用绳子紧紧地捆绑住她的身体。她奋力反抗，但是她在力气上不是泰山的对手。

当泰山捆紧绳子之时，攀登悬崖的怪物已经快接近他们了。

野女孩 | 223

接着,他灵敏地从一块岩壁跳上另一块岩壁,拖着他身后的那个女孩。这样,她无法接近他,也就无法阻挡他。

朗达正是在最高的岩壁上睁大了眼睛看着下面上演的戏剧性的变化,这个岩壁也是所有岩壁中最宽的。岩壁上有一个洞口,洞口上方的崖壁直达山顶,高不可攀。

泰山把这个现在安静得出奇的野女孩拖到了这个岩壁上,在这里他和朗达陷入困境,他们背靠岩壁,在任何方向上都无路可逃。

野女孩爬了最后几英尺到达了岩壁,当她面朝泰山站直时,她不再反抗。野蛮的咆哮已经远离她的脸庞,她对着泰山的眼睛微笑,她非常美丽。但泰山的注意力现在却在那一群咆哮的怪物身上,他们的首领正在快速地朝着这最后一块岩壁爬来。

"退回去,"泰山喊道,"要不然我就杀了你的她!"这就是他想出阻止他们的计划,把这个女孩当人质。这是个不错的计划,但是像其他很多计划一样,它不能很好地实施。

"他们不会停下来的,"野女孩说,"他们不在乎你是否杀了我,你已经俘虏我了,我就是你的了。他们会杀了我们再把我们吃掉——如果可能的话。朝他们扔石块,把他们赶回去。让我来告诉你怎么摆脱他们。"

他听从她的建议,捡起了一小块松垮的岩石,朝离他们最近的怪物扔去。石块击中了怪物的头部,怪物跟跟跄跄地退回到下面的岩壁上去。野女孩哈哈大笑,尖声讥讽她之前的同伴。

泰山意识到这种防御方式的效果,也搜集了一些岩石碎片,朝着正在逼近的怪物扔去。朗达也加入其中,增加火力。三人将碎石如密集的雨点般扔去,把敌人驱赶到下面的洞穴躲避。

"他们暂时吃不了我们。"野女孩笑道。

"你吃人肉吗?"泰山问。

野女孩 | 225

"我和马尔雅特都不吃,"她答道,"但是他们吃——他们什么都吃。"

"马尔雅特是谁?"

"我的他——你之前和他决斗,把我从他身边抢了过来。现在我是你的了,我将为你而战。其他人都不能占有你!"她咆哮着转向朗达,要不是泰山抓住了她,她可能要攻击朗达了。

"别惹她。"他警告道。

"你不能有别人,只能有我。"野女孩说道。

"她不是我的,"泰山解释道,"你不能伤害她。"

女孩继续怒视着朗达,但是她不再接近她。"我会留心的,"她说,"她叫什么名字?"

"朗达。"

"那你的名字呢?"她问道。

"你就叫我奥布罗斯基吧。"泰山说。他被事情奇怪的反转逗笑了,但并不感到尴尬。他意识到他们逃跑的唯一机会就是通过这个怪异、美丽的小野兽,所以他不敢与她对抗。

"奥布罗斯基,"她反复地说着,结结巴巴说着这个陌生的词,"我的名字是巴尔扎。"

泰山认为这个名字很适合她,因为在大猩猩的语言中,巴尔扎意味着金黄头发的女孩,大猩猩的名字总是描述性的。他自己名字的意思是白皮肤,马尔雅特的意思是黄脑袋。

巴尔扎迅速弯下腰,捡起一块石头,向从洞口里谨慎探出的一个脑袋扔了过去。她又砸中了一个怪物,高兴地大笑起来。

"我们要到晚上才能摆脱他们,"她说,"那时我们就可以走了。他们不会在晚上跟踪我们的,他们怕黑。如果我们现在走,他们就会跟着我们,而且他们人数众多,我们可能有生命危险。"

泰山对野女孩产生了兴趣,他想起大猩猩上帝对他讲过的这些变异体,他原以为她完美的人形躯体,只有着大猩猩一样的思维。但是他注意到,她在重复着他给她的名字——这不是大猩猩所能做到的。

"你说英语吗?"他用英语问道。

她惊讶地看着他。"会的,"她答道,"但是我没想到你会说英语。"

"你从哪里学来的?"他问。

"在伦敦——在他们把我赶出来之前。"

"他们为什么要赶你走?"

"因为我跟他们不一样。我妈妈藏了我几年,但是最终他们还是发现了我。如果我还待在那里,他们会杀了我的。"

"那马尔雅特和你一样吗?"

"不,马尔雅特和其他猿类一样,他不会说一句英语。我更喜欢你,我希望你杀死马尔雅特。"

"但是我没有杀死他,"泰山说,"我看见他从岩壁上下到那里,就一直躺在那里。"

野女孩巴尔扎看了看,然后捡起一块石子,朝不幸的马尔雅特扔去。石子没有击中他,他匍匐着进了洞穴。巴尔扎说:"如果他把我夺回去,他会打我的。"

"我想他会杀了你。"泰山说。

"不会的——我是独一无二的,其他人都很丑——但我很漂亮。他永远不会杀了我的,但是其他女孩会的。"她咯咯地笑了,"我想她会杀了我。"她向朗达点点头。

美国女孩既惊讶又饶有兴致地听了他们的英语对话,但是她一言未发。"我不想杀你,"朗达说,"我们没有理由不成为朋友的。"

野女孩 | 227

巴尔扎惊异地看着她,然后仔细地打量了她一番。"她说的是实话吗?"她问泰山。

泰山点点头说:"是的。"

"那我们就是朋友了。"巴尔扎对朗达说道。她对爱情、友谊或杀戮的决定都是随性的。

他们三个在岩壁上守了几个小时,但是只是偶尔有必要提醒下面的猛兽保持距离。

## Chapter 31

## 钻 石！

最终，漫长的一天终于结束了。大家又饥又饿，都焦急地希望离开坚硬不适的岩壁，躲避从早上就开始的非洲烈日下的炙烤。

泰山和朗达被巴尔扎逗得哈哈大笑。她天真无邪，纯真烂漫。她想说什么就说什么，想做什么就做什么，完全不害羞，让人没有防备，也没任何尴尬。

日落西山，她站了起来。"快点，"她说，"我们现在可以走了。快到晚上了，他们不会跟上来的。"

她带路进入岩壁上洞穴的里面，洞穴狭窄但很直。她带大家进入洞穴后方，到达一个由石山裂缝形成的天然烟囱的底部。暮色的天空在他们上方可见，天光照亮了烟囱内部粗糙的表面，一直到几码之上就是孔顶。

泰山扫视了一眼周围的环境，他发现只要他们背靠烟囱一侧，脚贴着另一侧，他们就能到达烟囱顶端。但是他也意识到，粗糙的表面会刮伤撕破女孩背部的肌肉。

"我先上,"他说,"你们在这里等着,我会给你们扔一条绳子。这很奇怪,巴尔扎,你的人居然没有先爬到悬崖上面,从上面逮住我们——他们也可以顺着烟囱而下,出其不意地活捉我们。"

"他们太蠢了,"巴尔扎说,"他们只知道跟踪我们,却永远不会想到包抄我们,把我们拦下来。"

"但这对我们甚至他们中的一些人来说都是幸运的。"泰山一边说一边爬烟囱。

到达了顶部,泰山将绳子放下来,轻松地将两个女孩拉到了他身旁,在这里他们发现自己置身于一个碗状的小沟渠中。沟渠的台阶上满是坚硬、晶莹剔透的鹅卵石,反射着微弱的光线,把沟渠变成一个柔和发光的井。

一见此景,朗达吃了一惊,发出难以置信的尖叫。"钻石!"她上气不接下气地喊道,"钻石谷!"

她弯下腰,小心翼翼地捧起一些珍贵的宝石。巴尔扎惊异地看着她,因为钻石在她眼里一文不值,老于世故的泰山则拿了几个较大的样本。

"我可以拿一些吗?"朗达问。

"拿吧,"泰山说,"能拿多少拿多少。"

"我们都将有钱了!"朗达叫道,"我们可以把整队人都带到这里,带成卡车的钻石回去——这里一定有几吨钻石呢!"

"然后你知道会发生什么?"泰山问。

"我将会在里维埃拉有一套别墅,在贝弗利山庄有一栋房屋,在马里布有一座价值15万美元的乡村别墅,在棕榈滩有一块地皮,在纽约有一间顶层豪华套房。"

"你的财富不会增加的,"泰山打断了她,"如果你把所有这些钻石都带回文明世界的话，市场将会供应过剩，那时钻石将会跟玻璃一样廉价。如果你还算聪明的话，你只需给自己和朋友带一些，然后不要告诉任何人如何到达钻石谷。"

朗达考虑了一会儿。"你说得对，"她承认道，"从这一刻起，我不知道钻石谷在哪里。"

在这短暂的暮色中，巴尔扎带他们走上了一条通向山谷的小路，下方不远的洞穴里住着一群变异怪物。整夜，他们向南移动，朝悬崖和奥姆瓦威瀑布行进。

这条路他们都不熟悉，巴尔扎也从未到过距洞穴村子如此之远的南边，再加之天黑，他们一直受阻，当他们到达悬崖已是黎明时分了。

大多数时间都是泰山背着朗达前进的，因为朗达在经历了这一切后已经身心俱疲。也只有这样，他们才能行进。但是巴尔扎却毫无倦意，静静地跟着泰山的脚步前进，现在她把泰山当成了她的男人。她一声不吭，因为经验和本能都让她明白如果要在野蛮的黑夜中活着回来的话，潜行非常必要。每根神经都要警觉，集中注意力来保护自己。但是，当漂亮的女孩跟在他新主人身后进入到一个陌生的世界，谁知道她的野蛮的小脑袋里又在想些什么呢？

黎明时分，悬崖顶部对朗达来说看起来非常古怪，令人生畏。底部迷雾环绕，只能听见瀑布的咆哮声，仿佛是从墓里传出的幽灵般的巨人的嚎叫，掩盖了无底深渊的暗示。朗达好似在凝视着另一个世界，那是她永远不能活着抵达的世界。让她同样记忆犹新的是那次大猩猩把她高高举起，让她感到头晕目眩的经历。她知道，她不可能一个人安全地下到底部。她知道，奥布罗斯基不能背她下去。她也知道他能做很多几周前还没人相信他可能做到的事情，但是这是没有人能完成的任务，她甚至都怀疑他自己能不能独自下去。

当这些想法快速在她的脑海中闪现时，泰山把她甩到宽阔的肩膀上，开始向下走。朗达不禁倒吸一口凉气，但她咬紧牙关，没有尖叫。似乎用了他作为大猩猩的所有力量，以及敏捷的身手，他跃入无尽的深渊，准确无误地找到了落脚点和手抓点。他身后是巴尔扎——一个野女孩，像猴子一样自信。

最后，不可能成为可能——三人安全地站在了悬崖的底部。太阳已经升起，大雾正在消融。朗达心中又燃起了新的希望，全身又充满着活力。

"让我下来吧，奥布罗斯基，"她说，"我确信我现在可以走路了，我感觉好多了。"

他把她放到地上。"这离奥尔曼和其他人扎营的地方不远。"他说。

朗达瞥了一眼巴尔扎，清了清嗓子说："我们当然都来自好莱坞，但是你难道不认为，我们先该给她一条像样的裙子，再带她到帐篷里吗？"

泰山笑了。"可怜的巴尔扎，"他说，"既然她要来和文明人接触，那她将不得不吃禁果，就让她这样一直保持自然的天性和纯真的心灵吧。"

"但是我是为她着想。"朗达抱怨道。

"她不会尴尬的，"泰山肯定地说，"穿裙子反而适得其反。"

朗达耸耸肩。"好吧，"她说，"反正汤姆和比尔都已经没有羞耻心了。"

他们只沿河走了一小段距离，泰山停下来说："他们原来在那里扎营的，但是现在他们不见了。"

"他们遭遇了什么？难道他们不等你了吗？"

泰山站在那里静静地听着，嗅着空气中的味道。"他们已经离河很远了，"他说，"他们不是只有他们自己，他们身边还有很多其他人。"

他们又走了超过一英里路，突然看见一个大帐篷，那里还有许多帐篷和卡车。

"旅行队伍！"朗达尖叫起来，"奥格雷迪已经到了！"当他们走近营地时，有人看见了他们，开始大叫起来。接着一堆人冲出来见他们，每个人都亲了朗达，娜奥米亲了泰山。然而，巴尔扎吼了一声，跳向了她。泰山一把抓住野女孩的手腕，不让她过去，娜奥米也被吓得退了回去。

"松手，奥布罗斯基，"朗达笑着警告说，"那个年轻女士已经喜欢上你了。"

泰山抓着巴尔扎的肩膀，把她转过来面对自己。"这些是我的朋友。他们的待人处事方式可能与你的不同。你要是和他们吵架，我就会把你送走，这些女孩是你的朋友。"

大家盯着巴尔扎，由衷地钦佩。奥尔曼用一种导演的眼神打量着她，好像发现了另一种类型的人物，奥格雷迪则用助理导演的眼神打量着她——看到的是不同的东西。

"巴尔扎，"泰山继续说道，"和她们一块去，按照她们说的去做。她们会给你漂亮的身材穿上不舒适的衣服，但是你还是得穿。一个月后，你将学会抽烟，在舞会上喝醉，然后你就成文明人了，但现在你只是一个野蛮人。跟她们走吧，你应该不会快乐的。"

除了巴尔扎，其他人都笑了。她不知道他在说什么，但既然她的主人发话了，她只好从命。她和朗达、娜奥米一起进了她们的帐篷。

泰山和奥尔曼、比尔还有奥格雷迪交谈,他们都以为他是奥布罗斯基,他也没想让他们知道真相。他们跟他说,前天比尔花了半个晚上试图爬上悬崖。他爬得很高,都能看见旅行队伍中营地的火光和一些卡车的车灯了。然后他还是被迫放弃了登顶的想法,回来后领着其他人到主营地去了。

奥尔曼现在又热情高涨,想继续拍电影了。他的男主角,他的女主角,事实上他演员表中所有其他重要的角色也都回来了。他决定自己演自己,让奥格雷迪演怀特少校一角,他还为巴尔扎想好了一个角色。"她会让他们惊艳的。"他预言道。

## Chapter 32

## 再见，非洲！

连续两周，奥尔曼拍了一幕又一幕美妙绝伦的胶片，背景都是雄浑的江河与壮丽的瀑布。泰山离开了两天，带回了一帮友善的当地人，代替那些逃跑的人。他领着摄影师拍摄狮子、大象和这个地区所有的野生动物。所有人都对奥布罗斯基渊博的知识、杰出的能力以及惊人的勇气而感到惊叹。

接着是一个惨痛的打击，一个信使来了，带着一封电报给奥尔曼。这封信来自工作室，命令他立刻返回好莱坞，而且还要带着整个团队和设备回去。

除了奥尔曼，大家都很开心。"好莱坞！"娜奥米兴奋地尖叫道。"哦，奥布罗斯基，哪怕就想想它，你都会感到激动的！难道你不疯狂地想回好莱坞吗？"

"应该是吧。"他陷入沉思。

大家高兴地又唱又跳，就像一群看见学校着火的孩子一样。

泰山看着他们，不禁陷入思索。他想知道好莱坞究竟是什么样的地方，以致于它对这些男人和女人有如此大的吸引力？他想着总有一天，他要亲自过去一睹为快。

走在崎岖的小道上，返程旅途舒畅轻快。泰山陪着旅行队伍穿过班索托领地，向他们保证他们不会有任何麻烦。"在我离开这个村庄前，我已经和朗古拉安排好了。"他解释道。

接着，他离开了他们，说是要继续前往金贾。他匆忙来到了姆普古的村子，他是在那里离开了奥布罗斯基。

姆普古不快地同他见面。"白人主人七天前死了，"首领说道，"我们把他的尸体运往金贾，这样白人就知道我们没有杀他。"

泰山哀嚎了一声，太糟糕了，但是他也无可奈何，他已经为奥布罗斯基尽了最大的努力了。

两天后，泰山和杰达·保·贾站在一个低矮的山头上，亲眼看着卡车队伍向着金贾蜿蜒前进。

奥格雷迪负责后卫队，他旁边是巴尔扎。他们手挽着手，巴尔扎自在地吐着烟圈。

## Chapter 33

## 你好,好莱坞!

一年过去了。一位身材高大、古铜肤色的男子从洛杉矶火车站的站长办公室那里下车。他的举止有着轻松庄重的优雅,他的脚步沉静、勇敢,他的肌肉强健似乎可以流动,他的气质高贵,所有这一切都暗示这个须发蓬松如狮者有如是狮子的化身。

一群人挤在火车周围,有修养的警察用警戒线把他们隔开,为下车的乘客和所有人都翘首以盼的大名人留出一个过道。

摄像机等咔嚓地拍摄和呼呼地转动,翘首以盼的记者、特约记者和激动的啜泣的女士们向前挤去。最后,人群瞥见了这位名人,一阵欢迎的欢呼声涌进弗里曼·郎特别放置好的麦克风中。

一个绿头发的女孩从站长办公室那里下车,她的公关代理走在前面,后面紧跟着三位秘书,她们后面跟着一个牵着大猩猩的女佣。她立即被记者包围了,弗里曼挤到她的身边。"你难道不想对广播中所有朋友说一句话吗?"他问,挽着她的胳膊,"就在这里,亲爱的,请。"

她走向麦克风:"大家好!真高兴你们都在现场。这真是太棒了。我很高兴能回到好莱坞。"

弗里曼·郎拿起麦克风。"女士们、先生们,"他宣布道,"你刚刚听到电影中最美丽、最受欢迎的小女士的声音,你应该看到下面火车站来欢迎她回到好莱坞的人群。我看到过很多这样的回国场景,但老实说,朋友们,我从来没有见过这样的阵势——所有洛杉矶人都出来迎接——工作室的美丽明星——光荣的巴尔扎。"

在古铜色陌生人的眼睛里有一丝怀疑的微笑,因为他终于成功地穿过人群来到街上,在那里他叫了一辆出租车,并要求开到好莱坞的一家旅馆。

当他在罗斯福饭店登记时,一名靠在书桌上的年轻人偷偷地注意到伦敦的约翰·克莱顿的到来;当克莱顿跟着门童走向电梯时,这个年轻人注视着他,注意到他高大的身材、宽阔的肩膀以及自由但像猫一样的步伐。

克莱顿从他的房间的窗户向下看着好莱坞大道,看着连绵不断的车流无声无息地向东西滑行。他瞥见那些并没因商店的侵入而消灭的小树和小片的草坪,叹了口气。

他看到许多人乘坐汽车或在水泥人行道上行走,以及联想到在拥挤、密集的商店和住宅中无数的人们,他感觉生命比以往任何时候都更加孤单。旅馆房间的围墙使他感到压抑,他乘电梯来到大厅,想去他曾看到的绵延向北的山峦。

在大堂里,一个年轻人跟他打了招呼。"你不是克莱顿先生吗?"他问。

在他回答之前,克莱顿仔细地近距离打量了一下这个陌生人:

"是的，可我不认识你。"

"你可能已经忘记了，但我在伦敦见过你。"

克莱顿摇摇头："我永远不会忘记事情。"

这个年轻人耸了耸肩，笑了起来。"请原谅我，但我的确认出你了。在这里做生意吗？"他毫不感到尴尬或羞耻。

"只是来好莱坞看看，"克莱顿回答，"我听说过很多关于好莱坞的事情，所以我希望亲眼来看看。"

"我想，你在这里有很多朋友吧。"

"这里没有人认识我。"

"也许我可以为你服务，"年轻人建议道，"我在这里算老资格了——已在这里待了两年，没什么可做的——很高兴带你转转，我的名字叫里斯。"

克莱顿考虑了一会儿，他来看好莱坞，有个向导可能会有所帮助。为什么不把这个年轻人作为向导呢？他和其他人没啥不同。"谢谢你。"他说。

"那么，去吃午餐怎么样？我想你希望看到一些电影名人——别人都想这样做。"

"自然！"克莱顿承认，"他们是好莱坞最有趣的居民。"

"很好，我们会去布朗·德比餐厅，你会在那里看到很多名人。"

当他们从布朗·德比餐厅前面的一辆出租车下车时，克莱顿看到一大群人在入口的两侧排队，这让他想起了他在火车站看到的欢迎巴尔扎的人群。

"他们一定期待着一个非常重要的人物。"他对里斯说。

"哦，这些笨蛋每天都在这里。"里斯回答。

布朗·德比餐厅挤满衣冠楚楚的男人、身着漂亮裙子的女孩。每件衣服、装饰品或发饰都有些特别，仿佛每个人都在试图压过别人以吸引他人的注意。有很多叽叽喳喳的交谈，以及桌与桌之间的寒暄。

里斯把名人指给克莱顿看，但他们看起来非常相似，而且讲话也非常相似，当他们真的开始交谈也是言而无物，克莱顿很快就感到厌烦了。他很高兴饭吃完了，付了支票后，他们一起走出餐馆。

"今晚准备做什么？"里斯问道。

"我没有任何计划。"

"我们去看巴尔扎最新电影的首映如何？《温柔的肩膀》，在中国剧院，我有一张票，我认识的一个人可以帮你也搞到一张，但可能要花掉你25美元。"他怀疑地注视着克莱顿。

"这是到好莱坞必看的吗？"

"绝对要看的！"

明亮的灯光照亮了格劳曼中国剧院的前方和上方的天空，两万人在好莱坞大道上乱闯、推挤，塞满了建筑之间的街道，阻碍了所有交通。警察肩负重任，汗流浃背。街道上的车停滞不前，克莱顿和里斯从罗斯福饭店穿过汹涌的人群。

当他们走近剧院的时候，克莱顿听到扬声器播放着名人到来的消息，这些名人在离剧院两三个街区远处就不得不下车挤过人群来到剧院的前院。

剧院前院挤满了观众和要签名的人，观众中有几个人还带来了椅子。许多人从早上开始就坐在那里或站在那里，他们可以放心选择看到电影之都伟大人物的有利地点。

随着克莱顿进入前院，从扬声器中传来的弗里曼·郎的声音在整个林荫大道响起。

"名人们现在正接二连三地到来，娜奥米刚刚下车——她的新丈夫穆迪尼亲王和她一起。最甜蜜的小女孩刚刚进入前院,这是巴尔扎本人。我会试着让她对你说点什么哦,亲爱的,过来吧。今晚你看起来真漂亮,难道你不想在广播中对所有你的朋友说一句话吗?就在这里,亲爱的。"

十几个要亲笔签名的人正在向巴尔扎伸来铅笔和书籍,但她用她最诱人的微笑使他们安静下来,走近麦克风。"大家好!"她说,"我真高兴你们都在现场,这简直太精彩了。我很高兴能回到好莱坞。"

克莱顿神秘地笑了笑,街上的人群响起了掌声。弗里曼转身迎接下一个名人。"这里来了……哦,他无法通过人群。老实说,伙计们,这人群简直太挤了。我们主持了很多首映式,但我们从未见过这样的阵势。警察无法阻止他们,他们正挤向麦克风。是的,他来了!你好,吉米!就在这里。人们希望听到你的消息。这是工作室的第二个助理制片经理吉米·斯通,他的超级故事片《柔软的肩膀》,今晚在格劳曼的中国剧院首映。"

"大家好!我真希望你们都在现场,这真是太精彩了。你好,妈妈!"

"我们进去吧。"克莱顿建议道。

"好吧,克莱顿,你觉得这部电影怎么样?"里斯问道。

"序曲中的杂技演员非常出色。"英国人答道。

里斯看起来有些沮丧,他现在情绪一亮。"我会告诉你我们会做什么,"他讲道,"我会找几个朋友,我们去参加一个聚会。"

"在晚上这个点?"

"哦,现在还早。这是比利·布鲁克。嗨,这里,比利!我要你见见我来自伦敦的老朋友克莱顿先生。克莱顿先生,这是比利·布鲁克先生。去参加个聚会如何,比利?"

你好,好莱坞! | 241

"我没问题！开我的车过去，车停在拐角处。"

在富兰克林大街附近的一条小街上，他们爬上了一辆华丽的跑车。比利在富兰克林大街上向西部开了几个街区，然后出现在一条狭窄的街道上，这条街道蜿蜒地进入山里。

克莱顿有点不安。"如果你带一个陌生人，也许你的朋友会不高兴的。"他建议道。

里斯笑了起来。"别担心，"他警告说，"他们见到你就像见到我们一样开心。"

这让比利也笑了。"我想是的。"他评论道。

不久他们来到了街道的尽头。"该死！"比利咕哝着，把车掉头。他转入另一条街，沿着那条街开了几个街区，然后又转向富兰克林大街。

"忘记你的朋友住在哪里了？"克莱顿问道。

在另一个安静的街道上的一条小街上，他们看到一辆灯光明亮的房子，前面停着几辆汽车，笑声和广播音乐的声音从一扇敞开的窗户传来。

"看起来是这个地方。"里斯说。

"是的。"比利笑着说，然后停在路边。

菲律宾人听到门铃声打开了门。里斯快速从他身边经过，其他人跟在后面。一个男人和一个女孩坐在通往楼上的楼梯上，他们试图亲密地亲吻，不让他们所持的鸡尾酒杯里的酒洒出来。他们忘情亲吻着，毫不在意刚来的人。

接待大厅的右边是一个大客厅，有几对夫妇正随着广播中的音乐翩翩起舞；其他人则躺在椅子和沙发上；所有人都在喝酒，满屋的笑声。

"派对变得越来越好。"比利评论道，他带领大家进入客厅。"大家好!"他叫道。

"饮料在哪里?快点,伙计们!"他走向房子的后面,舞动着脚步。

一个中年男子两鬓泛白,从一个沙发上站起,走向里斯。他的脸上有一种困惑的表情。"我不相信……"他说道,但是比利打断了他。

"没事,老头子!"他大声说道,"对不起迟到了,和伦敦的里斯先生和伦敦的克莱顿先生握手吧。喝一点点怎么样?"并没有等待回答,他向厨房走去。里斯和主人跟着他,但克莱顿犹豫了。他没有看到那个头发灰白的人的热情,他觉得他应该是房子的主人。

一个高大的金发女郎,婀娜多姿地走近他:"我们是不是以前在哪里见过啊,先生?"

"克莱顿。"他赶紧为她救场。

"跳曲舞怎么样?"她问道,"我的男朋友昏过去了,"当他们随着音乐的节奏摇摆时,她偷偷地说,"他们不得不让他上床休息。"她不停地说着,但克莱顿开始设法问她是否认识朗达·特里。

"我认识她,我应该说我的确认识,她现在在萨摩亚,现在主演她丈夫的新电影。"

"她的丈夫,她结婚了吗?"

"是的,她和导演奥尔曼结婚了,你认识她吗?"

"我见过她一次。"克莱顿回答。

"她因为奥布罗斯基的死崩溃了,但她最终还是走了出来,并且与奥尔曼结婚。奥布罗斯基在非洲为自己挣得了名声。例如,这帮人还在谈论他一只手被绑在身后时,他还杀死了狮子和大猩猩的故事。"

克莱顿礼貌地微笑着。

舞后,她把他拉到一个沙发上,两个男人坐在那里。"波坦金,"她对其中一个男人说,"这是给你找的,这就是你知道的波坦金先生,安倍·波坦金。克莱顿先生,这是普兰特,丹·普兰特,著名的剧作家。"

"我们一直在关注克莱顿先生。"普兰特回答。

"你最好抓住他,"女孩建议道,"否则,你永远找不到更好的泰山了。"

"他不是最好的那种类型,但他会讲话,我一直在注意他,"波坦金说,"你怎么看,普兰特?"

"他不是我理想的泰山,但他可以试试。"

"当然,他的脸不像泰山,但他块头大,这就是我想要的。"波坦金回答。

"他没有名气,没有人听说过他,而你说过你想要一个有名的。"普兰特争辩说。

"我们会用银发美女埃拉·迪森特,在他对面,她很性感、很出名。"

"我有个主意!"普兰特惊呼道,"我会围绕迪森特和一些漂亮的青少年写这个故事,并且引入另一个女性和泰山一起,还有一个有名的大块头,我们可以在长镜头里使用克莱顿和猿猴进行拍摄获得一种氛围。"

"这是一个很好的想法,普兰特,会有很多性爱的东西、三角恋、一个舞厅或歌舞表演场面——一个有爵士乐队的大场面,我们想要的是与众不同。"

"那就这么办,以便我们可以使用这个家伙,"普兰特说,"因为谁演泰山也没有太大的区别。"

"克莱顿先生，怎么样？"波坦金带着讨好的微笑问道。

在这个关头，里斯和比利从厨房里冲了出来，每人都拿着一瓶酒。主持人跟在后面，劝他们不要喝了。

"大家喝一杯吧！"比利叫道，"聚会已经变得无味了。"

他们在房间里走来走去，给杯子倒满纯威士忌或杜松子酒，有时他们把两者混合起来。他们偶尔停下来自己喝一杯，最后他们消失在走廊里寻找其他空杯子。

"好吧，"波坦金在干扰过去后说道，"你认为怎么样？"

克莱顿疑惑地看着他："什么怎么样？"

"我要拍摄一部丛林电影，"波坦金解释说，"我得到了一份拍摄泰山电影的合同，我想要一个泰山，明天上午我让你试演一下。"

"你认为我可以填补人猿泰山的角色？"克莱顿问道，他的嘴唇流露出淡淡的微笑。

"你不是我想要的，但你可以试试。你看，普兰特先生能写出一个精彩的泰山故事，即使我们根本没有找到泰山。也可以说，电影会让你成名！你几乎应该为这样的机会付给我钱。但我告诉你我做的事情，因为我喜欢你，克莱顿先生，我每周给你五十美元，看看你得到的所有宣传，它不花一分钱。明天早上你到工作室来，我让你试演一下，好吗？"

克莱顿站了起来。"我会考虑一下。"他说道，开始穿过房间。

一个漂亮的年轻女子从接待大厅跑进来，比利正在追她。"让我一个人待着吧，你是无赖！"她哭喊道。

头发花白的主人紧跟在比利身后。"放开我的妻子，"他喊道，"滚出去！"

比利用力推了一下那个男人，让他摇摇晃晃地撞在一把椅子上，并倒在墙边的一堆东西上面，然后比利抓住了那个女人，把

你好，好莱坞！ | **245**

她抱在怀里，跑出去进入大厅。

克莱顿惊讶地看着，他转过身，看到身边的女孩玛雅。"你的朋友变得有点粗鲁了。"她说。

"他不是我的朋友，"克莱顿回答，"我今天晚上刚见到他，他邀请我来参加这个由他的一位朋友发起的聚会。"

女孩笑了起来。"他的朋友！"她模仿道，"乔以前从来没有见过你们中的任何一个，你——"她仔细地看着他，"你不是故意说你不知道你在破坏一个陌生人家里的聚会吧？"

克莱顿看起来很困惑。"他们不是这些人的朋友吗？"他问道，"他们为什么不让我们出来？他们为什么不叫警察？"

"让警察发现一个装满了酒的厨房吗？别开玩笑了，大男孩。"

一名女子的尖叫声从楼上飘下来，主人颤巍巍地站了起来。"我的上帝，我的妻子！"他喊道。

克莱顿跳进大厅，跳上楼梯。他听到门后发出的哭喊声，门被锁了，他把肩膀放在上面，然后使劲把它撞开了。

在房间里，一个女人正在醉酒的比利的魔掌中挣扎着。克莱顿抓住了那个男人的脖子，把他甩开。比利发出了痛苦和愤怒的尖叫声，然后他转向克莱顿，但他在那些强大的肌肉的控制之下无能为力。

警察的警笛在远处鸣叫，这似乎让比利清醒了。"放下我，你这个该死的傻瓜，"他喊道，"警察来了！"

克莱顿把这个挣扎的人拖到楼梯的尽头，把他扔在地上，然后他转回房间，那个女人躺在她跌倒的地板上，他把她扶起来。

"你受伤了吗？"他问。

"不，只是害怕，他试图让我告诉他我把珠宝放在哪里。"

警报器又响了，现在更近了。"你最好出去，乔特别恼火，他

246

会让你们三个人都被逮捕的。"

克莱顿向一扇敞开的窗户瞥了一眼,在窗户边上一棵大橡树的树枝在房子前面的路灯下闪着光芒。他把一只脚放在窗台上,跳到黑暗中去,那女人尖叫起来。

早晨,克莱顿发现里斯在酒店大厅里等他。"不错的小派对,呃,什么?"年轻人问。

"我以为你会进监狱。"克莱顿说。

"不可能,比利·布鲁克有一张大人物的优待卡。喂,我知道你要为安倍·波坦金干活,扮演泰山。"

"谁告诉你的?"

"在《观察家报》卢埃拉·帕森斯的专栏上看到的。"

"我不会的。"

"你很聪明。但如果你想进入电影界,我会告诉你一个好的赌注。杰出影视正在拍摄一个新的泰山电影……"

一个门童向他们走来。"克莱顿先生,有电话找你。"他说。

克莱顿走到电话亭,拿起听筒。

"我是克莱顿。"他说。

"这是杰出影视的拍摄办公室,你能现在过来面试吗?"

"我考虑考虑。"克莱顿回答,挂了电话。

"是杰出影视的电话,"当他重新加入里斯时说,"他们让我过去面试。"

"你最好去,如果进了杰出影视,你就成名了。"

"这可能很有趣。"

"想想你能演泰山吗?"

"我可以。"

"危险的角色,我可不想演这样的角色。"

"我想我会过去的。"他转向街道。

"嗨,老兄,"里斯说,"你能让我直到星期六每天都有 10 元钱赚吗?"

拍摄导演打量着克莱顿。"我觉得你很好,我带你去见戈丁先生,他是制片经理。有什么经验吗?"

"演泰山吗?"

导演笑了:"我指的是拍电影。"

"没有。"

"好吧,你可能会很合适。也不必非是巴里莫尔来扮演泰山。来吧,我们上去到戈丁先生的办公室。"

他们不得不在外面的办公室等几分钟,然后一位秘书把他们领进来。

"你好,戈丁!"拍摄导演问候戈丁,"我想我给你找了个适合的人。这是克莱顿先生,戈丁先生。"

"为哪个角色?"

"泰山。"

"哦,嗯——嗯——嗯。"

戈丁的眼睛打量了克莱顿一会儿,然后制片经理用手掌做了个手势,好像在挥手,他摇了摇头。"不是那种类型的,"他厉声说,"压根不是那种类型的。"

当克莱顿跟着拍摄导演从房间出来时,他的嘴角流露出一丝微笑。

"我会告诉你为什么,"拍摄导演说,"你可能会有一个小角色,我会记住你的,如果有什么情况,我会给你电话,再见!"

那天晚些时候,当克莱顿正在浏览下午的报纸时,他看到一个大字标题放在戏剧页面的顶部：

西里尔·韦恩出演泰山，杰出影视签约著名柔板舞者在即将到来的拍摄中扮演重要角色

一个星期过去了，克莱顿正准备离开加利福尼亚回家。他房间里的电话响了，是杰出影视的拍摄导演。"在泰山电影中为你搞了个小角色，明天早上7：30分到工作室。"

克莱顿想了一会儿。"好吧，"他说，"7：30。"

他觉得这可能是一个有趣的经历，可以为他的好莱坞之行画个圆满的句号。

"喂，你，"助理导演喊道，"你叫什么名字？"

"克莱顿。"

"哦，你就是扮演那个泰山从狮子手中救出来的白人猎人的角色。"

西里尔·韦恩穿着一件腰布，身上覆盖着棕色的化妆品，眼睛盯着克莱顿，对着导演低语着，导演现在也转头看了看。

"哎呀！"导演喊道，"他会让电影失败的，什么蠢蛋曾拍摄过他？"

"你不能伪造吗？"韦恩问。

"当然，只是一瞬间而已。我们一点也不让他露面。让我们忙起来排练场景吧。"

"你，你过来。你叫什么名字？"

"克莱顿。"

"听着，克莱顿，你应该在第一次镜头中从丛林直接走向摄像机，你吓得身体都僵硬了，你一直向后头看，你也非常疲惫。你跟跟跄跄地好像要跌倒。你看，你迷失在丛林中。有一头狮子跟

踪着你。我们会切入狮子的镜头。然后在最后一幕里,狮子就在你身后——狮子是真的和你在一起,但你不必害怕,它不会伤害你,它是完美的、温顺的,你尖叫,你拿出刀,你的膝盖颤抖。泰山听到后,荡过树林里来救你。嗨,那个为韦恩穿过树林的替身在吗?"他打断自己问他的助手。"要确保替身在场,"他继续说道,"狮子发起攻击,泰山在你和狮子之间荡来荡去,我们在那里给你一个特写,你背对着相机,然后泰山跳上狮子并杀死它。埃迪,那个杀死狮子中为韦恩当替身的驯兽师,他的化妆搞均匀没?他昨天在奔跑时看起来很糟糕。"

"一切都准备好了,头儿。"助理回答。

"各就各位——每个人!"导演吼道,"到那里,克莱顿,记住你身后有一头狮子,你吓得身体都僵硬了。"

排演令人满意,前几个镜头让导演很满意,接着是韦恩、克莱顿和狮子出现的大场景。狮子又大又英俊,克莱顿很喜欢它。训兽师告诫他们,万一出了什么差错,他们就得一动也不动,在任何情况下都不要碰它。

摄影机在转动,克莱顿蹒跚地走着,几乎跌倒。他恐惧地看了一下身后,发出恐怖的尖叫。当狮子从克莱顿身后的丛林里出来时,西里尔·韦恩从一棵低矮的树枝上掉了下来,然后出问题了。

狮子发出一声丑恶的吼叫,蹲伏着。韦恩意识到危险,失去了理智,冲过克莱顿,狮子发起攻击。狮子本已经从一动不动的克莱顿身边跑过,追赶逃跑的韦恩,但是其他事情发生了。

克莱顿比其他任何人都意识到威胁演员的危险,他跳向野兽,跳到它的背上,一只有力的臂膀环绕着狮子的脖子。那只野兽转身,撞击那个紧紧抓住它的人,但那可怕的爪子没有击中目标,克莱顿把他的腿紧锁在食肉动物空瘪瘪的肚子下面。狮子扑倒在地,狂怒地四处奔跑。

从人的喉咙里发出同样的野兽般咆哮与狮子丑陋的咆哮混合在一起,狮子重新站立起来,抬起它的后腿。他们给克莱顿的那把刀在空中闪闪发光,一次、两次、三次,刀被深深地刺入狂怒野兽的身体,然后狮子瘫倒在地,痉挛地颤抖着,很快躺在地上一动不动了。

克莱顿直立起来,他把一只脚放在他的猎物身上,仰天看着;然后他看了看自己是否受伤,嘴角再次流露出同样缓慢的微笑。

一个激动的人冲到人群前,是制片经理戈丁先生。

"我的上帝!"他大喊道,"你杀了我们最好的狮子。如果你值一分钱,它就值一万美元。你被解雇了!"

罗斯福饭店的店员抬起头来。"您要离开我们吗,克莱顿先生?"他彬彬有礼地问道,"我希望你喜欢好莱坞之行。"

"的确非常喜欢,"克莱顿答道,"但我不知道你能不能给我提供一些信息?"

"当然,什么信息?"

"到非洲最短的路线是哪条?"